河出文庫

パタゴニア

ブルース・チャトウィン
芹沢真理子 訳

河出書房新社

目次

パタゴニア……5
参考文献……364
解説（池澤夏樹）……369

パタゴニア

僕の広大な寂しさに似合うのは、
もはやパタゴニア、パタゴニアしかない……

ブレーズ・サンドラール『シベリア鉄道の散文』

1

祖母の家の食堂にガラス張りの飾り棚があった。飾り棚の中には一片の皮があった。それはほんの小さな切れ端で、ぶ厚くごわごわしており、赤茶色の硬い毛がくっついていた。皮には錆《さ》びたピンでカードが留めてあった。カードには色あせた黒インクで何か書いてあったが、それを読むには私は幼なすぎた。

「あれなあに？」

「ブロントサウルスの皮よ」

母は先史時代の動物の名前をふたつ知っていた。ブロントサウルスとマンモスだ。それがマンモスのものではないことを、彼女は知っていた。マンモスはシベリアにいたのだから。

ブロントサウルスは、大きすぎてノアの箱舟に乗せてもらえず、大洪水で溺れ死んだ動物だと私は教わった。爪と牙を生やし、意地悪そうに光る緑色の眼を持つ、毛むくじゃらの、のっそりした生き物……。ときどきブロントサウルスは寝室の壁を突き破り、私を眠りから覚ました。

このブロントサウルスは世界の果て、南米の一地方、パタゴニアに棲《す》んでいた。何千年も前、氷河に落ちて青白い氷に閉じ込められていたのが、そのまま山を下り、完璧な状態でふもとまでたどり着いたのだ。ブロントサウルスはここで、祖母のいとこ、船乗りのチャーリー・ミルワードに発見された。

チャーリー・ミルワードは商船の船長だった。彼の船はマゼラン海峡の入口で沈没する。生き延びたチャーリーは近くのプンタアレナスに落ち着き、そこで船の修理工場を営んだ。私の想像するチャーリー・ミルワードは、人界に降り立った神といったところ。背が高く、寡黙で、たくましく、黒々とした頬ひげをたくわえ、鋭く光る青い瞳を持つ、そんな人物だった。水兵帽を斜めにかぶり、折り返しのついた長靴をはいていた。

氷から突き出たブロントサウルスを見たとたん、彼は何をすべきかを悟った。彼は恐竜を解体し、塩漬けにして樽《たる》に詰め、サウス・ケンジントンにある自然史博物館へと船で送り出した。私は、血と氷、肉と塩、働くインディオの一群と砂浜に並ぶ樽の列を想い描いた。骨折り損のくたびれもうけ——ブロントサウルスは熱帯を通過する船旅の途中で腐りはじめ、ロンドンに着いたときにはひどい腐乱状態だった。博物館にあるのがブロントサウルスの骨格だけで、皮がないのはそのためである。

さいわいにもチャーリーはその一部を私の祖母に送っていた。

祖母は、点々と黄色い花をつける月桂樹の葉に隠れた、赤煉瓦《あかれんが》の家に住んでいた。屋根には高い煙突と尖った切妻がそびえ、血のような色のバラの咲く庭があった。家の中は教会の匂いがした。

祖母については、体型のこと以外あまり憶えていない。私は祖母の豊かな胸によじ登り、あるいは彼女が椅子から立ち上がれるかどうか、いたずらっぽく眺めたものだ。彼女の頭上には、まるまると太った顔を白いひだ襟《えり》に埋めた、オランダ市民の絵が何枚か掛けてあった。暖炉の上には、棒を引っぱると赤と象牙色の目玉が飛び出す日本製の人体模型が二体あった。私はよくこの人体模型やドイツ製の関節が動く猿の人形で遊んだものだが、しょっちゅう「ブロントサウルスの皮をちょうだい」と言っては、祖母を困らせた。

生涯において、あの一片の皮ほど欲しいと思ったものはほかにない。いつかおまえにあげるよ、たぶん、と祖母は言った。祖母が死んだとき、私は「ブロントサウルスの皮、僕にくれるよね」と言ったが、母は「ああ、あれね。捨ててしまったわ」と言った。

学校で、ブロントサウルスの話はもの笑いのたねになった。科学の先生は、私がそれをシベリアのマンモスとごっちゃにしていると言った。先生は授業で、ロシアの科学者がいかにしてコチコチに凍ったマンモスの肉を食べたかを話し、私に嘘《うそ》をついてはいけないと言った。さらに彼は、ブロントサウルスは爬虫類《はちゅうるい》だと言った。爬虫類には毛がなく、ウロコ状の皮膚で覆われている。彼はこの怪獣の想像図を見せてくれた。灰緑色のからだ、小さい頭、大きく湾曲した長い首、それが湖の中で静かに草を食べている。私の想像とはあまりに違っていた。私は毛むくじゃらのブロントサウルスを恥じたが、それがマンモスでないことだけは知っていた。

事の真相が明らかになるには、数年かかった。チャーリー・ミルワードが見つけた動物はブロントサウルスではなく、ミロドン、すなわち巨大なナマケモノだったのだ。彼は完全な標本はおろか、完全な骨格さえ見つけてはいなかった。彼が見つけたのは、チリ領パタゴニアのラストホープ湾付近の洞窟内で、寒さと乾燥した空気、それに塩分のおかげで腐敗を免れていたほんの少しの皮と骨だった。彼はその収集品をイギリスに送り、大英博物館に売った。この話はロマンティックなところには欠けるが、真実であるという取柄があった。

皮がなくなっても、パタゴニアへの興味が失われることはなかった。アメリカとソ連の冷戦が、私に地理学への情熱を呼び起こしたからだ。一九四〇年代の終わり、クレムリンの食人鬼が人々の生活に影を落とすようになった。スターリンの口ひげが歯に見える。私たちは、彼が計画している戦争についての講演を聴いた。民間防衛を説く講師が、徹底的に、あるいは部分的に破壊される地域を示すために、ヨーロッパの都市を丸で囲んで私たちに見せた。それらの地域は互いにぶつかり合い、隙間なく続いていた。講師はカーキ色の半ズボンをはき、膝は白く、骨ばっていた。状況は絶望的と思われた。戦争は間近に迫り、なす術はなかった。

次に私たちはコバルト爆弾の記事を読んだ。それは水素爆弾よりもたち《ヽヽ》が悪く、果てしのない連鎖反応を起こしたあげく、この地球をまっ平らにすることもできるというものだった。

コバルトという色は大叔母の絵の具箱を見て知っていた。彼女はマキシム・ゴーリキーの時代にカプリ島[*1]に住み、裸のカプリ少年たちを描いた。後年、彼女の絵はほとんどが宗教的なものになった。彼女は聖セバスチャンの絵を何枚も描いていた。どの絵もコバルト・ブルーを背景に、いつも同じ美しい若者がからだじゅうに矢を受けながらも、じっと立っているという構図だった。

そんなことから、私が頭に描いたコバルト爆弾は、端から炎を噴き上げている真っ青な雲の塊だった。私は、緑の岬にひとり立ち、水平線上の雲の行方を見つめている自分の姿を想像した。

それでも私たちは核戦争を生き延びる望みを捨てなかった。移住委員会を設立し、どこか遠くの、地球の片すみに移り住む計画を立てた。地図を詳しく調べ、おもな風向きと死の灰の降下地域を研究した。戦争は北半球で始まるだろうから、私たちは南半球に目を向けた。太平洋の島々は、小さくて動きがとれないから除外した。ニュージーランドとオーストラリアも除外し、地球上でいちばん安全なところとして、パタゴニアを選んだ。

嵐に備えてコーキングを施した板葺《いたぶ》き屋根の家。中では薪が赤々と燃え、壁には最高

＊1　イタリア南部、ナポリ湾にある島。

の書物が並ぶ。世界じゅうが吹き飛んだときに住む場所を、私はそんな風に想い描いた。やがてスターリンが死に、私たちは教会で喜びの讃美歌を歌ったが、パタゴニアは心のすみに取っておいた。

2

ブエノスアイレスの歴史は電話帳を見ればわかる。ポンペイ・ロマノフ、エミリオ・ロンメル、クレスピナ・D・Z・デ・ロセ、ラディスラオ・ラディヴィル、そしてエリザベータ・マルタ・カルマン・ド・ロートシルト――Rの項から無作為に選んだ五つの名前が、レースのカーテン越しに、国外追放や幻滅、見果てぬ夢を物語っている。

私がブエノスアイレスにいた一週間は、すばらしい夏の陽気だった。店々にはクリスマスの飾りつけがなされていた。オリーボスでは、ペロン元大統領の広大壮麗な墓が公開されたばかり、エビータ[*1]はといえば、ヨーロッパの地下室をめぐる旅を終えて無事だった。[*2]カトリック教徒の中には、ヒトラーのために鎮魂のミサを捧げた者もおり、彼らはクーデターを待っていた。

日中、街は大気汚染の銀白色の霞の中で揺れていた。日が暮れると、若い男女は川に沿って歩いた。彼らは薄情で、小粋で、頭はからっぽだった。そして赤御影石の手すりで赤い川から隔てられた岸辺の並木道を、冷ややかな笑い声をたてながら、腕を組んで歩いた。

夏になると、金持ちたちはアパートを閉めた。白い埃除《ほこりよ》けの布が金箔張りの家具の上にかけられ、ホールには革製のスーツケースが山と積まれた。夏のあいだ、彼らは自分たちの広大なエスタンシア[*3]に遊んだ。ずば抜けた金持ちはウルグアイのプンタデルエステに行った。そこの方が誘拐される可能性が少なかったからだ。ともかく、金持ちの中でもスポーツ好きの連中は、夏は誘拐業も閉店さ、とうそぶいていた。ゲリラだって別荘を借りるし、さもなきゃスイスにスキーをしに行くさ。

ある日の昼食時、私たちはドラクロワの模倣者レイモンド・モンボワサンの絵の下に坐っていた。描かれていたのはロサス将軍[*4]率いるガウチョ隊のひとり。その男は血のように赤いポンチョに身を包み、オダリスク[*5]の男性版といった風情で、猫のような、受け身のエロティシズムを匂わせて横たわっていた。

私は思った。「ガウチョに関する隠語はフランス人にまかせよう」

私の右隣には女流作家が坐っていた。論じる価値のある唯一のテーマは孤独だわ、と

＊1　エバ・ペロン。一九一九～五二。ペロン大統領二番目の妻。
＊2　防腐処理を施されたエビータの遺体が何者かに持ち去られ、欧州各国を転々としたのちアルゼンチンに戻ってきたことを指す。
＊3　大地主の私有地、大農牧場。
＊4　フアン・マヌエル・デ・ロサス。一七九三～一八七七。政治家、軍人。アルゼンチン連邦を成立させた。
＊5　オスマン帝国のスルタンの女奴隷。ドラクロワが題材にした。

彼女は言った。彼女は、アメリカ中西部のモテルに一夜の宿を取った巡業中の世界的バイオリニストの物語を語ってくれた。物語の出来は、ベッドとバイオリンとバイオリニストの木の義足にかかっていた。

何年か前に、彼女はエルネスト・ゲバラと知り合っていた。当時の彼は、出世しようとやっきになっているだらしのない若者だった。

「とても男っぽい人だった」と彼女は言った。「たいがいのアルゼンチン男のようにね。でも、ああなるとは思いもしなかったわ」

この街は私にロシアを思い起こさせた——アンテナを立てた秘密警察の車。埃っぽい公園で大股を広げてアイスクリームをなめている女たち。偉そうに突っ立っているどれも同じ彫像。パイの皮みたいな建物。似たりよったりの通りは完全に真っすぐではなく、街が果てしなく続いているような幻影を抱かせ、しかしどこにも通じてはいない。ソビエトというよりは、ツァーのいた頃のロシアだった。バザーロフ[*1]はアルゼンチン的と言ってよいだろう。『桜の園』の設定もアルゼンチン風だ。貪欲な富農、堕落した役人、輸入雑貨商、ヨーロッパを横目で見ている地主たち、そんな人々の帝政ロシア。

そんなことを私は友人に語った。

「大勢の人がそう言う」彼は言った。「去年、亡命者のある老婦人が田舎にある僕の家に来てね。彼女、ものすごく興奮して、部屋を全部見せて欲しいって言うんだ。屋根裏部屋に案内したらこう言ったよ。『まあ、ここ知ってるわ！　子供の頃の匂いがする！』」

3

私は南米一の自然史博物館を見学するために、汽車でラプラタへ向かった。車内には黒い眼のやせた女と、女のドレスにしがみついている顔色の悪い十代の少女がいた。どこにでもいそうな、マチスモ[*2]の犠牲者たちだ。その反対側には、緑色のくねくねした柄のシャツを着た少年が坐っていた。私はもう一度そのシャツを見た。曲がりくねったその柄はナイフの刃を描いたものだった。

ラプラタは大学都市である。落書きの大部分は、一九六八年の五月革命から拝借した使い古しだったが、中には変わったものもあった。「イサベル・ペロン[*3]か死か！」「エビータが生きていれば、モントネーロス[*4]に加わっていただろう」「英国の海賊に死を！」「最高の知識人は死んだ知識人だ」

イチョウの並木道がベニート・フアレスの彫像のそばを通って、博物館の階段へと通じていた。アルゼンチン国旗の「青と白」が掲揚棒の上でひるがえっていたが、ゲバラ

＊1　ツルゲーネフ『父と子』に登場する人物。
＊2　男らしさの誇示を表わす行動理念。
＊3　フアン・ペロン大統領の三番目の夫人。夫亡き後、大統領に就任。在位一九七四～七六。
＊4　アルゼンチン左派ペロン主義者の武装組織。

の言葉が赤い潮流のように古典様式の壁面をはい上がり、切妻を越えて建物全体を飲み込みかねない勢いだった。腕を組んで立っていた若い男が言った。「この博物館はなんだかんだ言っちゃ閉めてばかりだ」リマからわざわざやって来たというこのペルーインディオの若者は、落胆した様子で立ちつくしていた。私たちは一緒になって交渉し、博物館の中に入れてもらった。

最初の部屋には、リトアニア人移民のカシミール・スラペリッチによってパタゴニアで発見され、彼にちなんで名づけられた大恐竜がいた。よろいのような骨板の一枚一枚に、日本の菊に似た紋様があった。また装甲車のパレードのようなグリプトドンすなわちオオアルマジロがいた。W・H・ハドソンの肖像画の横には、剝製にされたラプラタの鳥があった。そしてとうとう私は、ラストホープ湾の洞窟からやって来た巨大なナマケモノ、ミロドン・リスタイの残骸——爪、糞、腱のくっついた骨、そして一片の皮を見つけた。その皮には、私が子供の頃見たのと同じ赤茶色の毛が生えていた。厚さは半インチ。白い軟骨の塊が毛皮の中に埋まっていて、まるで毛の生えたピーナッツの殻だった。

ラプラタは、ジェノヴァ出身の移民の子フロレンティーノ・アメギーノの故郷だった。彼は独学の徒アメギーノは一八五四年に生まれ、この国立博物館の館長となって死んだ。彼は少年時代から化石の収集に興味をもち、のちに文房具の会社をつくったが、自分の好みから社名は「エル・グリプトドンテ」とした。しまいには化石収集の趣味が昂じ、やがて文房具を押しのけるまでになった。しかしその頃には、たくさんの著作もあり、非常に珍しい化石を数多く発見していたため、アメギーノの名は世界的になっていた。

アメギーノの弟カルロスは、兄が家で化石の分類をしているあいだ、パタゴニアの険しい峡谷地帯の探検に時を費した。アメギーノはすばらしい想像力の持ち主だった。ほんの小さな歯や爪の破片から、巨大な動物を再現することができた。そして、何よりも大げさな名前が大好きで、フロレンティーノアメギネアだの、プロパラエオホプロフォルスだのといった名をつけた。彼は祖国を移民二世の情熱をもって愛し、ときにその愛国心は度を越した。ある分野で、彼は一大理論体系を構築するのである。

大陸がさまよっていた五千万年ほど前、パタゴニアの恐竜は、ベルギーやワイオミングやモンゴルの恐竜とほとんど同じだった。恐竜が絶滅すると、温かい血をもった哺乳動物がそれにとって代わった。この現象を研究した科学者たちは、新参者の哺乳動物は北半球に起源を発し、ここから地球全体に広がったという説を提唱した。

最初に南米にたどり着いた哺乳動物は、現在南蹄類とか顆節目《かせつもく》と呼ばれている数種類の奇妙な動物だった。それらが南米に渡って間もなく、海がパナマ地峡を破って浸入したため、南米大陸の動物は他の生態系から孤立した。肉食獣に悩まされることもなく、南米の哺乳動物は次第に奇妙な形態へと進化していった。地上性の大きなナマケモノやトクソドン、メガテリウム、ミロドンがいた。ヤマアラシ、アリクイ、アルマジロがいた。リプトテルン、アストラポテリウム、マクラウケニア（長い鼻を持ち、ラクダに似ている）がいた。その後パナマ地峡がふたたび現われると、ピューマやサーベルタイガーなど北米の優勢な哺乳動物の群れが南米に押し寄せ、そこにいた多くの種を一掃した。

アメギーノ博士は、この動物学におけるモンロー主義[*1]を好きになれなかった。南米の動物の中に北米勢《ヤンキー》の侵入に対抗したものがいたことは事実である。小さなナマケモノは中米に、アルマジロはテキサスに、ヤマアラシはカナダに渡った（このことは侵入があれば必ず逆侵入があることを示している）。しかしこれだけではアメギーノは満足しなかった。祖国への忠誠心から、彼は年代学の常識を覆した。あらゆる哺乳動物が南米で発生し、北へ移動したということを示す証拠をでっちあげたのである。さらに彼は理論を徹底させ、人類までもが南米大陸で生まれたとする論文を発表した。ある種のグループで、アメギーノの名がプラトンやニュートンと並べられているのはこのためである。

4

私はリンネ式動植物分類法のラテン語に頭をくらくらさせながら、ラプラタの墓場をあとにして、ブエノスアイレスへと大急ぎで戻り、パタゴニアへと向かうバスの発着所から、南へ向かう夜行バスに乗り込んだ。

目を覚ますと、バスは低い丘陵地帯を通り抜けていた。空は灰色で、谷はところどころにもやがかかっていた。小麦畑は緑から黄色に変わり、放牧地では黒い牛が草をはんでいた。バスは両岸に柳やパンパスグラスの茂る小川をいくつも渡った。広大なエスタンシアに点在する家々が、ポプラやユーカリの木立ちの陰で小ぢんまりと見えた。家々の屋根はS字瓦で葺かれたものもあったが、ほとんどが金属板で葺かれ、赤く塗られていた。背の高いユーカリの木の先端が風に吹かれて揺れていた。

九時半に、バスは小さな町に停車した。私はそこでビル・フィリップスを探すつもりだった。ビル・フィリップスの祖父はパタゴニアの開拓民で、ビルの親戚は今でもそこにいる。町には、軒の張り出した煉瓦づくりの平屋の民家や商店が碁盤目状に並んでいた。広場には公園があり、祖国の解放者、サン・マルティン将軍のブロンズの胸像が立っている。周囲の道路はアスファルトで舗装されていたが、風が横なぐりに吹きつけるので、花もブロンズ像も白く埃にまみれていた。

農夫がふたり、バーの外に小型トラックを停めて、赤ワインを飲んでいる。老人がひとりマテ茶のやかんにかがみ込んでいた。バーの奥には、イサベリータ[*2]とファン・ペロンの絵がかかっていた。青と白のサッシュを締めたペロンは、老いてしょぼくれているように見えた。エビータとペロンを描いたもう一枚の絵では、ペロンはだいぶ若く、より危険な感じを漂わせている。三枚目はロサス将軍で、頬ひげを生やし、口をへの字に

＊1　第五代アメリカ大統領ジェームズ・モンローが提唱した外交原則。ラテンアメリカ諸国に対するヨーロッパの干渉を拒否した。

＊2　イサベル・ペロン。15ページ参照。

曲げていた。ペロン主義の図像学はきわめて複雑だった。

老女が皮のようなサンドイッチとコーヒーを運んできた。セニョール・フィリップスを探しているあいだ、荷物を置いてってもいいよ、と彼女はさりげなく言った。

「セニョール・フィリップスは遠くにいるよ。山の中に住んでいる」

「どれくらい遠いんですか？」

「八リーグ（約四十四キロ）。でも、見つけられるさ。午前中は、しょっちゅう町に来てるからね」

私はあちこちたずね回ったが、その朝、グリンゴ[*1]のフィリップスを見た者はいなかった。私はタクシーを見つけ、料金を交渉した。すらりとした陽気な運転手。イタリア人と思われた。彼は駆け引きを楽しんでいるようだったが、やがてガソリンを入れに行った。私はサン・マルティン将軍に目をやり、歩道まで荷物をかついで行った。タクシーが戻ってきた。イタリア人は車から飛び降りると興奮した面持ちで言った。

「グリンゴのフィリップスを見たよ。そこを、こっちに向かって歩いてる」

彼は運賃をかせぎ損ねたことなど気にもせず、こっちが払おうと言うのを断わった。私はこの国が好きになりはじめていた。

カーキ色のズボンをはいた小柄でずんぐりとした男が、通りを歩いてきた。少年っぽい、ほがらかな顔をしている。髪の毛が頭の後ろで突っ立っていた。

「ビル・フィリップスさん？」

「どうしてわかった？」

「見当で」

「家に来ないか？」そう言って、彼はにっと笑った。

　私たちは彼の古い小型トラックで町を離れた。助手席のドアが開かなくなっていたので、錆だらけの掘っ建て小屋の前では、砂色の髪をした皺《しわ》くちゃのバスク人を乗せるために車を降りなければならなかった。バスク人は農場で臨時雇いの仕事をしているという。無邪気な男だった。道路が平坦な放牧地を切りさいていた。黒いアバディーンアンガス種の牛が、風の吹くパンパに群れている。柵は見事な曲線を描いていた。五マイルかそこいらごとに、トラックはエスタンシアのおおげさな門の前を通過した。

「ここからは大金持ちの土地だ」ビルは言った。「僕はこの上の牧羊地に住んでいる。数頭くらいならジャージー牛も飼えるが、大きな群れとなると、牧草も水も足りなくてね。ひどい旱魃《かんばつ》が一回来りゃ、僕はおだぶつさ」

　ビルは幹線道路をはずれて、白茶けた岩だらけの丘陵地帯へと車を進めた。雲ともやは晴れつつあった。丘の向こうに、雲と同じシルバーグレーの山の峰々が連なっていた。太陽が山腹をとらえ、そこだけが輝いていた。

「君はダーウィンのことでここに来たの、それとも僕たちに会うためかい？」ビルはたずねた。

＊1　中南米に住む英米人。

「あなたに会うためです。でも、ダーウィンって何のことですか?」

「以前ここに来たことがあるんだ。左手、ずっと遠くに、ベンタナ山脈が見えてきただろう。ダーウィンはブエノスアイレスへ行く途中、あの山に登ったんだ。僕はまだ登っていないけど。新しい農場が忙しすぎてね」

道路は登り坂になり、やがてでこぼこのわだち道となった。ビルが農家の門を開けると、一匹の犬がとんで来た。彼がすばやく運転席にからだを引っ込めたので、犬は憎々しげに歯をむき出しながらしゃがみ込んだ。

「お隣さんは皆、イタリア人なんだ」とビルは言った。「イタリア人がここらあたり一帯をすっかり仕上げた。全員、四十年前にマルケ州のある村からやって来た人たちだ。皆、熱烈なペロン主義者で、信用のおけない連中だよ。彼らの人生哲学は単純だ。ハエのように繁殖せよ。土地についての不平をぐだぐだと言い、そののち改良せよ、だ。連中は、最初はかなりの大世帯で始めたんだが、今ではどんどん分裂している。あそこに新築中の家が見えるだろ?」

急勾配のわだち道を登りきると、開けた平地が後ろに広がっていた。盆地のまわりを岩だらけの丘が取り囲み、太陽の光が束のようになってそこを照らしていた。農家はすべてポプラの木立ちに囲まれていたが、白い簡素なブロックづくりの新築の一軒だけは、樹木が一本も植わっていなかった。

「ばらばらになった家族がいるんだ。親父が死んで、ふたりの息子は仲たがいしてる。

兄貴がいちばんいい土地を取って新しい家を建てれば、弟は弟で地元の政治家に働きかけて、グリンゴの持ってるいちばんいい牧羊地に手を出そうとしてる。僕はね、ぜいたくさえしなければ充分やっていけるだけのものは持っている。それに、あいつらがあのひどいイタリアの村に引っ込んでた頃には、僕たちはもうアルゼンチン市民だったんだからね」

「さあ、もうすぐ家だ」彼は言った。

私たちはバスク人を降ろすために車を停めた。バスク人は丘を下って行った。ビル・フィリップスの家は二間のプレハブ住宅で、裸の丘の斜面に張りつくように建っていた。大きな窓があり、眺めはすばらしかった。

「アンヌ＝マリーのことは気にしないでくれ」ビルは言った。「お客を連れて来ると、彼女、ちょっと神経過敏になってね。動揺するんだ。家事が増えるって思うらしい。家庭的なタイプじゃないんだ。でも、全然気にしないで欲しい。本当は客が来るのを喜んでいるんだから」

「君、お客が来たよ」彼が呼んだ。

「そうなの」とアンヌ＝マリーが言い、寝室のドアがバタンと閉まるのが聞こえた。ビルは悲しそうだった。彼は犬を軽く叩き、私たちは犬について話をした。私はビルの本棚を見たが、最高の本がそろっていた。彼はツルゲーネフの『猟人日記』を読んでいるところだった。私たちはツルゲーネフについて話した。

青いズボンと洗いたてのシャツを着た少年が、ドアの向こうから顔を突き出した。彼はうさん臭そうに訪問者を眺め、親指をしゃぶった。

「ニッキー、こっちへ来て、こんにちはを言いなさい」ビルが言った。

ニッキーは寝室に駆け戻り、ドアがふたたび閉まった。ようやくアンヌ＝マリーが現われ、握手をした。彼女はぴりぴりしていて、よそよそしかった。私の来訪が心の負担になっているとは、考えてもいないようだった。

「ひどく散らかしてまして」彼女は言った。

ひとたび彼女が微笑むと、それは明るくておおらかなものだった。やせていたが健康的で、黒い髪を短く刈り込み、つやのいい小麦色の肌をしていた。私は彼女のことがものすごく気に入ったが、彼女は自分たちを「田舎者」と呼んだ。彼女はロンドンとニューヨークで働いた経験がある。人のもてなし方を心得ていたから、自分たちのやり方をわびた。「いらっしゃることがわかっていたら、もっとなんとか……」

そんなこと構いませんよ、と私は言った。まったく構わなかった。だが、彼女にとってはそれが大問題なのだということが、私にはわかった。

「お昼に、もっとお肉が要るわね」彼女が言った。「お客様が来たんだもの。おふたりでニッキーを農場に連れていってくださらない。お掃除しますから」

ビルと私は、ニッキーが私のためにわざわざ身に着けていた服を脱ぐのを待った。最初の放牧場で、長い尾と冠毛をもった茶色い鳥を見かけた。

「ニッキー、あの鳥、なんて言うの?」ビルが聞いた。

「オウラカだよ」

「本の中でいちばん醜い鳥だ」とビル。

「それから、あれはテロテロ鳥」とニッキー。

白と黒のひとつがいのチドリが飛び上がり、敵が近くにいることを金切り声で知らせながら、上空を旋回した。

「あれがいちばんひどい鳴き声を出すんだ。人間を嫌ってるよ、あの鳥は。まったく人間を嫌ってる」

わだち道は硬い草の生えた一区画を横断し、風を避けて窪地に建てられた数棟の牧舎へと続いていた。ディノという名の丈夫そうな少年がコンクリートの家から飛び出してきた。ディノとニッキーは叫び声を上げながら庭で遊びはじめた。そこにはぬるぬるとした緑色の液体を満たした洗羊槽があったので、ビルは子供たちに、そこから離れるように注意しなくてはならなかった。

「いやな事件があってね」彼は言った。「二か月前、近所の子供がグリンゴの洗羊槽で溺れ死んだんだ。両親は日曜の昼食のあとで酔っ払ってた。母親がまた妊娠したのはありがたい——九回目だけどね!」

少年の父親が出てきて、ビルに向かって帽子を取った。ビルは羊を一匹殺してくれるよう頼んだ。私たちは農場を、ジャージー牛を、新しい雄羊を、そしてマコーミックのトラクターを見回した。

「で、こういうろくでもない仕事がどれくらいの金になるか、見当つくだろう？　ほかには何もとれないんだ。ここで何を祈ってるか、わかるかい？　僕らが残酷にも祈ってること。ヨーロッパの冬が厳しいことさ。羊毛の値が上がるようにだよ」

私たちは果樹園に向かって道を登った。そこではディノの父親がすでに羊を殺してリンゴの木に吊るしていた。飼い犬が草むらで紫色の腸の塊をむさぼっていた。彼がナイフを取り出して首筋にあてると、頭が手の中に転げ落ちた。羊は木の枝で揺れていた。彼は羊を手で押さえ、足を一本切り取り、それをビルに手渡した。

家に戻る道を半分来たところで、ニッキーはお客さんと手をつないでもいいかとたずねた。

「あなたがニッキーに何をしたのか、見当もつかないわ」私たちが家に戻ると、アンヌ＝マリーが言った。「いつもあの子、お客を嫌うのよ」

5

夕方、ビルはバイアブランカまで私を送ってくれた。途中、私たちは雄牛のことでスコットランド人の家に寄った。

ソニー・アーカートの農場は、平地をはずれ、道路から三マイル近く引っ込んだところにあった。その農場は、インディオの襲撃を受けた時代から、四代にわたって父から息子へと受け継がれたものである。私たちはわだち道に沿って、四回も金網の門を開けなければならなかった。テロテロ鳥の声を除けば、まったく音のない夜だった。糸杉の黒々とした小山に向かって、木々のあいだから漏れる光を頼りに車を進めた。

そのスコットランド人は犬たちを追い払い、狭い緑色の廊下を案内し、電球がぽつんとともった天井の高い、さらに濃い緑色の部屋へ入っていった。暖炉のまわりには、肘かけのついたヴィクトリア朝風の安楽椅子がいくつかあった。水滴のついたウイスキーグラスが、フランスワニスで仕上げた平らな木の肘かけの表面にリング状の跡を残していた。壁の上の方には、きゃしゃな紳士やフープスカートをはいた婦人たちを描いた版画が掛かっていた。

ソニー・アーカートは筋肉質のたくましい男で、ブロンドの髪を真ん中で分け、うしろになでつけていた。顔にはほくろがたくさんあり、のどぼとけが大きかった。首のうしろは帽子をかぶらずに陽差しの中で働いたせいで、皺が縦横に刻まれていた。水色の目はいくぶん充血していた。

ソニーとビルは雄牛に関する用事を済ませた。そしてビルが農場の値段や土地改良のことについて話すと、ソニーは首を横に振ったり、うなずいたりした。ソニーは暖炉のそばの椅子に坐り、ウイスキーをちびちびやった。スコットランドに関しては、彼はある種の民族的誇りと、キルトやバグパイプのかすかな想い出を持ちつづけてはいたものの、それらは別の世代のお祭り騒ぎだった。

ソニーの叔父夫婦が、彼の世話をするためにブエノスアイレスから来ていた。叔母は私たちの到来を喜んでいた。彼女は台所でずっと何かを焼いていたのだが、やがてピンクの砂糖衣をかぶせたふわふわのケーキを運んできた。彼女はケーキを大きく切り分け、趣味のよい陶器の皿にのせ、銀のフォークを添えて私たちに供した。食事は済ませていたのだが、断わるわけにはいかなかった。彼女はソニーにもひと切れ切ってやった。

「僕がケーキを食べないの、知ってるだろう」彼は言った。

ソニーには、ブエノスアイレスで看護婦をしている妹がいた。母親が死んで、彼女は家に帰ってきたのだが、ソニーの雇った牧夫とは折り合いが悪かった。その男はインディオとの混血で、家の中で寝た。彼女は男のナイフを嫌った。男がテーブルでそれを使うのを嫌がった。彼女は、その牧夫がソニーにとってもよくないことを知っていた。彼らは毎晩のように酒を飲み、ときには飲み明かして、次の日は一日じゅう寝ることもあった。彼女は家の中の雰囲気を変えよう、もっと明るくしようとしたが、「この家はこのままでいい」とソニーは言うのだった。

ソニーと牧夫が酔っ払っていたある夜、牧夫が彼女を侮辱した。取り乱した彼女は自分の部屋に引きこもった。悪いことが起こりそうな予感がして、彼女は以前の仕事に戻った。

彼女が出ていくと、今度はソニーと牧夫がけんかをした。近所の人はまずいことになったね、と言った。そして牧夫が出ていき、叔父夫婦がやって来たわけだが、彼らに農場の仕事はできなかった。さいわい叔父夫婦はブエノスアイレス郊外のすてきな隣人のいるところに、つまりイギリス人のいるところに小さな家を買えるだけの貯金は持っていた。

ソニーとビルはお喋りを続け、ソニーはウイスキーをちびちび飲んだ。ソニーは牧夫に戻ってもらいたいようだった。牧夫に戻ってもらいたいと彼が言わなかったことから、それがわかった。

6

バイアブランカはパタゴニアの砂漠を前にひかえた最後の都市である。ビルはバスの乗り場近くのホテルに私を降ろしてくれた。ホテルのバーは緑色で、明るく照明が施され、トランプに興じる男たちでいっぱいだった。いかにも田舎育ちといった少年が、バーの横に立っていた。少年の足元はおぼつかなかったが、頭はガウチョのように真っすぐ立てていた。カールした黒髪に美しい顔立ち。しかしひどく酔っていた。ホテルのオーナーの妻は私を紫色のツインルームに案内した。暑くて風通しの悪い部屋だった。窓はなく、ドアはガラスで囲まれた中庭に通じている。確かにそこは大変安かったが、女主人は相客がいることなどひと言も言わなかった。

先ほどの田舎少年がよろめきながら部屋に入ってきて、空いたベッドに身を投げ出し、うなり声を上げ、起き上がり、吐きはじめたとき、私はちょうど眠りかけたところだった。彼は一時間近く嘔吐《おうと》を繰り返していたが、やがていびきをかきはじめた。むかつくような臭気といびきのせいで、その夜は一睡もできなかった。

そんなわけで翌日砂漠を走るあいだ、銀色のちぎれ雲が空を回転しながら横切っていくさまを、灰緑色のイバラの藪《やぶ》が海のようにうねって低くなり高くなりしていくさまを、白い砂粒が塩田から流れ出しているさまを、そして地平線上で地面と空が色もなく溶け合っているさまを、私は眠い眼で見つめていた。

パタゴニアはネグロ川からはじまる。正午に、バスは川に架かった鉄橋を渡り、とあるバーの前に停まった。男の子を連れたインディオの女がバスを降りた。女はその巨体で席をふたり分占領していた。ニンニクを嚙み、ジャラジャラした本物の金のイヤリングをぶら下げ、お下げ髪に硬い白の帽子をピンでとめていた。彼女が巧みに自分のからだと荷物を路上に移動させたとき、少年の顔に抽象的な恐怖の色がよぎった。

この村の堅牢な煉瓦づくりの家には黒い煙突が立ち、上では電線がからまっていた。煉瓦づくりの家がつきるところから、インディオの掘っ建て小屋がはじまっていた。それらは荷造り用の箱やプラスチック板、麻袋をつぎはぎにしたものだった。

茶色のフェルト帽を目深にかぶった男がひとり通りを歩いていた。麻袋をかつぎ、白い埃の中へと歩みを進め、町の外へ歩き去った。子供たちが数人、ドアの陰で子羊をいじめていた。一軒の小屋からラジオのノイズと脂身のジュージュー焼ける音が聞こえてきた。太い腕がぬっと現われて犬に骨を投げた。犬は骨をくわえると、こそこそと姿を消した。

インディオたちは南チリからの出稼ぎ労働者である。彼らはアラウカノ族だった。百年前のアラウカノ族は信じられないほど凶暴で勇敢な人々だった。からだを赤く塗り、敵の生皮を剝《は》ぎ、死体の心臓をしゃぶった。アラウカノ族の少年たちは、ホッケー、馬術、傲慢な態度、酒、そして性にかかわる実技を仕込まれた。過去三世紀にわたって、アラウカノ族はスペイン人を震え上がらせてきた。十六世紀、アロンソ・デ・エルシーリャは彼らを讃える叙事詩を書き、それに『ラ・アラウカーナ』という題をつけた。ヴォルテールはそれを読み、そのおかげでアラウカノ族は「高潔な野人」（強烈なヴァージョン）の代表となった。アラウカノ族は今でも非常に強い。もし酒をやめたら、彼らはさらに強くなるだろう。

村をはずれると、灌漑《かんがい》を施したトウモロコシとカボチャの農場、それにサクランボとアプリコットの果樹園があった。川に沿って生えている柳が風に吹かれて、銀色の葉裏を見せていた。インディオたちはちょうど柳の小枝を切り落としていたところで、真新しい白い小枝が落ちていて、樹液の匂いがした。川はアンデスの雪どけ水を得て増水し、急速な流れはリード楽器のような音をたてていた。紫色のツバメが小さな虫を追いかけていた。ツバメが崖の上まで飛んでいくと、風がそれをとらえてひっくり返し、ツバメはさかさまになって羽ばたきながら、ふたたび川面まで落ちるのだ。

崖は舟つき場の上に鋭く切り立っていた。私は小道を登り、崖の上から川の上流、チリの方角を眺めた。川は灰白色の崖のあいだをきらめきながら滑らかに流れ、その両側にエメラルド色の開墾地が帯状に続いていた。崖から離れたところは砂漠だった。イバラのあいだを渦巻き、枯れ草を抜けヒューヒューと鳴る風の音以外なんの音もなく、タカと、白い石の上でゆっくりと動く黒い甲虫以外、生きものの気配はなかった。

パタゴニアの砂漠は砂や砂利の大地ではなく、すり潰すとつんとした匂いを発する灰色のイバラの藪である。アラビアの砂漠のように際立った精神の高揚をもたらすことはなかったが、この砂漠は人々の記録の中で重要な位置を占めている。チャールズ・ダーウィンは、すばらしいとは言いがたいこの砂漠を魅力的なものと感じていた。『ビーグル号航海記』の中で、彼はどうしてこの「乾いた不毛の地」が、かつて目にしたどんな風景よりも彼の心を強くとらえてしまったのかを、あまり成功したとは言えないにしろ説明しようとした。

一八六〇年代に、W・H・ハドソンは、ラプラタ周辺で冬を越した渡り鳥を探すため、ネグロ川までやって来た。数年後、彼はノッティングヒルの下宿屋からこの旅のことを思い出し、ソローですらうるさいと思わせるほど静穏なる書物を書いた。ハドソンは『パタゴニア流浪の日々』の全章を費して、ダーウィンの問いかけに答えた。彼は、砂漠をさまよう者は自身の中に原始の静けさ（純真な未開人なら知っていることだ）を発見し、それはひょっとしたら神の静けさに匹敵するものかもしれないと結論づけた。ハドソンが訪れた頃のネグロ川は、風変わりな王国の北の境界だった。そしてそこを追放された王族が、今なおパリにいるのである。

7

雨がしとしと降る十一月のある午後、アラウカニアおよびパタゴニア皇太子のフィリップ殿下は、フォブール・ポワソニエールにある、自身で経営する広報会社で私との会見に応じた。そこに着くまでに、私はマルクス主義の日刊『リュマニテ』、『ピノキオ』を上映中の映画館、そしてパタゴニア向きのキツネとスカンクの毛皮を売っている店の前を通り過ぎた。会見には、ブレザーに王室のボタンをつけた、若くて押し出しのいいフランス系アルゼンチン人の宮廷歴史家も同席した。

皇太子は小柄で、茶のツイードのスーツを着込み、顎の下まで大きく湾曲したブライヤーパイプを吸っていた。彼は仕事で東ベルリンに行ってきたばかりで、『プラウダ』紙を軽蔑したように振り回していた。出版社を探しているという分厚い原稿を、彼は私に見せた――ふたりのアラウカニア国民が、青、白、緑の三色旗を掲げている写真。フィリップ・ボワリーがフランスのパスポートに王室の肩書を書き入れることを許可するという、裁判所の令状。フィリップ殿下を追放された国家元首として認めるという、ヒユーストンのエルサルバドル領事からの手紙。ペロン大統領とアイゼンハワー（フィリップ皇太子は彼らに勲章を授けていた）、そしてアステカ族の王位継承権を主張しているモンテスマ皇太子からの書状。

別れ際に彼は、『アラウカニア重要研究』と題した小冊子をくれた。その中には「レオン・M・ド・ムーラン＝ピュイエ伯爵についての研究」や「アラウカニアの王位継承とメンフィスおよび古代エジプトの儀式」などが載っていた。

「いつも私は何かに挑戦し」と皇太子は言った。「少しのものしか得られないのだ」

8

一八五九年の春、弁護士のオレリー＝アントワーヌ・ド・トゥーナンは、ペリグー[*1]のイエラ通りにある灰色のよろい戸のついた事務所を閉め、ビザンチン様式の大聖堂を振り返り、家族の共同預金口座から引き出した二万五千フランを旅行カバンに詰めると、英国へ旅立った。一家はますます破滅に追いやられた。

オレリー＝アントワーヌは小作農の八番目の息子で、一家はラスフォント村に近いラシェズ村の、ある落ちぶれかけた貴族の屋敷内に住んでいた。彼は三十三歳（天才たちが死ぬ年齢だ）、未婚でフリーメーソンに属していた。若干のごまかしはあるものの、家系はフランス系ローマ人の政治家にまでさかのぼり、ゆえに彼は自分の名前に「ド」

の称号をつけ加えていた。黒い髪と豊かな顎ひげ、目つきは狂気を帯びていた。しゃれた服を着こなし、やたらと胸を張り、夢想家特有の無分別ともいえる大胆なふるまいをした。

ヴォルテールをとおして彼はエルシーリャの書いたぎこちない韻律の叙事詩と出会い、チリ南部に住む原始的な部族のことを知った。

たくましく、すべすべした肌
皮膚の下で波打つ筋肉
硬い四肢、鉄の神経
機敏で、騒々しく、陽気
威勢がよく、勇壮で、向こう見ず
労働に耐え、辛抱強い
ひどい寒さや飢え、暑さにも

もの静かな少年だったミュラはのちにナポリの王になった。ポー出身の弁護士事務所の事務員だったベルナドットはスウェーデンの王になった。そんなわけで、オレリー＝アントワーヌはこのアラウカノ族の若く力強い国をつくり、そこの王にしてもらおうと

＊1　フランス南西部ドルドーニュ県の県都。

思いついたのである。

彼は英国商船に乗り込み、冬のさ中にホーン岬を回り、チリのコキンボに上陸した。間もなく彼は、アラウカノ族が共和国に対して最後の抵抗をしていることを知った。彼は族長のマニルに励ましの書状を送り、やがて十月、ビオビオ川を、自分が手中に収めるべき王国の国境を越えたのだった。

ひとりの通訳とふたりのフランス人が同行していた。ふたりのフランス人とはラシェーズとデスフォンテーヌ。といっても実はオレリー＝アントワーヌのふるさと、ラシェズ村とラスフォント村から名前を取った架空の外務大臣と司法長官で、国王陛下その人の中に存在しているのだった。

オレリー＝アントワーヌと目に見えぬふたりの大臣は、苦労しながら真紅の花の咲く藪の中を進み、やがて馬に乗った若い男に出会った。その若者は族長のマニルが死んだことを告げ、オレリーを後継者キラパンのところへ連れていった。オレリー＝アントワーヌは、インディオが自分と同じように「共和国」という言葉を嫌っている、と聞いて喜んだ。けれども彼の知らない新事実がひとつあった。死の直前、族長マニルはアメリカ先住民の永遠の妄想を予言した。すなわち、戦いと苦役が終わるとき、ひげを生やした白い異人がやって来る……。

アラウカノ族の歓待を受けたオレリー＝アントワーヌは、勇んで世襲制による立憲君主国建国の宣言をした。彼は書類にクモの足のような文字で国王の署名をし、次に司法長官デスフォンテーヌがより太い文字で裏書きし、それから書類をチリの大統領とサンチアゴの新聞社に送った。三日後、大山脈をふたつも越えてへとへとになった例の若者が、新しいニュースを持ってきた。パタゴニア人も王国を承認したというのだ。オレリー＝アントワーヌは別の書類に署名し、南緯四十二度からホーン岬までのすべての南米地域を併合した。

自分のやったことの重大さにいささかたじろいだ国王は、バルパライソの下宿屋に引っ込み、憲法、軍隊、ボルドー行きの蒸気船航路、国歌（バルジビアのギリェルモ・フリック卿作曲）などの作成に没頭した。彼は本国の新聞『ル・ペリゴール』に、鉱物に満ちあふれた豊かな国「新フランス」建国を知らせる公開状を送り、この国がルイジアナやカナダで失った分を埋め合わせるだろうと書いたが、戦い好きのインディオが大勢住んでいることには触れなかった。別の新聞『ル・タン』は、「新フランス」はオレリー＝アントワーヌが抱いたのと同様の野心をほかの人間にも抱かせた、と非難した。

九か月後、一文無しになり、世間の無関心に傷ついたオレリー＝アントワーヌは、馬一頭、ラバ一頭、それにロサレスという召使いを引き連れてアラウカニアへ戻った（ロサレスを雇ったとき、彼は十五ペソを五十ペソと混同するという、旅行者のよくやる間違いを犯した）。最初の村では彼の臣民たちは皆酔っ払っていたが、やがて目を覚ますと、一族の者に集まるよう命令を伝えた。王は自然法と国際法について演説した。インディオたちは「ビバ！」の声でそれに応えた。茶色のポンチョを着て、頭に白いバンドを巻きつけ、裸の馬乗りたちに囲まれたオレリー＝アントワーヌは、ナポレオン風に身を硬直させて敬礼した。彼は三色旗を広げ、「末永い部族の統一を！　ひとりの族長の下に！　ひとつの旗の下に！」と叫んだ。

そのときオレリー＝アントワーヌ王は三万の軍隊を、そして武力による領土の拡張を夢見ていたのである。ときの声が森にこだまし、行商の酒売りは慌てて町へ走った。川の向こうにのろしが上がるのを見た白人移住者たちは、恐怖を感じて軍に知らせた。一方、召使いのロサレスは妻だけにしか解読できない手紙を書いていた。そこにはこのフランス人冒険家の誘拐計画が書かれてあった。

オレリー＝アントワーヌは護衛を連れずに入植地を通っていた。彼は昼食を摂るために川の土手に腰をおろした。そして武装した男の一団が木立ちに隠れたロサレスと話をしているのにも気づかずに、空想にふけっていた。重い物が彼の肩にのしかかった。誰かが彼の腕を強く掴んだ。さらにたくさんの手が伸びて、彼の持ち物を奪い去った。

チリの騎銃兵は王を無理やり馬に乗せ、県の首府ロスアンヘレスに連行し、地主貴族のドン・コルネリオ・サーベドラ総督の前に引きずり出した。

「フランス語は話せるか？」囚人オレリー＝アントワーヌは言った。彼は王室の権利を主張することから始めたが、最後には家族のもとに戻ってもよいかと言った。

オレリー＝アントワーヌにとってそれが最良の道であることは、サーベドラにもわかっていた。「しかし」とサーベドラは言った。「わしはおまえの真似をしようとする連中の勇気をくじくためにも、おまえを普通の犯罪者として審理することにする」

ロスアンヘレスの監獄は暗くてじめじめしていた。看守は眠っている彼の顔に向けてカンテラを揺り動かした。彼は赤痢にかかった。びしょぬれのむしろの上で、彼はもだえ苦しみ、絞首刑に使う鉄の輪を幻に見た。意識のはっきりしているときを見はからって、彼は王位継承権の順番を定めた。「余、オレリー＝アントワーヌ一世。独身。神と自然界の意志の力により、云々……」王位はまず、その季節には森でクルミを集めている年老いた父親に、次に兄弟とその子供に譲られることになった。

やがて髪の毛が抜け落ちると、それにつれて支配欲も衰えていった。

オレリー＝アントワーヌは（強制されて）王位を放棄した。フランス領事カゾットは、彼を監獄から救い出し、フランス軍艦に乗せて故郷へ送り返してやった。彼は食事を制限されていたが、士官候補生は彼を自分たちのテーブルに招待した。

パリに強制送還されると、オレリー＝アントワーヌの髪の毛は以前よりも長く黒々と伸び、支配欲の方も誇大妄想の域にまで膨らんでいった。彼は次のように思い出を締めくくる。「ペロンヌのあとのルイ十一世も、パヴィアのあとのフランソワ一世も、かつてのフランス国王に劣るものではない」それ以後の彼は、人生の歯車を狂わされたほかの君主たちと同じ道をたどる――王国に戻るための冒険小説もどきの試み。うす汚れたホテルでの厳粛なる儀式。金のために行なわれた肩書の授与（特筆すべきは、彼の侍従をつとめたのがサン＝バランタン公爵で、スミルナ大学その他研究機関のメンバーだったアントワーヌ・ヒメネス・デ・ラ・ロサだったことだ)。成金の資産家や在郷軍人らの気を引くことも、それなりに成功した。そして何よりも、神の階層原理が王という形で具現化するのだという、ゆるぎない信念が彼にはあった。

彼は三回、復帰を試みた。三回、ネグロ川に現われ、山脈を越えようと川をさかのぼった。しかし三回とも彼はつかまり、フランスに送還された。一回目はインディオの裏切りで、二回目はアルゼンチン総督の警戒網に引っかかって(総督は、短く切った髪や黒眼鏡、ジーン・プラットという偽名などの変装を見破った)。三回目の挑戦にはいくつかの解釈が考えられる。肉ばかりのガウチョの食事が腸閉塞を引き起こしたのか、それともフリーメーソンが彼と縁を切るために毒を飲ませたのか。確かなことは、一八七七年、オレリー=アントワーヌが半死半生の状態で、ブエノスアイレス病院の手術室に現われたということである。その後ある海運会社の汽船が彼をボルドーに上陸させた。彼はタルトワで肉屋をやっている甥のジャンのところへ転がり込んだ。村の点灯夫としてつらい一年間を過ごしたあと、一八七八年九月十九日、彼は死んだ。

アラウカニアおよびパタゴニア王国のその後の歴史は、南米の政治ではなく、フランスのブルジョワたちの妄想の中に生きつづける。オレリー=アントワーヌの一家から継承者が出ないとなると、グスタフ・アシール・ラビアルドなる男がみずから名乗りをあげ、アシール一世として君臨した。この男はランスの出身で、そこでは母親が「青ガエルの城」と地元では呼ばれる洗濯屋を営んでいた。彼はナポレオン支持者であり、フリーメーソンに属し、モエ・エ・シャンドンの株主であり、阻塞《そく》気球（彼自身、その気球にちょっと似ている）の専門家であり、ヴェルレーヌの知己だった。彼は「南半球星座王立協会」という民間企業を通じて経費を調達し、宮廷をパリから動かすことはしなかったが、領事館をモーリシャス、ハイチ、ニカラグア、ポートベンドレスに置いた。彼がローマ教皇庁に対して交渉を申し入れたとき、高い位にいたあるチリ人聖職者は、「この王国は酔っ払いのまぬけな心の中にのみ存在する」と言った。

三番目の王、ドクター・アントワーヌ・クロ（アントワーヌ二世）は、ブラジルのドン・ペドロ皇帝に仕えた医者だったが、王座について一年半後、アスニエールで没した。彼はヒエロニムス・ボス風のアマチュア版画家であり、また発明家で『白檀《びやくだん》の小箱』の詩人でもあったシャルル・クロの兄弟だった。

ドクター・クロの娘は王位を継承し、さらに息子のジャック・ベルナルドに王冠を譲った。しかし、ペタン政権に協力したかどで、アラウカニア国王はふたたび獄中生活を送ることになった。

その次なる継承者、フィリップ・ボワリーは、世襲皇太子の肩書をもって慎み深く国を治めている。そして、ラシェズ村の実家を別荘として使えるよう修復したばかりだった。

私は、キプリングの書いた『王になろうとした男』を知っているかどうか、彼にたずねた。

「知っているとも」
「キプリングの描いた主人公、つまりピーチーとドラボットが、やはりフリーメーソンに属していたというのは、奇妙なことだと思いませんか？」
「まったくの偶然だ」と皇太子は言った。

9

私はネグロ川を発ち、プエルトマドリンめざして南へ進んだ。

一八六五年、百五十三人のウェールズ人移住者が帆船ミモザ号からここに上陸した。狭苦しい炭坑の谷から逃げてきた者、独立運動に失敗して逃げてきた者、議会による学校でのウェールズ語使用禁止令から逃げてきた者。新しいウェールズを求める貧しい人々が群れをなしてやって来た。彼らの指導者は、イギリス人の手に汚されていない広大な土地を求めて、地球上をくまなく探したのだった。彼らはきわめて遠隔の地であること、そして気候が荒々しいことを理由に、パタゴニアを選んだ。金持ちになろうとは思っていなかった。

アルゼンチン政府はチュブト川流域を彼らに与えた。それは、プエルトマドリンからイバラの砂漠を越えて行く四十マイルの行軍だった。そしてその渓谷に着いたとき、彼らは政府ではなく神が、自分たちに土地を与えてくれたのだと感じた。

プエルトマドリンは、薄汚れたコンクリートのビル、ブリキの小さな家、ブリキの倉庫、それに風通しの悪い庭からなる町だった。黒い糸杉と黒光りする大理石の墓碑が並ぶ共同墓地があった。そう言えば、サン＝テグジュペリの『夜間飛行』で、嵐に襲われるのはこのあたりだ。

私は遊歩道を歩きながら、崖の平らな稜線が湾をぐるっと囲んでいるのを眺めた。崖は、海や空の灰色よりも明るい灰色だった。浜辺も灰色で、ペンギンの死体が散乱していた。遊歩道の中ほどに、コンクリート製のウェールズ人の記念碑が建っていた。まるで燃料庫の入口のようだった。その両側に、「野蛮」と「文明」を表わすレリーフが埋め込まれていた。野蛮を表わす方には、ソビエト風の厚板のような背筋を持った裸のテウェルチェ・インディオの一群が描かれていた。ウェールズ人は文明を表わす方で――老人、大がまを持った若者、赤ん坊を抱いた乳房の大きな少女などが描かれていた。

夕食時、給仕は白い手袋をはめ、焼いた羊肉の塊を出した。皿の上の羊肉はなかなかナイフを受けつけなかった。レストランの壁には、オレンジ色の夕焼けの中に牛を追い込むガウチョの姿が一面に描かれていた。流行遅れの格好をしたブロンド女が羊の肉に見切りをつけ、坐って爪に色を塗っていた。インディオがひとり、酔っ払って入って来て、ワインをジョッキに三杯飲んだ。インディオは赤い革で顔を覆い、その隙間から細い目がキラキラと光っていた。ジョッキは緑色のプラスチック製で、ペンギンの形をしていた。

10

私はチュブト渓谷に向かう夜行バスに乗った。そして翌朝には、現在パタゴニアのウエールズ人入植地の中心であるガイマン村にいた。渓谷は幅約五マイル、灌漑された牧草地とポプラの防風林が、切り立った白い崖――ナイル渓谷のミニチュア版といったところ――のあいだに網の目のように広がっていた。

ガイマン村の古い家々は上げ下げ窓のついた赤煉瓦づくりで、手入れのゆきとどいた菜園があり、玄関にはツタがはわせてあった。その中のひとつに「ミソサザイの巣」という名の家があった。各家の室内はしっくい仕上げで、茶色のドアにはピカピカの真鍮の取っ手がつき、グランドファーザー時計があった。入植者たちはほとんど財産を持たずにやって来たが、一家の時計だけは手放さなかったのである。

ジョーンズ夫人の喫茶店は村のいちばん端にあり、そこには礼拝堂へ通じる橋が架かっていた。彼女の家のスモモはよく熟し、庭にはバラがいっぱい咲いていた。

「ねえ、私、動けないの」彼女は大声を出した。「こっちへ来て、台所で話してくださらない?」

夫人はずんぐりしたからだつきで、八十歳を超えていた。そして洗い出しのモミのテーブルに寄っかかるように腰をおろし、レモンカードタルトをつくっていた。

「ねえ、私、一インチも動けないの。からだが不自由でね。洪水があってから関節炎を患ってしまって、どこへ行くにも連れてってもらわなきゃならないのよ」

そう言ってジョーンズ夫人は、台所の壁の青く塗られた羽目板についた洪水の跡を指した。

「ここで動けないまま、水が首のところまで来たの」

彼女は約六十年前、北ウェールズのバンゴアからここに来た。それ以来、この谷を離れたことはなかった。彼女はバンゴアにいる私の知り合いの一家を知っていた。「すてき。世間って狭いのね」

「信じられないでしょうけど」彼女は言った。「今の私からは信じられないでしょうけど、これでも若い頃は美人だったのよ」そしてマンチェスターから来た若者のこと、若者の持ってきた花束のこと、けんかのこと、別れのこと、船のことを彼女は語った。

「それで故郷のモラルはどう？　低くなりまして？」彼女は聞いた。

「低くなりました」

「ここでもそうですよ。誰もかれもが堕落してる。いったいどうなることやら」

ジョーンズ夫人の孫息子が喫茶店の経営を手伝っていた。彼は売り物のケーキをたくさん食べていた。祖母のことは「おばあちゃん《グラニー》」と呼んでいたが、それ以外は英語もウェールズ語も喋らなかった。

私はドライゴーク・ゲストハウスに泊まった。持ち主はイタリア人で、彼らはその夜遅くまで、ジュークボックスでナポリの歌をかけていた。

11

午前中、私はポプラ並木の白い道をベセスダに向かって歩いた。同じ方向にひとりの農夫が歩いていて、アラン・パウエルという彼の兄弟に会いに行くというので、連れていってもらうことにした。私たちはわだち道を登っていき、柳が影を落とす農家の裏庭へと入っていった。ウェルシュ・シープドッグが吠えたて、それから私たちの顔をなめた。ブリキ屋根の軒の低い泥煉瓦の家には上げ下げ窓があり、裏庭には馬車と古い機械類が置いてあった。

アラン・パウエルは小柄な男で、太陽と風のせいで皺が深い。妻君の方はつややかな頬をしていて、いつも笑っていた。居間はブルーだった。ウェールズ風の食器戸棚があり、ウェールズからの葉書が貼られていた。パウエル夫人のいとこはパタゴニアを去り、ウェールズの故郷へ戻っていた。

「いとこはうまくやってるわ」と彼女は言った。「今ではアーチドルイドよ[*1]」

祖父はカーナーヴォンの出身だったが、彼女はそれがどこにあるのか知らなかった。彼女の持っているウェールズの地図に、カーナーヴォンは載っていなかった。

「ナプキンに印刷した地図だから、ぜいたくは言えないわ」彼女は言った。

私はカーナーヴォンの位置を示してやった。彼女はずっとそれを知りたがっていたのである。

パウエル夫妻にはエディーという男の子と、女の子がひとりいた。五頭の牛、小さな羊の群れ、ポテト、カボチャ、トウモロコシ、ヒマワリの畑を持っていた。それから菜園と果樹園、雑木林。一頭の雌の子馬、メンドリ、アヒル、そして犬。雑木林の向こうには豚小屋が並んでいた。一頭の豚が疥癬《かいせん》にかかっていたので、私たちはそいつに薬剤をぶっかけた。

その日は暑かった。パウエル夫人は言った。「働くより話をしてる方がいいわ。焼き肉《アサード》を食べましょうよ」彼女は納屋に行き、テーブルに赤と白のチェックのクロスを掛けた。エディーが火をおこし、父親は地下の食料置場に行った。彼は吊り下げてあった羊肉の塊からばら肉を一枚切り取り、脂肪をそぎ落とすと、それを犬に与えた。彼は肉を十字形の鉄の焼き串《アサドール》に固定し、それを火のまわりの地面に突き刺した。それから、酢、ニンニク、トウガラシ、オレガノなどを使ったサルムエラというソースをつけて、焼き肉を食べた。

「こうすると肉の脂が落ちるのよ」パウエル夫人が言った。

私たちは薄いロゼワインを飲み、アラン・パウエルは砂漠に生える薬草の話をした。「どんな病気も薬草で治せるよ」彼は言った。彼の祖父母はインディオからそれを教わ

＊1　ウェールズの詩人大会の役員。

った。しかし今では何もかも変わってしまった。

「鳥でさえ同じではないからね。三十年前には、オウラカがブエノスアイレスから下ってきたもんだ。このことでもわかるだろ。俺たちのまわりで何もかもが変わったように、鳥にとってもすべてが変わったんだ」

ワインが私たちに眠気を催させた。昼食後、エディーが昼寝のために自分の部屋を提供してくれた。壁はしっくいで仕上げられていた。白く塗られたベッドと、灰色のチェストがあった。室内でほかにあるものといったら、棚の上に対称的に置かれた拍車とあぶみだけだった。

12

ガイマンでは、教師の妻がピアニストを紹介してくれた。ピアニストは神経質そうなやせた少年で、血の気のない顔をして、風に当たったせいか、目をうるませ、丈夫そうな両手は赤らんでいた。そもそもウェールズ人聖歌隊の婦人たちが彼を採用し、聖歌を教えたのである。以来彼はピアノのレッスンを積み、音楽学校で学ぶために、近々ブエノスアイレスへ発とうというところだった。

アンセルモの家は食料品店で、その裏に彼と両親が住んでいた。母親は自分でパスタを打った。彼女は大柄なドイツ人で、しょっちゅう泣いていた。イタリア人の夫がかんしゃくを起こしたといっては泣き、アンセルモが遠くへ行くことを思っては泣いた。母親はピアノを買うために貯金をはたき、そして息子は家を出ようとしている。夫は、自分が家に居るときはピアノを弾かせなかった。これからはピアノから音が出ることもなくなり、母親の涙がパスタを濡らすことだろう。しかし心の底では、彼女は息子が行くことを喜んでいた。すでに彼女にはホワイトタイが見え、観客総立ちの拍手喝采が聞こえていたのである。

クリスマス休暇のあいだ、アンセルモの両親はピアノの練習をするアンセルモをひとり残し、彼の兄を連れて海に行ってしまった。兄は自動車修理工で、がっしりしたインディオの娘と結婚していた。彼女はまるで狂人を見るような目つきで人を見つめた。

アンセルモはヨーロッパ文化に対する強いあこがれと、故郷を離れたいという強い欲求を胸に抱いていた。父親にピアノを弾くことを止められると、彼は自分の部屋に閉じこもり、楽譜を見たり、音楽百科事典に載っている大音楽家たちの伝記を読んで時を過ごした。彼はちょうどリストを練習していたところで、エステ荘やワーグナーとの友情に関するこみ入った質問をしてきた。私は役に立たなかった。

ウェールズ人たちは彼をかわいがった。第一ソプラノはクリスマスにフルーツケーキを贈り、アイスデズボド[*1]で彼に伴奏してもらった農夫兼テノールの若者は、ペンギンやアシカやダチョウの描かれた皿を贈った。彼はそんなプレゼントに大喜びした。

＊1　ウェールズで毎年八月に行なわれる芸術祭。

「僕があの人たちにしてあげたことへのお礼なんです」と彼は言った。「では『悲愴』を弾きます。いいですか」

部屋はがらんとして、ドイツ風に、白い壁にレースのカーテンが掛かっていた。外では風が通りに土埃を巻き上げ、ポプラをかしがせていた。アンセルモは戸棚から白い小さなベートーベンの石膏胸像を取り出した。彼はそれをピアノの上に置き、曲を弾きはじめた。

演奏はすばらしいものだった。こんな南の果てで、見事な『悲愴』が聞けるとは思いもしなかった。弾き終わると彼は言った。「ではショパンを弾きます。いいですか」そしてベートーベンの胸像をショパンのものに置き換えた。「ワルツとマズルカとどちらがいいですか?」

「マズルカ」

「いちばん好きな曲を弾きましょう。ショパンが書いた最後の曲です」

そうして彼は、ショパンが死の床で書き取らせたマズルカを弾いた。風が通りでヒューヒューと鳴り、墓石に舞う木の葉のように音楽がピアノから立ち昇り、そして目の前に天才がいるのを感じた。

13

クリスマスはおかしな具合に始まった。二十年間駅長を務めたカラドグ・ウィリアムズ氏が、子供たちのお茶会のために湯を沸かそうとして古い礼拝堂へ行き、大なべを持ち出したときのことだ。ふと川を見ると、そこに裸の男の死体があった。死体は膨れ上がり、倒れた柳の幹にひっかかっていた。ウェールズ人ではなかった。

「たぶん旅行者だろう」警官が言った。

アンセルモと私はクリスマスを一緒に過ごすために、デイビース家の農場に行った。そこはいちばん最初にできた百エーカー農場のひとつだった。デイビース家はパウエル家のいとこ筋にあたるが、こちらの方が暮らし向きはよかった。農場は、チリ人の雇い人を別として、六人の人間を養っていた。デイビース老夫人、息子のアイバー、その妻とふたりの息子、アイバーの兄弟で独身のユアン。

デイビース老夫人は五部屋ある大きな家に住んでいた。彼女はすばらしい微笑をたたえた、ちんまりとした老婦人だった。髪の毛を結い上げ、芯の強そうな人だということが見てとれた。午後になると、彼女は風の当たらない東側のポーチに坐って、タチアオイやシャクヤクが日に日に変化していくのを眺めた。居間は、彼女が一九一三年に花嫁としてここに来て以来、変わっていなかった。ピンクの壁はそのままだった。二枚の銀きせ銅板の飾り皿――結婚祝いだった――と二匹の陶器のパグ犬が、マントルピースの上に置かれていた。鏡台の両側には、フェスティニオグから来た義理の両親の着色写真があった。写真はずっとそこに掛けられていて、彼女が死んだあともそこに飾られたままだろう。

老デイビース氏は去年死んだ。八十三歳だった。だが、デイビース夫人の話し相手はいつもユアンだった。ユアンは栗色の目と濃い赤毛を持ち、そばかすだらけの陽気な顔をした、筋骨たくましい男だった。

「いいえ」デイビース夫人は言った。「ユアンはまだ結婚していません。でも、代わりに歌を歌うの。すばらしいテノールなんですよ。アイスデズボドで賞を取ったときなんか、そこにいた人がみんな涙を流したくらい。アンセルモが伴奏をしてくれたんですけど、ふたりはいい組み合わせだったわ。ああ、あの子のピアノのうまさといったら。ユアンがアンセルモに、クリスマスプレゼントとしてすてきなお皿を贈ったの。とてもいいことね。家族が助け合わなかったら、こんなチュブトでは、かわいそうにあの子はひとりぼっちで途方にくれて、なんの楽しみもない生活を送ることでしょう」

「ええ、ユアンもいつかは結婚しなくてはね。でもいったい誰と？　若い女性は少ないし、ふさわしい人でなきゃいけないでしょ。ほかの者とけんかしたらどうします。それに、この農場にふたつの家族を養っていくだけの余裕があると思いますか。家族が仲たがいするしかないなんて、ぞっとしますわ。どちらかが、よそに出て行かなくてはならなくなるでしょうね」

デイビース夫人は、自分が生きているあいだにそういう事が起こりませんように、と願っていた。

アイバー・デイビースは、母親の家よりは小さな、泥煉瓦づくりの三部屋の家に、家族とともに住んでいた。彼は長身で姿勢がよく、頭は禿げ、両眼は頭蓋骨深く埋もれていた。彼は信心深く、鏡台の上にはウェールズ聖書協会のパンフレットが置いてあった。アイバー・デイビースは、皆が言うほど世の中は悪くないと思っていた。

アイバーとユアンは農場であらゆる労働をした。いちばんきつい仕事は灌漑用の溝を掘ることだった。雇い人はほとんど仕事をしなかった。彼は道具置場の小屋に五年間住みついていたが、自分専用の豆畑を耕し、マテ茶と砂糖が買えるだけの臨時仕事しかしなかった。雇い人はけっしてチリに帰ろうとせず、アイバーたちは、彼が人殺しなのではないかと怪しんでいた。

アイバー・デイビースの妻はとても陽気なイタリア人だった。彼女の両親はジェノヴァ出身。黒い髪と青い目を持ち、気候からするとちょっと考えられないようなバラ色の肌をしていた。彼女はいつも、何もかもなんてきれいなんでしょう、と言った。子供たちが醜くても、なんてきれいな家族《ケ・リンダ・ファミリア》。どしゃ降りの雨でも、なんていい天気《ケ・リンド・ディア》。美しくないものでも、彼女にかかると美しく思えてしまうのだ。彼女はウェールズ人社会をとくに美しいと考えた。ウェールズ語を喋り、ウェールズ地方の歌を歌った。けれどもイタリア人である彼女は、息子たちをウェールズ風に育てることができなかった。息子たちはウェールズ人社会にあきあきしており、アメリカに行きたがっていた。

「そこが問題なの」とグウィネス・モーガンは言った。彼女は美しいケルト系の女性で、金髪を丸く束ねていた。「ウェールズ人の男が外国人と結婚すると伝統が失われてしまう」グウィネス・モーガンは未婚だった。彼女はこのウェールズ人の谷を今のままにしておきたいと考えていた。「でも、何もかもがばらばらになっていくわ」と彼女は言った。

アイバー・デイビース夫人はイタリアを、とりわけヴェニスを夢見ていた。彼女はヴェニスと「ためいきの橋」を一度見たことがあった。彼女がためいき《ソスピリ》という言葉を口にするとき、あまりにも大声で強く言うので、いかにイタリアに思い焦がれているのかがわかった。チュブトはヴェニスからあまりにも遠く、ヴェニスは彼女の知っているほかのどこよりも美しかった。

お茶のあと、私たちはそろってブリン＝クルン礼拝堂に讃美歌を歌いに行った。アイバーは妻と母親を小型トラックに乗せ、のこる私たちはダッジに乗った。そのダッジはアイバーの父親が一九二〇年代に購入したもので、まだ壊れてはいなかったが、エンジンは当時の方が調子がよかった。

ブリン＝クルン礼拝堂は一八九六年に畑の真ん中に建てられた。黒っぽいスーツに平たい帽子といったいでたちのウェールズ人男性が六人、赤煉瓦の塀に向かって列をつくっていた。離れでは婦人たちがお茶の席に着いていた。

アンセルモがハーモニウムを弾くと、風がうなり、雨が窓を打ち、テロテロ鳥が金切り声を上げた。ウェールズ人たちはジョン・ウェズレーの讃美歌と、ウェールズ人に対する神の約束を物語る悲しい歌を歌った。かん高いテノールとソプラノ。老人たちはバックでうなり声を上げた。ほとんど歩くことのできない老ヒューバート・ロイド＝ジョーンズ。麦ワラ帽をかぶったロイド＝ジョーンズ夫人。みんなから太っちょと呼ばれているクレドウィン・ヒューズ夫人。ナン・ハモンドとダイ・モーガン。デイビース家とパウエル家の全員がいた。Tシャツ姿の「ワイルドボーイ」、オスカー・パウエルの姿さえ見られた。Tシャツにはウェールズの竜が描かれ、そのまわりに赤い字で英国でもっとも長い村の名前――Llanfairpwllgwyngyllgogerychwyrndrobwllllantysiliogogogoch――が書かれていた。

礼拝は終わった。老人はお喋りをし、子供たちは腰かけのあいだでかくれんぼをした。それから私たち全員は、お茶を飲むためにぞろぞろと移動した。それはこの日二度目のお茶だったが、クリスマスはお茶を飲むための日なのだ。女たちは黒い陶製のポットからなみなみとお茶を注いだ。デイビース夫人がピッツァを持参していたので、ウェールズ人たちも少しつまんだ。アンセルモはユアンと一緒に喋ったり笑ったりしていた。ふたりは親友だった。アンセルモは元気いっぱいだった。だが、その元気は借りもの、ウェールズ人の陽に焼けた陽気な顔を見た者は皆、元気づけられるのだ。

14

アンセルモは私に、詩人に会いに行くように言った。「マエストロだよ」と彼は言った。

その詩人は寂しい川のほとりの、茂りすぎたアプリコット園の中の、二間のあばら屋にひとりで暮らしていた。彼はブエノスアイレスで文学の教師をしていたこともある人物だった。パタゴニアには四十年前にやって来て、そのまま住みついた。

私が玄関の戸を叩くと、詩人は目を覚ました。霧雨が降っていたので、彼が服を着るあいだ、私は玄関で雨やどりをしながら、ペットのヒキガエルの集団を見つめていた。

詩人の指が私の腕をつかんだ。彼はキラキラとした鋭い眼差しで私を見据えた。

「パタゴニア！」彼は叫んだ。「手ごわい女主人だ。彼女は魔法をかける。魅惑的だ。君をその手でとらえて、けっして放さない」

雨がブリキ屋根の上でけたたましい音をたてた。それから二時間というもの、彼は私のパタゴニアになった。

部屋は薄暗く、汚れていた。背後には板と空箱でつくられた棚があり、それは本や鉱物標本、インディオの工芸品、牡蠣《かき》の化石などの重みでたわんでいた。壁には鳩時計、パンパにいるインディオを描いた石版画、ガウチョのマルティン・フィエロを描いた石版画が掛かっていた。

「インディオの方がガウチョより上手に馬に乗った」彼は言った。「連中の褐色の手足といったら！　しかも裸馬にだ！　インディオの子供たちは歩くより先に乗馬を覚えたんだ。彼らは馬とともにあった。ああ！　わがインディオ《ミ・インディオ》！」

机の上はアーモンドの殻と愛読書で散らかっていた——オウィディウスの『悲しみの歌』、『農耕詩』、『ウォールデン』、ピガフェッタの『マゼラン航海記』、『草の葉』、『マルティン・フィエロ』、『パープルランド』、そして、ブレイクの『無垢の歌』が、とくに彼のお気に入りの書物だった。

彼は自作の『チュブト川最後の洪水をめぐる詩篇』を取り出し、埃をはたき落としてから、私に手渡した。それはアレクサンダー格の詩行形式で、大洪水に関する彼の見解と新しいダムを建設した技術者の讃美とを融合させたもので、トレリューで自費出版されていた。彼はこれまで『大地の声』と『転がる石』の二冊の詩集を出版している。後者は、パタゴニアのパンパを覆う、氷河で丸く削られた石ころの層にちなんで名づけられたものだった。彼の描く詩の世界は宇宙的だった。その技巧には驚くべきものがあった。彼はスペイン語とリンネ式ラテン語を駆使して、恐竜の絶滅を韻律のある二行連句に詠み込んだ。

彼は私に自家製のねばつくアペリティフをすすめ、私を椅子に坐らせた。そして入れ歯をカタカタいわせながら、身ぶり手ぶりを交えて、パタゴニアの地質学的変化を記述した説得力のある詩の一節を朗読した。

私は、今何を書いているのかと質問した。彼はケタケタと笑った。「私の詩作には限りがあるんだ。T・S・エリオットも言っていた。『詩は待っていてくれる』とね」

雨が止んだので、私はいとまを告げた。ミツバチが詩人所有の巣箱のまわりでブンブンと音をたてていた。アプリコットの実が淡い太陽の色に熟しつつあった。アザミの冠毛が目の前をいっぱいに漂い、野原にはふわふわの白い羊たちがいた。

15

詩人に手を振って別れを告げた私は、西へ向かってチュブト川をさかのぼり、山地《コルディエラ》へと通じる道に向かって歩いた。運転席に三人の男を乗せたトラックが停まった。彼らは山地へ干し草を取りに行くところだった。ひと晩中、私はトラックの荷台ではずみつづけ、やがて夜が明けると、埃まみれになった私は、太陽の光が小さな氷冠を射るのを見つめ、それからはるか遠くの山の斜面が、雪の白と、その南側にあるブナの森の黒で縞模様になっているのを眺めた。

エスケルの町に入っていくと、町を取り囲む茶色の丘のひとつで山火事が起こっていた。私はメインストリートにある緑色のレストランで食事をした。トタンのカウンターが部屋の長さいっぱいに延びていた。一方の端にはガラスの飾り棚があって、ステーキや腎臓や子羊の肋肉やソーセージが陳列されていた。ワインは酸っぱく、陶器のペンギンに入れて出された。どのテーブルにも硬くて黒い帽子をかぶった人がいた。ガウチョたちはコンサーティーナ[*1]のように皺くちゃになった長靴と、黒いボンバーチャをはいていた（ボンバーチャとはぶかぶかのズボンのことで、クリミア戦争中のフランスのズアーブ兵団の放出品だった）。

目を充血させた男が、友人を置いてこちらへやって来た。

「話をしてもいいかい、セニョール？」

「ええ、坐って飲んでください」

「あんた、イギリス人か？」

「どうしてわかりました？」

「まわりにいるんだ」彼は言った。「俺の雇い主と同じ人種だからな」

「どうしてウェールズ人じゃないと？」

「俺はイギリスから来たウェールズ人を知っている。だからあんたはイギリス人だ」

「そうですね」

彼は大喜びで、友人たちに向かって叫んだ。「なあ、当たってただろう」

男は、郊外へ二十マイルほど行ったところにある、イギリス人所有の種馬飼育場へ行く道を教えてくれた。「すごいやつさ《テイポ・マカヌード》」と彼は言った。いい男だ、完璧なイギリス紳士

*1　六角形ないし八角形のアコーディオンに似た楽器。

だよ……。

ジム・ポンサンバイの飼育場は山になっていて、冬は谷間で、夏は山の上で放牧した。牧草地にはヘレフォード種の雄牛がいた。そして牛に混じって、鮮やかなピンク色の足と黄色い胸を持った大きなトキが、カタカタというもの悲しい音をたてていた。

家屋は軒が低く、白く塗られ、周囲には銀色のカンバが植えられていた。スペイン女が戸口に出てきた。

「主人は雄羊のことでパトロンのところへ手伝いに行ってますの」彼女は言った。「品評会のために雄羊を選んでいるんです。刈り小屋にいるはずですわ」

彼は確かに完璧なイギリス紳士だった。背は中くらい、髪は灰色でふさふさとし、短く刈り込んだ口ひげをたくわえ、目は格別に冷たい色合いのブルーだった。破裂した血管の規則的な網目模様が顔面に広がり、腹は飲み食いに目がないことをほのめかしていた。服装は彼の几帳面な性格を表わしていた——茶のヘリンボーンツイードのゆったりとしたベルト付きジャケット、堅木のボタン、カーキ色の開襟シャツ、ウーステッドのズボン、べっこう縁の遠近両用眼鏡、それに唾をつけて磨いた靴。

彼は血統台帳に何か書き付けていた。彼の使用人アントニオは完全なガウチョ姿だった。短剣《ファコン》を腰のくびれに斜めに差していた。アントニオは雇い主の前で、オーストラリア産メリノ羊の群れを引き連れて行進していた。

雄羊は自分の毛とたくましいからだの重みに息をあえがせ、減量のためのちょっぴりのアルファルファを肥満体に陥った者の運命とあきらめて嚙んでいた。最良の羊たちは、からだに汚れがつかないように、木綿の覆いをかぶせられていた。アントニオは、雇い主が羊の毛の中に手を突っ込んで指を広げ、厚さ十数センチのクリーム色の毛を観察できるよう、羊にかぶせた覆いを取らなければならなかった。

「それで、旧世界のどっから来たんだ?」イギリス人はたずねた。

「グロスターシャー州です」

「グロスターシャーだって! グロスターシャーねえ。北部かね、え?」

「西部です」

「ちくしょう、そうだろうよ。西部か。そうさ。わしらはチッペナムにいた。たぶん聞いたことがないだろう。ウィルトシャー州にあるんだ」

「僕のところから十五マイルほどですよ」

「たぶん別のチッペナムだ。で、旧世界の景気はどうだ?」彼は地理学の話を避けるために話題を変えた。「ものすごく景気がいいってことはないんだろう。なんてこった!」

16

私は牧夫の小屋で寝た。その夜は冷えた。彼らは私に折りたたみ式ベッドと、上掛け用に黒い冬のポンチョを提供してくれた。ポンチョやマテ茶の道具やナイフ類以外、牧夫の持ち物は何ひとつなかった。

朝、白いクローバーの上に露がたっぷりと降りていた。私は製粉所のあるトレベリンのウェールズ人村へと、わだち道を下っていった。谷のはるか下に、ブリキの屋根がキラキラと光っていた。それはごく普通のヴィクトリア朝風の製粉所だったが、村の端には、さまざまな角度の屋根をもった奇妙な木造の建物が数棟あった。近づいてみると、そのうちの一棟は給水塔だった。そこからひらひらと漂っている垂れ幕には、「バハーイー教研究所」とあった。

黒い顔が土手の向こうからひょいとのぞいた。

「ごきげんよう《ケタル》」

「散歩してるんです」

「入んなさい」

トレベリンのバハーイー教研究所は、背の低い、真っ黒の、ものすごく筋骨たくましいボリビア出身の黒人と、六人の元テヘラン大生で構成されていた。このとき元テヘラン大生はひとりしかいなかった。

「みんな」とボリビア人はくすくす笑った。「みんな、ものすごく信心深いんです」

彼はブリキ缶から間に合わせの回転式擬餌針をつくっている最中で、湖に釣りに行きたいと思っていた。ペルシャ人はシャワーを浴びていた。

ペルシャ人たちはバハーイー教を広める伝道者としてパタゴニアにやって来ていた。

彼らは金持ちで、研究所の中はテヘランの中流階級の装飾品――ワインレッドのブハラ製の敷き物、美しいクッション、真鍮の皿、『シャーナーメ』[*1]のいくつかの場面を描いた煙草入れなどでいっぱいだった。

ペルシャ人がサロンを腰に巻いて、ふらりとシャワールームから出てきた。名をアリといった。黒い髪の毛が、不健康そうな白い肌の上で波打っている。ひどく大きなとろんとした目に、垂れ下がった口ひげ。彼はクッションの山の中に背中を埋めると、ボリビア人に洗濯物を洗うように命じ、世界情勢について論じはじめた。

「ペルシャはとても貧乏な国だ」と彼。

「ペルシャはべらぼうな金持ち国です」と私。

「ペルシャは金持ちになれたはずなのに、アメリカ人がその富を奪ってしまったのだ」

アリは膨れた歯茎を見せながらにたっと笑った。

彼は、研究所を案内して回ろうと言いだした。図書室に入ると、中の本はすべてバハーイー文学だった。私は本の題名をふたつ書きとめた。『神の憤り』と『オオカミの息子、バハーイー・ウラーへの手紙』だ。『よい文章の書き方』というのもあった。

「君の宗教はなんですか」アリは聞いた。「キリスト教?」

「今朝は、とくに宗教を持っていません。僕の神様は歩く人の神様なんです。たっぷりと歩いたら、たぶんほかの神様は必要ないでしょう」

＊1　ペルシャの詩人、フェルドウシーの長篇叙事詩。

ボリビア人はこれを聞いて喜んだ。彼は湖まで歩いて行って、釣りをしたかったからである。

「僕の友だち、どう?」アリが聞いた。

「好きですよ。すばらしい友だちだ」

「彼は僕の友だちだ」

「そうでしょうね」

「本当にいい友だちだ」アリは自分の顔を私の方にぐっと突き出した。「で、ここが僕たちの部屋だ」彼はドアを開けた。そこにはダブルベッドがあり、枕の上に縫いぐるみの人形が置いてあった。壁には鉄製の大きななたが、革ひもで吊るされていた。アリはなたを私の顔の前で振り回した。

「はっ! 不信心者を殺してやる」

「そんなもの、下に置いて」

「イギリス人は異教徒だ」

「それを下に置いてと言ってるんです」

「冗談だよ」と彼は言って、大なたを元のフックに掛けた。「ここはすごく危険なところだ。アルゼンチン人は危険だ。僕は拳銃も持っている」

「そんなの見たくありませんね」

次にアリは私を庭に案内し、そこを讃美した。バハーイー教徒たちは彫刻や庭用の家具をつくり、そしてボリビア人は奇妙な散歩道をつくっていた。

「そろそろ、君は帰んなさい」アリは言った。「僕は疲れたし、眠らなきゃならないんでね」

ボリビア人は私に立ち去って欲しくないようだった。その日はすばらしい天気だった。彼はどうしても釣りに行きたかったのである。こんな朝にベッドに行かなくてはならないなんて、彼にとってはいちばんやりたくないことだった。

17

ミルトン・エバンズはトレベリンの中心人物で、この地の開祖の息子だった。齢《よわい》は六十一歳、口ひげをたっぷりと生やし、自分の英語が自慢だった。彼のお気に入りの言い回しは、「馬のしょんべんをもう一杯！」だった。彼の娘は英語が話せなかったが、彼女がビールを持っていくと、彼は「はっはー！　馬のしょんべんだ！」と言って、それを飲み干した。

彼の父親ジョン・エバンズは、赤ん坊のときミモザ号に乗ってやって来た。彼の世代では、インディオのように馬を乗りこなした最初の人物だった。農場労働や教会、お茶といった堅苦しい方面の仕事は、彼の得意とするところではなかった。彼は山地《コルディエラ》の奥に入植し、金を貯え、製粉所を建設した。事業が軌道に乗ったところで、彼は家族を連れて一年間ウェールズに戻った。ミルトンはフェスチニオグの学校に通い、橋の上から釣りを楽しんだが、釣りに関しては長い話があった。

ミルトン・エバンズは、父親の飼っていた馬の墓へ行く道を私に教えてくれた。白い垣根の中、マリーゴールドの花畑とモミの木に囲まれて、丸石がひとつ置かれていた。碑文にはこうあった。

一八八三年三月十四日、山地《コルディエラ》から帰還した日に、
インディオから私の生命を守ってくれた愛馬エル＝マラカラ、ここに眠る。

その三月のはじめ、ジョン・エバンズは、ヒューズ、パリー、デイビースら三人の仲間と一緒に、チュブト峡谷を西へ遡っていた。そこには町があるという古い言い伝えと、金が出るという新しい噂があった。彼らは、ある親切な族長のテントに泊めてもらった。そしてそこから、広がりゆく草原と山地《コルディエラ》の峰々を眺めはしたものの、食料が底をついたため、やむなく引き返すことになった。馬のひづめは鋭い石の上で裂け、馬は足を引きずって歩いた。彼らは鞍に三十六時間も乗りつづけていた。パリーとヒューズはぐったりし、手綱も垂れ下がったままだった。だが、エバンズは強い男だった。彼はウサギを二匹しとめ、その夜、四人は食事にありつくことができた。

翌日の午後、土煙で視界を遮られながら谷を渡っていると、背後にひづめの音が聞こ

えてきた。ジョン・エバンズは、インディオの槍を逃れようと愛馬エル＝マラカラに拍車をかけた。しかし、振り返ると、パリーとヒューズは落馬し、デイビースは脇腹に槍を受けて鞍の上に伏していた。愛馬エル＝マラカラはインディオの馬より速かったが、峡谷の手前でぴたりと止まった。そこには大地の裂け目が大きく口を開けていたのである。インディオが追って来るので、エバンズはふたたび拍車をかけた。するとエル＝マラカラは六メートルの見事な跳躍で真っすぐに絶壁を飛びおり、がれ場を滑り落ちて、峡谷の向こう側へとたどりついた。勇敢な男のなんたるかを知っていたインディオたちは、それ以上追ってこようとはしなかった。

四十時間後、エバンズはウェールズ人の村にたどり着き、リーダーのルイス・ジョーンズにこの三人の死を報告した。

「しかしね、ジョン」とルイス・ジョーンズは言った。「インディオはわれわれの友だちなんだ。彼らがウェールズ人を殺したことはないんだよ」

だがこのときルイス・ジョーンズは、アルゼンチン人警備隊がすでにインディオの土地に侵入していたことを聞かされた。それは事実だった。エバンズは四十人のウェールズ人からなる一団を率いて、襲撃場所へ取って返した。一行が近づくと、群れていたタカが飛び立った。死体はまだ完全にタカに食われてはおらず、死体の生殖器がタカの口の中にあった。ルイス・ジョーンズはジョン・エバンズに言った。「ジョン、神は恐ろしい死から君を守ってくれたんだね」

彼らは遺体を拾い上げ、葬ってやった。大理石の碑が、今もその場所に建っている。碑文には「驚異は数限りなく起こるであろう……」とあった。アン・グリフィスの讃美歌からの一節である。アン・グリフィスはモンゴメリーから来た謎の少女で、辺地の丘の農場に住み、若くして死んだという。

「見たところ、仕事を探しているのではなさそうだね？」ミルトン・エバンズは私にたずねた。ちょうど昼飯どきだったので、ミルトン・エバンズは小さな剣の先にぶ厚い肉切れをのせて、私に差し出した。

「とくにそういうわけでは」

「変だな、君を見ていると、ボビー・ドーズを思い出すよ。若いイギリス人だったが、君と同じようにパタゴニアを歩き回っていた。ある日、そいつが大きな牧場に行って主人にこう言ったんだ。『もし仕事をくれたら、だんなは聖人、奥さんも聖人、子供は天使で、あの犬は世界一のいい犬だ』でも主人は『仕事はない』って答えた。『それなら』とボビーは言ったさ。『だんなは売女の息子で、奥さんは売女、子供は猿だ。そいで、俺があの犬をつかまえたら鼻血を出すまで尻を蹴ってやる』」

ミルトンはげらげら笑いながらこの話をした。ついで羊洗いのクーパーにいつか聞いたという話もしてくれた。それは疥癬の治療に関するもので、おちは「羊の口に砂糖の塊を突っ込み、甘味を感じるまで羊の尻を吸う」というものだった。ミルトンは、私がかんじんな点をちゃんと理解しているかどうか確かめるために、二度この話を繰り返した。私は嘘をついた。三度目をまともに聞く気にはなれなかったから。

　私は干し草づくりをするミルトンに別れを告げ、エスケルの北、エプエンと呼ばれる小さな村に向かった。

18

　その夜は暑かった。夜も更けて、エプエンのとある店では、主人がカウンターを雑巾で拭いていた。そのカウンターはバーでもあった。主人のセニョール・ナイタネは皺だらけの小柄な男で、肌が異常に白かった。彼はいらいらしながら客たちを眺め、早く出ていってくれないかと考えていた。妻君がベッドで彼を待っていたのだ。庭を取り囲む部屋は闇に包まれていた。店の中のひとつきりの電球が、弱々しい黄色い光で緑色の壁や瓶の列、マテ茶の包みなどを照らしていた。屋根の梁《はり》からは、コショウ、ニンニク、鞍枠、くつわ、拍車などがぶら下がり、天井にゆがんだ影を投げかけていた。

　少し前までは、店にいた八人のガウチョたちも帰る気配を示していたのだ。彼らの馬が柵に繋がれて、口をモグモグさせたり足を踏み鳴らしたりしていた。けれども、主人のナイタネがカウンターをきれいに拭くたびに、そのうちのひとりが濡れたグラスだか瓶だかをドンと置いて、お代わりを注文した。ナイタネはボーイに給仕させた。そしてダチョウの羽根の埃たたきを持つと、棚の上の物をこれ見よがしにはたきはじめた。

いったん酔ったガウチョを馬の鞍に乗っけてしまえば、ガウチョは鞍から落ちることもなく、馬が彼を家まで連れていってくれる。しかし、このガウチョを馬に乗せるときがやっかいなのだ。ナイタネはそのやっかいな瞬間が刻々と近づきつつあるのを感じていた。いちばん若いガウチョは真っ赤な顔をして、なんとか倒れまいとバーに肘をついていた。仲間たちは、その足がからだを支えていられるかどうかを眺めていた。全員、腰のバンドにナイフを差していた。

ガウチョのリーダーは骨ばったからだつきの荒くれ男で、黒いボンバーチャと黒いシャツを着て、シャツはへそまではだけていた。胸はもじゃもじゃの赤毛に覆われ、同じ色の毛が顔一面にも生えていた。まばらに生えた歯は茶色く、長く尖り、鼻はフカのヒレのようだった。彼はよく油の注《さ》された機械部品のように滑らかに動き、からかうような笑いを浮かべながら、ナイタネのことを横目で見た。

ついでその男は私の手をバリバリと音がするほど握ると、自分はテオフィロ・ブレイデだと名乗った。言葉はまばらな歯を通過して不明瞭になっており、話を聞き取るのに難儀したが、言葉の断片から、男がアラブ人だということがわかった。鼻の格好もそれを物語っていた。事実、エプエンはアラブ人の村、キリスト教アラブ人の村で、そういえばナイタネはパレスチナの店の主人に見えるし、テオフィロ・ブレイデが黒テントに住んでいてもおかしくなかった。

「で、グリンゴはエプエンで何をやろうっていうんだ?」テオフィロは私に聞いた。

「四十年前ここに住んでいた、マーティン・シェフィールドというアメリカ人のことを知りたいんです」

「うへっ！」とテオフィロ・ブレイデは言った。「シェフィールドだって！　空想家《ファンタシスタ》！　小説家《クエンテロ》！　芸術家《アルティスタ》！　プレシオサウルス[*1]のことは知ってるんだろうな？」

「はい」

「空想《ファンタシア》だ」彼はうなり声を上げてある逸話を喋り、それを聞いてガウチョたちが笑った。

「おまえさんが彼のことを言い出すなんて奇妙だな。これ、わかるか？」そう言って、彼は私にレベンケ、つまりアルゼンチンの乗馬用の鞭を手渡した。銀張りの取っ手に革のひもがついていた。「これはマーティン・シェフィールドのものだった」

テオフィロは、かつてそのアメリカ人が野営していたという湖《ラグニータ》の場所を私に教えてくれた。彼は鞭でカウンターをドンと叩いた。若いガウチョの膝はなんとか持ちこたえた。ガウチョたちはグラスを飲み干すと、外へ繰り出していった。

その夜はセニョール・ナイタネの家に泊まりたかったが、彼は私を道路に押し出し、ドアを閉めてしまった。発電機が停まった。ありとあらゆる方向から、馬のひづめの音が夜に溶けこんでいくのが聞こえた。私は藪の陰で眠った。

＊1　首長竜の一種。ジュラ紀前後に栄えた海生の絶滅爬虫類。首が非常に長く、四肢はひれ状。

19

その湖《ラグニータ》は山の赤いがれ場の下にあった。湖というよりは池で、深さはせいぜい一メートルくらい。静かな水面が、縁に沿って生えている黒い針葉樹を映していた。オオバンがアシのあいだを泳いでいる。そこは、まず世間に知れ渡るようなところではなかった。

一九二二年一月の朝、ラプラタの国立動物公園の園長であるクレメンテ・オネーリ博士は、机の上に次のような手紙があるのを見つけた。

拝啓

世間の目を動物園に引きつけておくことに、貴殿が関心をお持ちであるとうかがったので、ある現象についてお知らせしたいと思い、筆を執りました。その現象は確かに非常に興味深く、貴殿に未知の動物を知らせることになるでありましょう。事実は次のようなものです。数日前、私が狩りのために野営をしていた湖の近くの牧草地で、いくつかの踏み跡があることに気づきました。それらの跡は、重い荷車などを引いたときにできる跡に似ていました。草は完全になぎ倒され、まだ立ちあがっていませんでした。すると湖の中央に、何かの動物の頭部が現われました。一見、新種の白鳥のように見えましたが、水にできた渦から判断して、その動物の胴体はワニのようなものに違いないと思いました。

実は、ボート（この場所で組み立てられるようなボートです）、モリなどの探検用資材を貴殿に援助していただきたく、本状をしたためた次第であります。さらに、この動物を生け捕りにできないとわかった場合には、保存用の薬品を送っていただきたいのです。もし、興味をお感じになりましたら、この探検を実現させるべく、ペレス・ガビートの宿屋宛てに、資金をお送りくださるようお願いいたします。

できるだけ速やかなるご返事をお待ちしております。

敬具
マーティン・シェフィールド

手紙の書き手はテキサス州トム・グリーン郡出身の冒険家で、みずからを保安官と称し、それを証明するために星のバッジと帽子を身につけていた。アーネスト・ヘミングウェイといった風貌で一九〇〇年頃のパタゴニアに現われ、白い雌馬とひとりのアルザス人をお供に、「ヨブよりみすぼらしい格好で」山地を放浪していた。彼は、パタゴニアは古き時代の西部の延長だという幻想を捨てきれず、砂金を求めて、小川をさらって歩いた。そして何回かの冬をジョン・エバンズとともにトレベリンで過ごし、薄汚れた金の塊を小麦粉と交換した。彼は一流の射撃手だった。川で泳ぐマスを、そして警視総監が口にくわえた煙草を撃った。また御婦人のハイヒールをねらい撃ちするのも彼の趣味だった。

シェフィールドは、アンデス山脈のこのあたりにやって来る探検家の飲み友だちとなり、またガイドを務めた。ある探検で、彼は化石化したプレシオサウルスの骨格を発掘するのを手伝ったが、それはカメの祖先にあたる小さな恐竜で、確かに白鳥のような首を持っていた。今や彼は、生きた標本をつかまえようと提案しているのだった。

動物園長のオネーリは記者会見を開き、近々プレシオサウルス狩りを行なうことを発表した。ある上流階級の婦人は、機材購入のためにと千五百ドルを寄付し、ふたりの年金生活者は、怪獣退治をしようとメルセデス病院を抜け出した。プレシオサウルスの名はタンゴや煙草の銘柄にまで登場していた。オネーリが恐竜は防腐保存するべきではないかと言い出すと、競馬クラブからは、展示する権利を与えて欲しいという要望が出された。動物保護協会のドン・イグナシオ・アルバラシンは、これらの提案を非難した。

一方、国じゅうでは、ときの急進党出身大統領イポリト・イリゴージェン[*1]を辞めさせるかどうかを決定する総選挙の真っ最中で、プレシオサウルスは保守派を象徴する動物として、選挙運動にもかつぎ出された。

外国資本を歓迎するのが信条のふたつの新聞が、プレシオサウルスを取り上げた。『ラ・ナシオン』は怪獣狩りの準備をうながす記事を載せ、その成功を祈った。『ラ・プレンサ』の熱の入れようはもっとすごかった。「海外からの注目を集めているこの未知の動物の存在は科学的な大事件であり、思いもよらない生き物がいるという大変な名誉を、パタゴニアにもたらすことになるだろう」

海外電報がぞくぞくとブエノスアイレスに届いた。テディ・ルーズベルトの狩猟仲間、エドマンド・ヘラー氏は、古い友人を記念したアメリカ自然史博物館のために、皮を一枚もらえまいかと書き送ってきた。ペンシルヴァニア大学からは、動物学者のチームがただちにパタゴニアに向かう用意ができていること、さらに、もしプレシオサウルスをとらえることができたら、その動物にふさわしい場所はアメリカ合衆国であることを言ってきた。『ディアリオ・デル・プラタ』は次のように書いた。「この世界が、北米人のより偉大な栄光のために創造されたことは明らかである。すなわち、モンロー主義である」

プレシオサウルスは選挙で左翼の味方をした。動物殺しの烙印を押されたクレメンテ・オネーリ動物園長は、あらたなパルジファル、あるいはローエングリン、あるいはジークフリートとなった。『ラ・モンターニャ』は次のように述べていた。「飼いならせば、この動物は『悪魔の大地』に住む生気を失った人々の味方になるかもしれない。つまり、南部パタゴニアの労働者たちが、反乱を起こして、先々月アルゼンチン軍に虐殺された事件のことである」別の記事には「カッパドキアの竜」というタイトルがついていた。また国家主義的な『ラ・フロンダ』はこう書いた。「このような至福千年的、ピ

*1　一九一六〜二二年と一九二八〜三〇年の二回にわたり、アルゼンチン大統領に就任。民主化に努める。一九三〇年軍事クーデターにより追放される。

ラミッド的、黙示録的動物は、聖母マリアのように騒々しく、だいたいが酔っ払ったグリンゴの見る乳白色の幻の中に現われるものである」

巨大な皮下注射器を携えた探検隊が、果たして湖にたどり着いたかどうかという点に関しては、意見の分かれるところである。しかし、湖岸に立った者は誰もがこの動物が存在しなかったことを確信するだろう。プレシオサウルスの消滅とともに、コナン・ドイルが描写したような生きた恐竜をパタゴニアで見つける望みは、「失われた世界」の高原で暗礁《あんしょう》に乗り上げてしまった。

一九三六年、マーティン・シェフィールドはノルキンコ川で死んだ。そこは彼にとってのクロンダイク川、金への執着と飢餓、そして妄想に満ち満ちたところだった。墓にはMSという頭文字の刻まれた木の十字架が立っていたが、ブエノスアイレスから来たお宝泥棒がそれを盗んでいた。インディオの女性とのあいだに生まれた彼の息子が、現在エルボルソンで飲んだくれの生活を送っている。息子は、父からテキサス保安官の地位をゆずり受けたと信じており、今でも父親の星のバッジを身につけている。

私はエプエンをあとにして、チリとの国境に近いチョリラという開拓地へと歩いた。

20

「感じてみて」と彼女は言った。「風が入るのを感じてみて」

私は壁に手を置いた。風がモルタルの剝げ落ちた隙間から吹き込んでいた。それは北米風の丸太小屋だった。パタゴニアでは、北米とは違ってモルタルで隙間をふさぐことはなかった。

その小屋の主人はセプルベダという名のチリ・インディオの女性だった。

「冬は、そりゃあすさまじいの」彼女は言った。「壁をプラスチック《マテリア・プラスティカ》で覆っても、風が吹き飛ばしてしまう。この家は壊れかかっているわ、セニョール。古くなって、壊れかかってる。近いうちに売ろうと思うんです。風の吹き込まない、コンクリートの家を買おうと思って……」

ガラスが割れ落ちたとき、セプルベダ夫人は居間の窓に板を打ちつけてしまった。壁のひび割れの上には新聞紙を貼りつけていたが、そのところどころに古い花模様の壁紙がのぞいていた。彼女は働き者だが、いろいろな物を欲しがる女だった。背が低くて頑丈なからだつき。そして亭主と壊れかけの小屋に関しては、おもしろくない思いをしていた。

セプルベダ氏は酔っ払って正気を失い、半分腰かけ、半分寝た状態で、台所のコンロのそばで伸びていた。

「家を買ってくださいませんか?」彼女は言った。

「いいえ」と私。「でも、安く売ることはないですよ。大金を払って、これをばらばらに解体して持っていってくれるようなアメリカ人が、きっといますから」

「このテーブルは北アメリカ《ノルテアメリカノス》から来たものなの」と彼女は言った。「その食器戸棚も、コンロも」

彼女は、この小屋が北米風だという点で、ほかのものとはちょっと違っていることを知っていた。「昔は、きれいな家だったんでしょうね」彼女は言った。

私に家をくまなく見せようとしていた彼女はまた、自分のいちばん上の娘を、ある若い土木技師とくっつけようともしていた。その若者は新品の小型トラックを運転しており、稼ぎもよさそうだった。若者と娘は裏庭で手をつなぎ、柳につながれた老いぼれ馬を見て笑っていた。次の日、私はチョリラへ戻っていく娘とすれ違った。彼女はひとりぼっちで、泣きながらパンパを越えていった。

21

その小屋を建てたのは、薄茶色の髪に細い指、そして低いローマ風の鼻を持った、どちらかといえばがっしりとしたタイプのアメリカ人で、一九〇二年当時、もう若くはなかった。彼はのんびりとした性格の好人物で、いつもいたずらっぽい笑みを浮かべていた。彼はここで、故郷にいるときのようにくつろいでいたに違いない。チョリラの周辺は故郷のユタ州によく似ている——澄んだ空気と広々とした土地。黒々とした台地と青い山々。咲きみだれる黄色い花のあいだに顔をのぞかせる灰色の藪。ハゲタカが骨をきれいにほじくり、風が皮を剝ぎ取り、人をすっかり骸骨にしてしまう、そんな土地だった。

最初の冬は、彼はひとりで過ごした。が、読書が好きだったので、近所に住むイギリス人から本を借りて読んだ。ユタにいた頃、彼はときどき退職した教師の営む牧場で冬ごもりをしたものだ。彼はとくにイギリス中世の歴史とスコットランドの氏族の物語が好きだった。文章を書くことは得意ではなかったが、故郷の友だちへ、次のような手紙を書く暇はあったようだ。

デイビース夫人へ　ユタ州アシュリー

親愛なる友

ずっと以前から、僕があなたのことを忘れてしまったと(あるいは僕が死んだと)、お思いになっていたのではないでしょうか。しかし、親愛なる友よ、僕はまだ生きているし、昔の友人たちのことを考えるとき、真っ先に思い出すのはいつもあなたのことです。はるか南のこんな国にいる僕からこのようなことを聞くと驚くかもしれませんが、アメリカにいた最後の二年間、僕にとってこの国は小さすぎた。心休まるときがありませんでした。僕はもっと世界を見たかったのです。アメリカで、当時よいと思ったところはすべて見ました。そしてA氏をあなたのところへ送り込んで、縄跳びの写真を撮らせてから数か月後、もうひとりのおじさんが死んで、僕たち「三人家族」に三万ドルが転がり込み、そこで僕は自分の取り分である一万ドルを持って、もう少し広い世界を見ようと出発したのでした。ここに来るまでに、南米でいちばんすばらしい都市と地域を訪れました。そしてこの場所がとてもよさそうに思われたので、居所を定めることにしたわけですが、さいわいなことに、日々、この土地が好きになっていくようです。三百頭の牛、千五百頭の羊、二十八頭のすばらしい乗用馬、ふたりの使用人、そのうえ四部屋のすてきな家、倉庫、家畜小屋、鶏舎、そして鶏が、僕の所有物です。唯一欠けているのがコックですが、それは僕が「ひとりぼっちのキャシディの家」に住んでいるからです。一日じゅうひとりぼっちなので、ときおりとてもさびしくなります。隣人にはたいした者もおらず、しかも、この国で話される唯一の言葉はスペイン語で、あらゆる国の人々が大好きな最新のスキャンダルについて会話できるほど、僕のスペイン語は上手ではないので、そういうことを抜きにすると会話はとてもつまらなくなるのですが、しかしこの国は一級です。現在の（この地域での）唯一の産業は牧畜で、この方面で打撃を受けることはなさそうです。というのもこれほどよい草の茂る国を僕は見たことがありませんし、土地は何百マイル、何千マイルと、未開拓のまま、あまり人に知られることもなく広がり、僕のいるところも農業に適した土地で、ありとあらゆる種類の穀物や野菜が灌漑なしで育っています。僕は今アンデス山脈のふもとにいます。ここから東はすべて平原と砂漠で、牧畜には最適な場所ですが、農場を営むには灌漑の必要があるでしょう。とはいっても、山脈に沿って、これからの百年間、ここで人々が暮らすのに充分ないい土地があります。なぜならここは文明からとても離れたところだからです。ここはアルゼンチンの首都ブエノスアイレスから千六百マイル、もっとも近い鉄道あるいは海港から四百マイル以上もありますが、太平洋岸からは約百五十マイルしかありません。チリへ行くには山脈を越えなくてはなりませんが、去年の夏までは、そんなことは無理だと思われていました。去年の夏、チリ政府が山脈を横断する道路を工事中で、開通も間近だということがわかったわけで、そうなれば来年の夏は、四日間でチリのプエルトモントまで行くことができます。そこは以前の迂回する山道を行けば二か月かかったところなのです。そしてこれはわれわれにとっては大変な利益となります。なぜならチリはわれわれの牛肉市場なのですが、十分の一の時間で牛を運べるので、牛がやせるのを防ぐことができるからです。そのうえチリでは、ここの三分の一の値段で物資を調達することもできます。気候はアシュリー渓谷よりずっと温暖です。夏は美しく、そちらのように暖かくはありません。そしていたるところに膝の高さの草が生え、豊富な冷たい雪どけ水があります。でも、冬はほとんど雨が降りっぱなしなので、湿気がひどく、不快です。でも、ときには雪がたくさん降りますが、凍りつくほど寒くはならないので、長くは残りません。一インチの厚さの氷など見たことがありません……。

南アメリカ、アルゼンチン共和国、チュブト十番地、チョリラ
一九〇二年八月十日

死んだおじさんというのは、一九〇〇年九月十日、ネヴァダ州ウィネムッカのファーストナショナル銀行に強盗に入ったワイルド・バンチ・ギャング団のことをいう。手紙を書いたのはロバート・リーロイ・パーカー、当時ピンカートン探偵事務所のおたずねもののリストのトップに名を連ねていた男で、むしろブッチ・キャシディという別名で世間に知られていた。「三人家族」とは、彼自身とサンダンス・キッドことハリー・ロンガバフ、それに美しい情婦エタ・プレイスから成る三角関係《メナージュ・ア・トロワ》のことにほかならない。宛名のデイビース夫人はブッチの親友エルザ・レイの義理の母で、エルザ・レイは檻の中でしょぼくれていた。

22

ロバート・リーロイ・パーカーは人なつっこい顔をした活発な少年だった。そしてモルモン教徒である家族と、綿の木に囲まれた小屋を愛していた。彼の両親は子供の時分

にイングランドから渡り、ブリガム・ヤングの手押し車の一団とともに、アイオワシティーからソルトレイクまで平原を越えてきた。スコットランド人の母、アン・パーカーは神経質なたちだった。一方、父のマックスは純朴な男で、自作農場で生計を立てるのに四苦八苦しており、材木運搬の仕事をしてわずかな臨時収入を稼いでいた。

二部屋の小屋が今もユタ州サークルヴィルに建っている。そこには家畜の柵囲いと、ロバート・リーロイが初めて子牛に乗った小さな牧場がある。そして今でも果樹園とヤマヨモギの草原の境を流れる灌漑用水路に沿って、彼の植えたポプラ並木が立っている。彼は十一人兄弟の長男だった。フェアプレイの精神を持った、几帳面で義理堅い性格の少年だった。彼はモルモン教の束縛に嫌気がさしていた（そこに堕落の匂いを感じ取っていた）。彼はカウボーイを夢見、三文小説、とくに続きもののジェシー・ジェイムズ物語を愛読した。

十八歳で、彼は自分の生来の敵が畜産会社や鉄道会社や銀行であることを悟り、正義は法の裏側にあることを確信した。一八八四年七月のある朝、テルライドの鉱山に行って働こうと思う、と彼はきまり悪そうに母親に告げた。母親は息子に、父親のブルーの旅行用毛布とブルーベリージャムを一瓶手渡した。彼はゆりかごの中で泣いている赤ん坊の妹ルラにキスをすると、馬にまたがって農場の暮らしにおさらばした。父親のマックス・パーカーが農場に帰ってきて初めて、事の次第が判明した。息子はマイク・キャシディという若い無法者と一緒になって、牛を盗んでいたのだった。警察がふたりのあとを追っていた。

ロバート・パーカーはキャシディの姓を名乗って、馬の皮の匂いの中へ、広野での新生活へと入っていった（ブッチというのは借りた銃の名前である）。一八八〇年代、つまり彼の従弟時代とは、牛肉景気の時代だった。大牧場を襲撃するテキサス人。「尼さんみたいな生活」を送るカウボーイたち（男十人に対し女はひとり）。賃金はすずめの涙、なのに株主には四十パーセントの配当金を支払う牧畜王。シャイアンクラブでシャンパン付きの朝食を食べ、カウボーイを「カウ・サーヴァント」と呼び、カウボーイからは「気取り屋」と呼ばれていたイギリス人公爵——そんな者たちの時代だった。西部では大勢のイギリス人が放浪していた。あるカウボーイが、雇い主のヤンキー[*1]に宛てて次のようなことを書いている。「あんたが別の牧場の受けもちにしたあのエゲレス人は生意気なやつだった。だからおいらたちはあの野郎を殺《や》っちまった。それ以来、たいしたことは何も起こってねえ……」

一八八六年から八七年にかけての冬の豪雪で、家畜の四分の三が死んだ。大災害は強欲と結びついて、無法者のカウボーイという新種を生み出した。失業してブラックリストに載った男たちは犯罪へ、牛泥棒へと追いやられていった。薄汚い、狭苦しい隠れ家で、そういった連中は、ブラック・ジャック・ケッチャム、精神病質者ハリー・トレーシー、鼻ペチャのジョージ・カリー、ハーヴェイ・ローガンなどといった、人殺しに明け暮れるならず者たちの仲間に加わっていった。

その頃のブッチ・キャシディは家畜商人や馬の世話係を経て一匹狼になり、臨時雇いで銀行強盗をやり、やがて一味の頭となって、その仕業のゆえに、保安官たちからもっとも恐れられる人物となっていた。一八九四年、保安官たちは、本当は盗んでいなかった五ドルの馬一頭を盗んだかどで、キャシディを二年間ワイオミング州立刑務所にぶち込む。このような仕打ちが、それ以後の彼の警官に対する態度を硬化させた。一八九六年から一九〇一年にかけて、ワイルド・バンチとしてその名をはせた列車強盗団が、次から次へと完璧な強奪《ホールド・アップ》をやらかし、警察やピンカートン探偵事務所や鉄道会社をいら立たせつづけたのである。彼のおふざけはとどまることを知らなかった。それは息もつかずに突っ走った無法者《アウトロー》の道だった。電柱のガラスの碍子《がいし》を撃ち、ときには貧乏な未亡人の代わりに、家主から盗んだ金で家賃を支払った。農場の人々は彼を愛した。その多くはモルモン教徒だったが、複婚の習慣を持っているという点で、彼らもまた法を犯す者たち《アウトロー》だった。彼らはキャシディに食物を、隠れ家を、アリバイを、そしてときには娘を提供した。現在なら彼は革命家になったかもしれない。しかし、彼には政治運動を組織していく才覚はなかった。

　ブッチ・キャシディはけっして人を殺さなかった。しかし、彼の仲間は手慣れた殺し屋だった。仲間が人殺しをすると、彼はひどく良心の呵責《かしやく》を感じた。邪悪な青い目をし

＊1　一般的にはアメリカ人を指すが、ここでは、アメリカ南部の人が、北のニューイングランド地方の人を指して言っている。

た卑劣漢、ペンシルヴァニアのドイツ移民ハリー・ロンガバフのように、目的のためには殺しも辞さないというやり方を、彼は嫌った。卑怯なやり方をしなかったにもかかわらず、ピンカートン探偵事務所の彼のファイルには多くのことが記載されており、恩赦の歎願は聞き入れてもらえなかった。強奪は次から次へと繰り返され、彼の刑期は延びていった。訴訟費用はうなぎのぼりだった。ワイルド・バンチは強奪金を女や賭け事に使ったということになっているが、これは半分しか当たっていない。彼らは、それよりもはるかに高価なもの、すなわち馬のために金を使ったのだ。

強奪《ホールド・アップ》の成否は逃げ足の速さにかかっている。ブッチ・キャシディの強奪はすぐれたサラブレッドのおかげだった。キャシディに馬を手配していたのはクレオファス・ダウドというサンフランシスコのアイルランド人移民の息子で、イエズス会の僧侶だった。少年の頃、無理やり教会の祭壇の前にひざまずかされ、懺悔《ざんげ》させられたのである。聖職授任式を済ませた直後に、ダウドが僧服の上から二丁の六連発銃を巻きつけ、新しい競走馬にまたがって家を出てしまったときには、両親も神父も仰天したものだ。その夜サウサリトで、彼は喜びにひたっていた。長いあいだ心待ちにしていたその楽しみ――初めて撃ち殺した男のために、最後の儀式を執り行なっていたのである。ダウドはカリフォルニアを逃れると、ユタ州シープ・クリーク・キャニオンに腰を落ちつけ、無法者のために馬を調達する仕事を始めた。ダウドの売る馬は、乗り手が馬の両耳のあいだから銃を撃っても平気なように調教されていた。彼は駿馬をテネシー州ナッシュビルのキャヴェンディッシュ飼育場から買い入れ、その代金は客に請求した。

一九〇〇年頃には、最後のアメリカのフロンティアにも、法と秩序が行き届くようになっていた。保安官たちもすぐれた血統の馬を買い込み、無法者に負けないスピードを獲得して、町にひそむ犯罪者を片づけていった。市民による警護団が隠れ家から犯人を追い出した。ピンカートン探偵事務所は、有蓋貨車の中に騎馬レンジャー部隊を乗り込ませ、ブッチ・キャシディは、仲間が酒場での殴り合いで死ぬのを、雇われガンマンにねらい撃ちされるのを、刑務所に姿を消していくのを目のあたりにした。ギャングの中にはアメリカ軍に入隊し、キューバやフィリピンでその才能を役立たせた者もいた。しかしキャシディにとっての選択の道は、厳しい刑罰か、さもなくばアルゼンチンだった。

ガウチョの国には一八七〇年代のワイオミングと同じ無法地帯の自由がある。そんな噂がカウボーイたちのあいだに広まっていた。多芸多才なカウボーイのウィル・ロジャーズは書いている。「彼らは原住民を統率する親方として、北米出身の馬乗りを欲しがっていた。原住民はあまりにも仕事がのろかったのである」ブッチ・キャシディは、そこなら逃亡犯人引き渡しの心配もないだろうと考えた。そういうわけで、彼の最後のふたつの強奪《ホールド・アップ》は、旅費を稼ぐために行なわれた。ウィネムッカ襲撃のあと、五人の首謀者は気分も上々、フォート・ワースで記念写真を撮り、その一枚を支配人に送った（その写真は今でもオフィスに残っている）。

一九〇一年の秋、ブッチ・キャシディはニューヨークでサンダンス・キッドとその情婦エタ・プレイスに出会う。エタ・プレイスは若く、美しく、賢く、部下の男どもを思うがままに従えていた。ピンカートン探偵事務所にあるエタ・プレイスのファイルによると、彼女はデンヴァーで教師をしていたという。ジョージ・カペル（Capel）という イギリス出身の遊び人の娘だったという噂もある。だからプレイス（Place）と名乗っていたのだと。この「三人家族」は、ジェイムズ・ライアンとハリー・A・プレイス夫妻と名乗って、オペラや芝居見物に出歩いた（サンダンス・キッドはワーグナー崇拝者だった）。彼らはエタのためにティファニーで金時計を買い、蒸気船ソルジャー・プリンス号に乗ってブエノスアイレスへと船出した。上陸すると、三人はホテル・ヨーロッパに宿をとり、国土省の長官を訪れて、首尾よくチュブトに一万二千エーカーの荒れた放牧地を手に入れた。

「盗賊は出ますか？」彼らがたずねた。嬉しいことに、盗賊はいなかった。

数週間後、エスケルから来たウェールズ人の警察署長ミルトン・ロバーツは、チョリラで野営している三人を見かけたのだが、そのとき鞍の置かれたすばらしいサラブレッドを見て、彼はむしろ奇妙な印象を受けている。先ほどの手紙にあったように、ブッチ・キャシディは最初の冬をひとりで過ごす。彼は近所のイギリス人から羊を買って農場に入れた。ふるさとサークルヴィルのものをモデルにした、しかしそれよりも大きな小屋は、六月に完成した。

翌年、ピンカートン事務所の探偵フランク・ディマイオは、ウィネムッカ強奪のさいの写真を手掛かりに、彼らがチョリラにいることを突き止めたが、おそらくは行きたくなかったのだろう、蛇だのジャングルだのを理由に、パタゴニア行きを延ばし延ばしにしていた。「三人家族」は邪魔だてされることもなく、五年間チョリラを本拠地にした。彼らは煉瓦づくりの家と雑貨店を建て（現在はアラブ商人の所有となっている）、そこでは「まっとうな北米人」として暮らした。

近辺の人々は彼らを平和的な市民だと思っていた。チョリラで、私は彼らの隣人であったブランカ・デ・ゲレス夫人なる人物の孫に会った。三年前に夫人が死んだとき、彼女は次のようなことを書き残していた。

彼らは交際上手ではなかったが、やることはまともだった。よく私たちの家に泊まっていった。ライアンはプレイスよりも社交的で、入植地のお祭りにも加わった。知事のレサーナが初めて訪れたときには、プレイスはギターでサンバを弾き、ライアンはドン・ベンチュラ・ソリスの娘とダンスを踊った。誰ひとり、彼らを犯罪者と思う者はいなかった。

ピンカートン探偵事務所は、ブエノスアイレスの警察署長に宛てて次のように書いている。「これらの者がアルゼンチン共和国でなりふりかまわぬ強奪をはたらくことは、時間の問題です」これは正しかった。金をたんまり持って身を隠していたとはいえ、

「三人家族」は強盗中毒におちいっていたのである。それなしでは人生は退屈なものになる。あるいは友人であるハーヴェイ・ローガンが現われたことで、刺激されたのかもしれない。一九〇三年、ハーヴェイ・ローガンは、ブーツの中に隠し持っていたワイヤーで看守の首を絞め上げたあと、テネシー州ノックスヴィルの刑務所から這うようにして逃走した。彼はアンドルー・デュフィという名でパタゴニアに現われたが、その名は、彼がすでにモンタナで使っていたものだった。

一九〇五年、ワイルド・バンチはふたたびのろしを上げ、サザン・サンタクルスの銀行に押し入った。また一九〇七年の夏には、サンルイ州ビラ・メルセデスにあるナショナル銀行でも、同様の行為におよんだ。このとき、ハーヴェイ・ローガンは支配人の頭をぶち抜いたものと思われる。エタも男装をして現場にいた――ブランカ・デ・ゲレス夫人が遠回しに証言した事実である。「あのセニョーラは髪を短く刈り、カツラをつけてましたわ」

一九〇七年十二月、彼らは大急ぎでチョリラの土地を牛肉組合に売り払うと、山地《コルディエラ》へと散っていった。それ以後、隣人の誰ひとりとして彼らの噂を耳にした者はいなかった。私は彼らが去っていった理由をいくつも聞いた。もっとも可能性のありそうな解釈は、エタが退屈し、また盲腸の具合が悪くなったので、デンヴァーに行って手術したいと主張したからだ、というものである。別の可能性もある。その盲腸炎とは実は赤ん坊だというもの。赤ん坊の父親は若いイギリス人のジョン・ガードナーで、この男は健康のためにパタゴニアで牧場を経営していた。この説によると、ハーヴェイ・ローガンはこの男のお遊びをやめさせ、アイルランドの実家の地所へ送り返した、ということになっている。

エタは確かに一九二四年にはデンヴァーで暮らしていた（彼女の娘、ベティ・ウィーヴァーは競争心の強い娘だったらしい。一九三二年、カンザス州ベルプレインで逮捕され、投獄されるまでに、ベティは目を見張るような銀行強盗を十五回もやっていた）。ユタ州アシュリー渓谷で私が会った老人は、ポーチでロッキングチェアに揺られながら、一九〇八年にブッチ・キャシディがいたのを憶えていると言った。しかし、もし彼らがその年の夏にアメリカに戻っていたとするなら、あまりにもせわしない。というのもその年の十二月には、ふたりのならず者はボリビアにいて、コンコルディアの錫《すず》鉱山でジーベルトなる男のために働いていたからである。

鉱山労働者の給料をそっくり盗んだのち、一九〇九年十二月、ボリビアのサンビセンテで死んだというのが彼らの死に関する定説である。この説は西部の詩人アーサー・チャップマンによって、一九三〇年の『エルクス・マガジン』誌に初めて記載された。これは映画にはうってつけのシナリオだった。ふたりのグリンゴを逮捕しようとして撃たれた勇敢な騎兵隊長。泥壁に囲まれた、ラバの死体でいっぱいの中庭。彼らに勝ち目はない。サンダンス・キッドがまず傷を負い、ブッチ・キャシディに頭をぶち抜かれ、今や人殺しとなったブッチは、最後の弾を自分のために取っておく。ラストシーンでは、ボリビアの兵士がどちらかの死体にティファニーで買ったエタの時計を見つける……。詩人チャップマンがどこでこの話を仕入れたのかは不明だ。ブッチ・キャシディが自分で創作したとも考えられる。つまるところブッチ・キャシディのねらいは、南米で「死に」、そして新しい名のもとによみがえることにあった。サンビセンテの銃撃戦については、チェ・ゲバラを殺したボリビアの前大統領で、熱心な西部史のファンでもあったレネ・バリエントスによって調査が行なわれた。彼はこの謎を解くべく調査団を編成し、村人に尋問し、共同墓地で死体を掘り返し、軍と警察の書類を調べ、そしてすべてがでっち上げだという結論を下したのである。だが、ピンカートン探偵事務所はこれを信じなかった。探偵事務所はまったく信憑性のない証拠をもとに、「三人家族」は一九一一年、ウルグアイ警察との撃ち合いでそろって死んだという独自の説を打ち出した。三年後、彼らはブッチ・キャシディの死を確実なものと断定した——もし彼が生きていれば、これこそ彼が望んでいたことなのであるが。

「嘘っぱちだ！」ブッチ・キャシディの友人は、南米から流れてきたこの噂を聞くとそう言った。ブッチは撃ち合いになんか行かなかった。一九一五年以後にブッチを見た、あるいは見たと思った人が、ぞくぞくと現われてきたのである。いわく、メキシコでパンチョ・ビリャのために銃を運んでいた。いわく、アラスカを保安官ワイアット・アープとともに踏査していた。いわく、T型フォードに乗って西部を旅していた。いわく、昔のガールフレンドたちを訪問していた（彼女たちは彼が少し太ったと言っている）。

いわく、サンフランシスコのワイルド・ウェスト・ショーに登場していた。

私は、ブッチの帰国を裏づける証人の中ではピカ一の人物に会いに行った。ブッチの妹、ルラ・パーカー・ビーテンソン夫人は、九十歳を超えていたが、率直にものを言うエネルギッシュな女性で、民主党の奉仕活動に生涯を捧げていた。彼女には疑いようもなかった。一九二五年の秋、兄がサークルヴィルに戻ってきて、家族と一緒にブルーベリーパイを食べたのだ。一九三〇年代後半に兄はワシントン州で肺炎のために死んだ、そう彼女は信じている。また一説には、彼は鉄道技師を退職し、嫁いだふたりの娘に見守られて東部の町で死んだとも言われている。

23

チョリラからそう遠くないところに、エスケルへと戻る狭軌鉄道が走っている。駅はまるでおもちゃの駅だった。切符売りは隠れて酒を飲んでいる。事務室には、髪を油でてかてかにした、中産階級の出らしい柔和な感じの少年の写真が掲げてあったが、実はフィアット社の重役を殺したおたずね者だった。鉄道員は金モールつきの灰色の制服を着ていた。プラットホームには旅人の守護者、ルハンの聖母マリア像を祀った祭壇があった。

機関車は製造してから八十年近くにもなるドイツ製で、高い煙突に赤い車輪がついていた。一等車は食べ物の匂いが内装材にしみつき、野外パーティをしたあとのような匂いが車室に充満していた。二等車は清潔で明るく、座席は板張り、壁は黄緑色に塗られ、中央には薪ストーブがあった。

　男が青いほうろうびきのマテ茶のやかんで湯を沸かしていた。老婦人はお気に入りのゼラニウムに話しかけ、ブエノスアイレスから来たふたりの登山家は器材の山の中に腰をおろしていた。登山家たちは知的で、偏狭で、給料はわずか、そしてアメリカ合衆国は最悪だと考えているようだった。それ以外の乗客はインディオのアラウカノ族だった。

　笛が二度鳴って、汽車はがくんと動き出した。列車が通ると、ダチョウたちが線路から跳びのいて、羽が煙のように大きくふくらんだ。灰色の山並みが、熱せられた薄もやの中でちらちらしていた。ときどきトラックが地平線上に土煙のしみをつけた。

　ひとりのインディオが登山家をじろじろ眺めていたが、やがて近づいていってけんかをふっかけた。インディオはひどく酔っていた。私は椅子に深く腰かけて、このミニチュア版南米史を見物した。ブエノスアイレスから来た若者は一時間半のあいだ侮辱に耐えていたが、とうとう堪忍袋の緒が切れ、立ち上がって、インディオに自分の席に戻るよう指し示した。

　インディオは頭を下げ、「へい、兄さん《シ・セニョール》。へい、兄さん《シ・セニョール》」と言った。

　インディオの居留地は、酔っ払いがかならず家に帰れるようにという配慮から、鉄道沿いに置かれていた。先ほどのインディオも自分の駅に着くと、最後のジンをしっかりと抱えて、よろめきながら汽車から降りていった。掘っ建て小屋のまわりには、割れた瓶が湿り気を含んだ陽の光を浴びてキラキラ光っていた。黄色いウィンドブレーカーを着た若者もそこで汽車を降り、酔っ払いが歩くのを支えてやった。玄関のところで寝ていた犬が若者に駆け寄って、顔じゅうをなめまわした。

24

南アンデス山脈のいたるところで、アメリカ人の強盗団《バンドレロス・ノルテアメリカノス》にまつわる話が伝わっている。次の話はアセンシオ・アベイホン作『パタゴニアの荷馬車屋の思い出』第二巻から取った。

一九〇八年一月〔すなわちブッチ・キャシディがチョリラの土地を売ったひと月後〕、カスティーリョのパンパを馬で越えていたある男が、数珠つなぎにしたサラブレッドを引く四人組に出会った。三人はグリンゴで、ひとりはチリ人の労働者だった。彼らは木製の台尻がついたウィンチェスター銃を携えていた。中のひとりは男装の女だった。旅人は別に気にもとめなかった。グリンゴは皆、奇妙な服装をしていた。

その夜、馬に乗った三人組が、ラマタにあるクルス・アベイホンの経営するホテルの前に止まった。三人とはふたりのアメリカ人《ノルテアメリカノス》とチリ人で、女の姿はなかった。彼らは土地を探していると言った。背の低い方の男は陽気でよく喋り、ボブ・エバンズと名乗った。ボブ・エバンズはスペイン語がうまく、アベイホンの子供たちとも遊んだ。もうひとりは背が高く、金髪で、口数が少なく、陰険な感じがした。こちらの方はウィリー・ウィルソンといった。

朝食後、グリンゴたちはアベイホンに、コモドロリバダビアでいちばんいいホテルの名をたずねた。彼らはチリ人に馬の番をさせ、町まで残り九マイルほどの道のりを出かけた。オイルブームに沸く以前のコモドロは、断崖と海にはさまれた小さな町だった。一本の通りに沿って、サレジオ会の教会、ホテル・バスコンガダ、そして銀行兼雑貨屋のカサ・ラウセンという店があった。アメリカ人たちは町の指導者らと酒をくみ交わし、土地についてしつこく質問をした。ふたりは一週間滞在した。ある朝、彼らが浜辺で銃を撃っているのを警官が見つけた。「練習してるだけだよ」彼らは警察署長のドン・ペドロ・バロスに冗談を言い、警察署長もウィンチェスター銃を調べると、笑いながら彼らに返した。

アメリカ人たちはラマタに戻った。ボブ・エバンズはアベイホンの子供たちにキャンディをやった。彼らは翌朝ふたたび出発し、今回は馬もチリ人も一緒だった。アベイホンは電話線が切られているのを発見した。

二月三日、暑くて風の強いその日の午後一時、コモドロの人たちは昼飯を食べていた。ウィルソンとエバンズは替え馬を町はずれの杭につなぐと、銀行兼雑貨屋のカサ・ラウセンに向かって馬を進めた。エバンズは表玄関に立った。ウィルソンとチリ人は裏口へ進んだ。ふたりは馬から降り、その馬をチリ人が預かった。そこに居合わせた者はふたりの男が言い争うのを耳にし、それから馬の陰に身をかわしたチリ人の手をウィルソンが撃つのを見たという。弾は腕をかすって肩を撃ち抜き、チリ人は羊毛の山の中に倒れ込んだ。

警察署長のバロスが撃ち合いの音を聞きつけてやって来たときには、ウィルソンは胸に手をあてて、からだをふたつに折り曲げていた。「この野郎が撃ちやがったんだ」ウィルソンが言った。バロスは警察署に来て釈明するように言った。ウィルソンは「断わる」と言い、〝青い目を悪魔のようにぎらつかせながら〟銃を引き寄せた。「おい、やめろ！」エバンズは叫び、馬をふたりのあいだに割り込ませ、バロスを突き飛ばした。バロスも羊毛の山の中に倒れ込んだ。

エバンズとウィルソンは馬にまたがると、替え馬の手綱を解いて駆け足で町を去った。すべては五分間の出来事だった。バロスは警察署に駆け戻って軽機関銃をぶっぱなし、四人の警官が馬でふたりのあとを追ったが、やがて追うのをあきらめた。その夜、焚き火のまわりで、男たちがアコーディオンに合わせて歌っているのを、ひとりのバスク人が聞いたという。

さてコモドロではチリ人は刑務所の中にいた——彼は襲撃まぎわになって、もっと分け前をよこせとウィルソンに迫ったのである。

私はエスケルから南へ、ウィルソンとエバンズの第二の事件を追っていくことにした。

25

アロヨ・ペスカードへ向かう古いわだち道が、イバラの茂みを越えて緑色の地平線へと伸びていた。丘陵地帯から流れ出た川が、アシの生い茂る沼へと注いでいる。翼のオレンジと黒をひらめかせながらフラミンゴの群れが飛びたった。フラミンゴの足が水からすっかり離れると、青い水面に白い縞が生じた。土手近くの岩場には古い瓶や空缶が散乱しており、どれもウェールズ人の経営するコンパニア・メルカンティル・デ・チュブト商店の品物であることが見てとれた。

一九〇九年十二月二十九日の午後、バラ出身の元陸上競技選手で今は商店の経営者、ルウィド・アプイワンは、お茶を飲むために店を出て家へ向かって歩いていた。不審な夜火事を素手で消したために、彼の両腕は肘まで包帯が巻かれていた。数分後、うすのろの狂信者、助手のボビー・ロバーツが、ウィルソンとエバンズが留め金を買いに店に来ている、とアプイワンに告げにきた。ウィルソンとエバンズは常連客で、山地《コルディエラ》では荷馬車屋として、また射撃の名人としてよく知られていた。

アプイワンが店に戻ってみると、エバンズは泣きじゃくるボビー・ロバーツに銃を突きつけていた。ウィルソンはアプイワンを銃で脅して事務室に案内させ、金庫を開けるよう命じた。

「金庫には何もない」アプイワンが言った。

だがウィルソンは事情に詳しかった。この店には、一年分の羊毛の代金を支払うための一ポンド金貨が委託されているはずである。アプイワンは金庫を開け、数枚のアルゼンチン紙幣を見せた。

「これはインディオのものだ。運が悪かったな。金貨は到着していない」

ウィルソンはインディオの金には手をつけないことに同意し、エバンズにどなった。だが、ウィルソンが事務室から出ようとしたとき、ブーツの拍車がインディオの敷き物に引っかかった。彼がつまずいて床に倒れたところをアプイワンが飛びかかった。両腕に包帯を巻いてはいたものの、彼は拳銃を奪って撃とうとした。が、その拳銃には引き金がなかった。ウィルソンが引き金を取り去って、使えなくしていたのである。ウィルソンは首からぶら下げていたミニチュアの拳銃に手を伸ばすと、アプイワンの心臓を撃った。

ふたりのならず者はリオピコの野営地へと、南へ向けて馬を走らせた。私もこの話のあとを追って、幹線道路へとカットバックすることにした。羊毛を積んだトラックが停まって、私を乗せてくれた。運転手はピンクのバラを刺繍した黒いシャツを着込み、テープデッキではベートーベンの第五が鳴っていた。風景は空虚だった。夕陽に映えて、山々が黄金色へ、そして紫へと染まっていった。電信柱の陰に人が立っていた。

26

ブロンドのその男も南へ向かっていた。髪の毛がばさっと顔に垂れるのを、頭を振ってうしろにはね上げている。からだはしなやかで、若い女のようだった。変色した歯を見せまいと、笑うのを控えていた。鉱夫なんだ、と彼は言った。鉱山の仕事を探している最中なんだ。

彼は古い『ナショナル・エンサイクロペディア』から一ページを引きちぎって持っていた。そこにはアルゼンチンのさまざまな鉱山を載せた地図が描かれていた。リオピコには金鉱山があった。

彼は、サンフランシスコ、ヘイト・アシュベリー地区のフラワーチルドレン[*1]の元祖の一員だった。一度腹ぺこだったとき、ヘイト通りの歩道で食べかけのハーシー・バーを拾ったことがある。この出来事は彼の記憶に刻み込まれていて、何度もこのことに触れた。

サンフランシスコで、彼は麻酔薬メタドンに取りつかれていた。だが初めて鉱山で仕事をしたとき、この薬物依存から脱することができた。鉱山で働くことには何か自然なところがある、と彼は言った。鉱山は彼に安心感を与えてくれた。アリゾナの鉱山で働きながら、家と、そして充分な生活費を手に入れた。ただし税金を取り立てられるまでは。いまいましい税金。彼は言った。「ここはやめだ。南米へ行って、別の鉱山を探すんだ」

私たちは運転手がタイヤを替えるのを手伝った。運転手は、ゴベルナドル・コスタでわれわれに一杯おごってくれた。私はウェールズ人の店主に、リオピコの鉱山はどんな具合かとたずねた。五十年前に閉鎖された、と主人は答えた。いちばん近いのはアペレグにあるカオリン鉱山だった。

「カオリンってなんだい?」

「白い陶土だ」

「白いなんだって? 白いって言ったかい? 白い? こいつあすごい! 白い鉱山か! その鉱山、どこにあるって言った?」

「アペレグだよ」

「アペレグってどこだ?」

「南へ百キロだ」ウェールズ人が言った。「その先にはリオトゥルビオに炭坑がある。だが、軟炭だから、そこでは働きたくないだろう」

鉱夫は一文無しで、パスポートも盗まれていた。私は食事をおごってやった。翌朝、彼は南へ向かおうと思う、と言った。きっとだいじょうぶだろう。適当な鉱山が見つかるかどうか、それだけが問題だった。

＊1　ヴェトナム戦争時代、愛と平和の象徴として花で身体を飾り、愛と平和を訴えたヒッピーを指す。とくにサンフランシスコ周辺に多く住んでいた。

27

リオピコの空色に塗装されたホテルは、利益を得るというもっとも基本的な考えに欠けたユダヤ人一家によって経営されていた。部屋は中庭のまわりにごちゃごちゃとあって、中庭には給水塔やさかさに立てた瓶で囲った花壇があり、一面に毒々しいオレンジ色のユリが咲いていた。ホテルの主人は黒い服を着た、堂々たる、しかし悲しみに満ちた女性だった。彼女のまぶたは重く、ユダヤ人の母親としての情念をもって、長男の死を悼んでいるのだった。息子はサキソフォン奏者だった。コモドロリバダビアへ行き、そこで胃癌のために死んだ。彼女はイバラのトゲで歯をほじりながら、生きることのむなしさを笑った。

二番目の息子カルロス・ルベンは、オリーブ色の肌を持ち、ユダヤ人特有のちかちかと燃えるような眼差しをしていた。彼は外の世界にあこがれ、すぐにもその中に消えてゆくつもりでいた。娘たちは室内ばきをはき、よく磨かれた、がらんとした部屋を音もなく歩いた。女主人は、私の部屋にタオルとピンクのゼラニウムを置くように命じた。

翌朝、私は支払いをめぐって大口論をした。

「部屋はいくらですか?」

「いりません。お客さんが眠らなかったのなら、ほかに誰も泊まらなかったわけですから」

「食事はいくらですか？」

「いりません。お客さんがいらっしゃるなんて、どうして私たちにわかります？　自分たちのためにつくったんですから」

「では、ワインはいくら？」

「いつもお客様にはワインを出すことにしてるんです」

「マテ茶は？」

「マテ茶は無料です」

「では、何をお払いすればいいんです？　残るのはパンとコーヒーだけでしょう」

「パンの代金は受け取れません。でも、カフェオレはグリンゴの飲み物ですから、それだけ払っていただきましょう」

太陽が昇った。煙突から、薪を燃やした煙が真っすぐに立ち昇っていた。リオピコはかつて新ドイツとして植民化されたところで、家々はドイツ風の外観を呈していた。ニワトコの花が揺れて板壁をこすっている。柵の横から、伐採トラックが山に向かって出発していった。

28

国境に至る最後の村、ラスパンパスは、リオピコから二十マイル先にあった。北には死火山エルコノがそびえ立ち、灰白色のがれ場と輝く雪を見せている。渓谷では、白い石の上を緑色の川が勢いよく流れていた。おのおのの丸太小屋にはじゃがいも畑があり、杭とイバラで牛の侵入を防いでいた。

ラスパンパスには、パトロシニオ家とソリス家のふた家族が住んでいた。それぞれが相手家族を牛泥棒の罪で訴えていたが、両家とも州の材木会社を憎んでおり、その憎しみが互いの友情を保っていた。

その日は日曜日だった。神は酒場を経営しているパトロシニオ家に息子を授け、主人は焼き肉《アサード》のごちそうでそれを祝っている最中だった。馬乗りたちが二日間滞在していた。馬は馬小屋につながれ、輪縄や投げ縄が鞍帯にはさみ込まれていた。男たちは白いクローバーの上に横になり、皮袋からワインを飲み、焚き火でからだを暖めていた。太陽が、谷間のところどころにかかったミルク色のもやを消していった。

ドイツ人とインディオとの混血のガウチョ、ロルフ・メイヤーは畜殺業をやっていた。やせぎすの、口数の少ない男で、頑丈な真っ赤な手をしていた。全身こげ茶色の服に身を包み、けっして帽子を取らなかった。彼は黄ばんだ象牙のつか頭のついた、銃剣からこしらえたナイフを持っていた。彼は、台の上に死んだ羊を一匹ずつ載せて皮を剝ぎはじめた。やがて毛皮が剝がれ落ちて内側の白い部分をさらし、その上につやつやかなピンク色の羊が、足を宙に浮かせた状態で残った。ナイフの先をぴんと張った腹の皮に滑らせると、暖かい血が彼の手にほとばしった。ガウチョはそれを楽しんでいた。目を細めたり、下唇を突き出したり、歯のあいだから息を吸い込んだりしている様子からも、彼がそれを楽しんでいることがわかった。そして腹わたを引っ張り出し、肝臓と腎臓を取ると、残りを犬たちに投げ与えた。

彼は五匹の羊を焚き火のそばに運び、一匹ずつ十字架型の鉄串にはりつけにして、炎にかざした。

午後になって、山地《コルディエラ》の方角から突然風が吹き、にわか雪が舞った。とろとろとまどろんでいた亜麻色の髪の男が火に薪をくべた。男たちはターバ遊びに興じた。ターバというのは牛の距骨のことである。泥、もしくは砂でつくった円に向かって、十歩歩いてターバを投げる。円の窪みに落ちれば、「吉《スエルテ》」で勝ちとなる。盛り上がったところに落ちると「尻《クロ》」で負け。縁に落ちたら引き分けである。上手な競技者は、「吉」に落とすために、バックスピンをどれくらいかけたらよいのか知っている。当然、「尻」に関してはたくさんのジョークがある。私は何度も「尻」をやり、金をたくさんすってしまった。

日が暮れると、パトロシニオはアコーディオンを弾き、まどろんでいた男は鼻にかかった声で歌を歌った。少女たちは更紗木綿の服を着ていた。少年たちは自分のお相手をずっと遠くにまで連れ出した。

29

フロレンティノ・ソリスという男が、私を山の上まで馬で連れていこうと申し出てくれた。フロレンティノの顔は日に焼けて、むらなく真っ赤になっていたが、帽子を取ると、赤から白への境目がくっきりと残っていた。この男は妻も家もない放浪者で、持っている物といえば二頭のつややかな国産ポニーと鞍、それに一匹の犬だけだった。フロレンティノ・ソリスの焼印を押した牛が数頭、国境沿いの荒れた牧草地の柵囲いの中をうろついていたが、いつもは牛はほったらかしにされていた。彼は牛一頭を食料品と交換するために山を下り、焼き肉《アサード》のために滞《とど》まっていたのである。彼は人づきあいが苦手だった。酒は飲まず、一日じゅう流れのそばにひとりで坐って、草の茎で歯をほじくっていた。

その朝は寒かった。山の頂きの上に積雲が積み重なっていた。ソリスは羊皮のズボンをはき、ぶちの馬にまたがった。パトロシニオが私に黒い去勢馬を貸してくれて、われわれは川の浅瀬を渡っていった。ポニーは腹帯のところまで水につかっていたが、かまわず歩きつづけた。一時間ばかり、険しい渓谷を登った。道は赤い岩の背をジグザグに続き、やがて大きな森の中に入っていった。さらに一時間行くと、切り立った崖の上に出た。ソリスは朽ち果てた材木の山を指さして言った。「ここがラモス・オテロのいた牢屋だ」

ラモス・ルイス・オテロはやっかいな青年だった。彼は貴族の出だったが、ボロボロになった上等の服を着て、キャンプ用の汚れた食器を洗うのが大好きという人間だった。彼は女嫌いだった。そしてブエノスアイレスのサロン的な雰囲気を嫌い、パタゴニアで辺境の住人として暮らしていた。ある年、彼は政府の調査隊のために仕事をしたが、変装がばれたため、コルコバドの山と平原の中間あたりにパンパ・チカ牧場を買った。

一九一一年三月の最後の週、オテロと牧夫のキンタニージャは二頭の馬に荷馬車を引かせて、牧場へと向かっていた。ティロ低地を横切っていると、反対方向に馬を走らせるふたりの男に出会った。そのうちのひとりが笑いながらオテロに手を振った。するともうひとりが、すれ違いざま、オテロの手綱をつかんだ。男たちはアメリカ人だった。

彼らはオテロたちの馬を放し、ふたりを無理やり馬に乗せて山へ向かった。崖の上まで来ると、彼らは木を切り倒し、それを生皮でしばり合わせて牢屋をつくった。オテロはウィルソンと呼ばれていた背の高い金髪の男がとくに気に入らなかった。その男はきつい仕事を友だちに押しつけていた。

牢屋に閉じ込められたオテロはひどく気が滅入り、牧夫のキンタニージャも恐怖に怯えた。牢屋番は日に二度、食事と生理的欲求のためにオテロとキンタニージャを外に出した。ギャングの仲間は数人いて、全員グリンゴ、つまりアメリカ人かイギリス人だった。二週間後、見張りのひとりがうっかりマッチを落とした。オテロはそれを拾い、床の上で火をつけ、燃えさしを使って生皮を焼いた。夕刻、彼は材木をどかして牧夫とともに牢を逃げ出した。

自由の身になったオテロは、なんとしてでも告発してやろうという思いで頭がいっぱいだった。オテロの兄弟たちは身代金を払っていたが、彼は、自分をパタゴニアから追い出すために、兄弟たちが誘拐を仕組んだのだと訴えた。彼は常軌を逸したところのある人物だったから、警官も崖に連れていかれるまでは、オテロの話を信じなかった。が、やがてこの事件は国じゅうの評判になる。

内務大臣は山地《コルディエラ》の無法者を一掃するよう命令を下した。一九一一年十二月のある日、ウィルソンとエバンズは、ドイツ人のハーン兄弟から物資を買うためにリオピコに来た。ハーン一家はこの町の設立者である。ハーン兄弟は国境警備隊がこのあたりをパトロールしていることをアメリカの友人たちに告げた。ウィルソンの手は怪我をして腫れ上がっていた。銃弾を込めていて、銃が暴発したのである。ドーニャ・ギレルミナ・ハーンが傷の手当てをしてやった。ウィルソンとエバンズは山の隠れ場所へ帰っていった。

けれどもエバンズがソリス一家のひとりの妻にちょっかいを出していた。その夫が無法者の野営地を知って、パトロール隊を野営地まで案内した。エバンズは木の下で昼食を食べていた。ウィルソンは手の傷のせいで熱を出し、テントの中で横になっていた。ブランコ中尉は木の陰から、「手を上げろ！《アリバ・ラス・マノス》」と叫んだ。エバンズは発砲し、兵士をひとり殺し、もうひとりに傷を負わせた（この負傷した兵士ペドロ・ペナスは生き延びて、一九七〇年、彼が百四歳のときにローソンでインタビューに応じた）。兵士たちは銃で応酬し、エバンズは撃たれて死んだ。ウィルソンはテントから飛び出して、林の中を裸足で走った。しかし、ほどなく兵士は彼を友人のそばに横たえた。ふたりの死体から、金時計がふたつと「もっとも美しい女《ウナ・ムヘル・エルモシーシマ》」の写真が見つかった（ペドロ・ペナスの証言）。

道に突き出した低い木の枝をひょいひょいとかわしながら、駆け足でラスパンパスに戻る途中で、鞍帯がプッツリとちぎれ、私は真下の鋭い岩場に放り出された。藪越しに見上げると、悲しげなソリスの顔に笑いが広がった。

「足だけだったよ」とソリスはあとでパトロシニオに言った。「見えたのは、グリンゴの足だけだった」

私は骨に達するほど手を切り、手当てをしてもらうためにリオピコまで下った。

30

医者は回転ドアを押して入ってきた。彼女は足が不自由なようだった。手は小さくて白く、髪は灰色がかった黄色でふさふさとしていた。彼女は英語で私にがみがみと言ったが、私には彼女がロシア人であることがわかった。ゆっくりと滑らかな身のこなしが、ロシア女の不格好さから彼女を救っていた。そしてまるで物を見るのが嫌だとでもいう風に、目を細めていた。

室内には赤いクッションと赤いつづれ織りの敷き物、そして壁にはロシアを描いた絵が二枚掛かっていた。その絵は、ロシアの国外亡命者がおぼろげな記憶を頼りに描いたつたない風景だった——黒い松の木にオレンジ色の川。カンバの木立ちをとおして別荘《ダーチャ》の白い板壁の上でゆれている光……。

彼女は余った金をすべてパリのYMCA出版発行の本に費やしていた。マンデリシュターム、ツヴェターエワ、パステルナーク、グミリョーフ、アフマートヴァ、ソルジェニーツィン——それらの名前が、まるで一種の祈禱のような響きを残して、彼女の舌から転がり出た。地下出版の再版本から、彼女はソビエトの少数意見の動きをつかんでいた。やっきになって新しい国外亡命者のニュースを知ろうとしていた。パリのシニャフスキーに何が起こったのか。西側にいるソルジェニーツィンはどうなるのか。

彼女の姉はウクライナで教師をしていた。女医はしょっちゅう姉に手紙を書いたが、何年ものあいだ姉からはなんの返事も届かなかった。

私は、パタゴニアはロシアを思い起こさせる、と言った。リオピコはちょっとウラル山脈に似てますよね。彼女は嫌な顔をした。リオピコは彼女にロシアを思い出させはしなかった。アルゼンチンには何もなかった——羊と牛、それと羊と牛みたいな人々。そして西ヨーロッパにも何もなかった。

「完全に堕落してる」彼女は言った。「西欧は食われるべきね。イギリスを例にとってごらんなさい。同性愛を黙って許している。胸が悪くなるわ！　ひとつ思うのは……ひとつわかっていることは……文明の未来はスラヴ人の手にあるってことです」

会話の中で、私はソルジェニーツィンについてちょっと意見を差しはさんだ。

「あなたに何がわかるの？」と彼女はやり返してきた。私は異説について話をした。ソルジェニーツィンが書いたことはすべて真実、明白な、目をくらませるような真実だった。

私は彼女にどういういきさつでアルゼンチンに来たのかをたずねた。

「私は戦争中、看護婦をしていました。そしてナチスにつかまった。戦争が終わったときは、西ドイツにいました。私はポーランド人と結婚しました。その人の家族がここにいたのです」

彼女は肩をすくめ、私が想像するにまかせた。

私はふと、イタリア人の友人がいつか話してくれた事件を思い出した。その友人は、終戦の頃はまだ少女で、パドヴァ近くの邸宅に住んでいた。ある夜、彼女は村で女たちの悲鳴を聞いた。その叫び声は彼女の記憶に傷を残し、それから何年ものあいだ、彼女は夜中に目を覚ましては、その恐ろしい叫び声を聞いた。ずっとあとになって、少女は母親にその叫び声のことをたずねた。すると母親は言った。「あの人たちはロシアの看護婦さんだったのよ。チャーチルとルーズベルトがあの人たちをスターリンのもとへ送り返したの。トラックに詰め込まれてたわ。故郷に戻れば死ぬんだってこと、知っていたのね」

ピンクのプラスチックの義足が女医のストッキングをとおして光っていた。彼女は両足とも膝から下がなかった。おそらく、足を切断したおかげで命を取りとめたのだろう。

「ねえ、ロシアに行ったことのあるあなた、私は戻れるかしら？ 共産主義者なんか気にならないわ。帰れるものならなんでもするつもりよ」と彼女は言った。

「世の中、変わりましたよ。今や、緊張緩和《デタント》の時代です」と私は答えた。

彼女はそれが本当であると信じたかった。それからとても悲しみに満ちた様子で、涙をこらえながらこう言った。「デタントはアメリカ人にとってのもの。私たちにとってのものではありませんわ。だめ、私が行くのは危険でしょう」

村から一マイルはずれたところにも、もうひとり亡命者がいた。

31

その女性は私を待っていた。白い顔が汚れた窓の向こうにあった。彼女が笑うと、紅を塗った口元が、突風にひるがえった赤い旗のようにほころんだ。髪の毛は赤褐色に染められ、足には静脈瘤が浮き出ていた。そしてまれなる美しさのかけらがまだ残っていた。

彼女はペストリーをつくっていたところで、手には灰色の生地がくっついていた。血のように赤い爪は、割れたり欠けたりしていた。

「私、お料理が大好きですの。今つくれるのはこれくらいのものですが」

彼女はつっかえながら、ゆっくりとフランス語を話した。子供時代に憶えた慣用句を思い出すと、彼女の顔がぱっと明るくなった。彼女は故郷の町の着色写真を手に取って、波止場や通りや公園や泉や大通りの名前を次々と思い出していった。私たちは一緒に、戦争前のジュネーブの街を散歩した。

ずっと昔、彼女はオペレッタやカフェのコンサートで歌を歌っていた。そして一九三〇年代のはじめ、可能性とタンゴの国、アルゼンチンに来たのである。彼女は自分の持ち歌である『青ざめた花嫁《ノビア・パリダ》』の楽譜を見せてくれた。テンポはスローなワルツ。緑色の表紙の上には、一九三二年撮影の彼女の写真――大きな白い襟のついたセーラー服を着て、船の白い手すりに寄りかかりながらはにかんで笑っている――が貼ってあった。

運が悪い方に傾きはじめたとき、彼女は丸顔のスウェーデン人と結婚した。ふたりはそれぞれの失敗をひとつにして、世界の果てへと流れていった。なりゆきで偶然この土地に住みつくことになった彼らは、自分たちの家を夫の故郷マルメにある田舎家そっくりにつくった。窓もそっくりにつくり、縦枠は酸化鉄で赤く塗られた。

スウェーデン人の夫は十五年前に亡くなった。彼女はリオピコを離れたことはなかった。息子はトラックの運転手をしていた。彼はチェックのシャツを着て、首には赤いハンカチを巻いていた。しかし、彼がくつろぐときには、その顔は北欧人の悲しみの中に沈んだ。

彼女の使っているふたつの部屋は互いに通じており、ビニールのカーテンがあいだを仕切っていた。彼女はそのカーテンを、金のふさ飾りでまとめられた劇場の真っ赤なビロードの幕に似せて細密画法で塗装していた。

「まだ塗れるところがあるのよ」

彼女は壁を一インチの隙間もなく壁画で覆っていた。あるものはクレヨンで描かれ、あるものは絵の具で描かれていた。

黄色い太陽がパンパの上を転がり、部屋の中に差しこんだ。陽光が、夏の日に漂うヨットの帆や、日本のちょうちんがぶら下がったカフェや、シロン城と山荘とポプラの木立ちの上でゆらめいた。

彼女はまた小さな木彫りの天使の顔も彫っていて、頬をバラ色に塗ったその木彫りを軒じゃばらの周囲に置いていた。壁のひとつには油絵が掛かっていた。陽のさんさんと降り注ぐ風景が黒い峡谷に分断されている、という構図だった。下には骸骨が転がり、上にはくずれかけた橋が架かっている。橋の中ほどに、恐怖に青ざめた少女が赤毛を風にほんろうされながら立っている。少女は倒れそうだったが、金色の天使が真上にいて、手を差しのべていた。

「この絵、気に入ってますのよ。それは私の守護天使。私の天使、いつも私を守ってくれました」と彼女は言った。

『青ざめた花嫁』の楽譜がピアノの譜面台の上に広げられている。白鍵の取れたところに、黒い穴が口を開けていた。私は彼女の爪が全部は塗られていないことに気がついた。何本かは赤いが、塗り残されたものもあった。もしかしたら、両手の爪を全部塗るだけのエナメルを持っていなかったのかもしれない。

私はソプラノ歌手に別れを告げ、ドイツ人の家に向かった。

32

雨に先だって、風が雨の匂いを谷間に吹きおろしていた。湿った大地と、かんばしい植物の香りだった。年老いた女が洗濯物を取り入れ、テラスにあった籐《とう》の椅子を片づけた。アントン・ハーン老人は長靴とレインコートを着て庭に入り、集水池が全部からであることを確かめた。馬番が納屋からからの瓶を持って出てきた。すると女はそれにリンゴのチチャ酒を満たした。男はすでに酔っていた。二頭の赤い雄牛が馬車につながれて立っていたが、嵐の到来を感じてか、神経を高ぶらせていた。

ハーン老人はかずかずの一年生植物にいろどられた菜園や花壇のまわりを歩いた。それらが雨の恵みをいっぱいに受けるだろうことを見てとると、彼は家の中に入った。金属板の屋根を除けば、灰色のよろい戸、門のついた垣根、磨きあげられた床、塗装した羽目板、シカの枝角のシャンデリアにラインラントの石版画など、木骨しっくいづくりの彼の家は南ドイツの村の農家とまったく変わるところはなかった。

　アントン・ハーンはツイードの帽子を取って枝角に掛け、長靴とゲートルを脱いで、底に縄を貼った室内ばきにはき換えた。彼の頭はてっぺんが平らで、赤い皺くちゃの顔をしていた。おさげ髪を垂らした小さな女の子が台所に入ってきた。

「おじさん《オンケル》、パイプいる？」

「ああ、頼むよ《ビッテ》」すると女の子は大きなミアシャムパイプを持ってきて、青と白の入れ物から刻み煙草を出してパイプに詰めた。

　老人は取っ手のついた大きなコップにチチャ酒をついだ。

　雨がバラバラと屋根を打っているあいだ、彼は植民地、新ドイツについて喋った。彼の叔父がこの地に入植したのが一九〇五年、老人は第一次大戦が終わってから、そのあとを追ったのである。

「わしに何ができたと思う？　父祖の地は条件が悪すぎた。戦争前には、大勢の息子がいる家はなかった。ひとりは兵士になり、ひとりは大工になった。農場にはふたりが残った。だが、一九一八年以後のドイツには、ボルシェビキからの避難民がうじゃうじゃおった。農村ですら、そうだった」

　老人の兄弟が、今もバイエルンとヴュルテンベルクの境にある実家の農場で暮らしている。互いに月に一回手紙を交わしていたが、一九二三年以来会ったことはない。

「第一次大戦は歴史上最大のあやまちだった」とアントン・ハーン老人は言った。戦争は老人の心をむしばんでいた。「もっともすぐれたふたつの民族が、互いを滅ぼし合ったのだ。イギリスとドイツが一緒になれば、世界を支配できただろうに。今はパタゴニアでさえ、原住民《インディヘナス》のものに戻りつつある。情けないことだ」

彼は西欧の衰退を延々と嘆きつづけ、そしてふとルートヴィヒの名をもらした。

「狂王ルートヴィヒですか？」

「あの王を狂王だと？　わしの家の中で、あの王を狂王だと言うのか？　けしからん！」

私はすばやく頭をめぐらせなければならなかった。

「ルートヴィヒを狂王だと言う人もいるということです。けれども、もちろん、彼は偉大な天才でした」と私は言った。

アントン・ハーンは気を静めるのに骨を折っていた。彼は立ち上がると、チチャ酒のコップを持ち上げた。

「一緒にやってくれるね？」彼は言った。

私は立ち上がった。

「王に！　ヨーロッパ最後の天才に！　わしら民族の偉大さは、彼とともに死んだ！」

老人は私に夕食を食べていくように言ったが、二時間前にソプラノ歌手と一緒に食事をしたばかりだったので断わった。

「わしらと一緒に食事をするまでは、帰ってはならんぞ。そのあとでなら、どこへ行こうと自由だ」

というわけで、私は彼のつくったハムやピクルス、太陽の色をした卵を食べ、リンゴのチチャ酒を飲んだわけだが、これは効いた。そのあと、私はウィルソンとエバンズについて質問した。

「あいつらは紳士だった」と彼は言った。「わしら一家の友人だったんだ。彼らを葬ったのはわしの叔父だ。いとこなら、その話を知ってるよ」

老婦人はやせて背が高く、黄ばんだ皺だらけの皮膚が顔から垂れ下がっていた。髪は白く、眉毛すれすれで前髪を切り揃えていた。

「ええ、ウィルソンとエバンズのことは憶えていますよ。あの頃、私は四年間ここにいましてね」

それは夏のはじめの、風のない暑い日だった。八十人の国境警備隊が無法者を追って、山地《コルディエラ》をあっちこっち捜していた。警備隊員自身も実は犯罪者で、ほとんどがパラグアイ人だった。隊に入れるのは白人か、さもなくばクリスチャンに限られた。リオピコの住人は皆あのアメリカ人たちが好きだった。彼女の母ドーニャ・ギレルミナは、ちょうどこの台所で、ウィルソンの手の傷に手当てをしてやったのだ。彼らは簡単にチリへ越えていけるはずであった。インディオが彼らを密告するなどと、どうして知りえようか。

「彼らの死体が運び込まれたのを憶えています」と彼女は言った。「国境警備隊《フロンテリザス》はふたりを牛車に乗せて来ました。ちょうどそこ、門の外に来たんです。暑さのために死体は膨れ上がり、匂いはすさまじいものでしたよ。母が私を部屋の中にやったので、私は見ないですみました。それから、警備隊員は死体から頭を切り離し、髪の毛をつかんでぶら下げながら階段を上がり、ここへやって来ました。そして母に、保存用のアルコールはないかと聞くんです。ごぞんじでしょうが、ニューヨークの例の事務所《アヘンシア》は、頭一個につき五千ドルを払うと言っていました。そこに頭を送って金を取ろうと考えていたのね。これを聞いて父は激怒しました。父は、頭と死体をこちらに渡すようにとどなりつけ、それから葬ってやったのです」

嵐は通り過ぎた。峡谷の向こう側で灰色の柱のような雨が降っている。リンゴ園に沿って、青いハウチワマメの列が続いていた。ドイツ人のいるところ、かならず青いハウチワマメがあった。

柵のそば、少し土の盛り上がったところに、風化した木の十字架が突き刺してあった。まるで死体から養分を得たように、パンパに生えるバラの茎がアーチ状に伸びていた。私は、チュウヒワシが舞い上がり急降下するさまを、広々とした草原と積乱雲が真っ赤に染まっていくさまを、眺めた。

いつの間にか老人が出てきて、私のうしろに立っていた。

「パタゴニアに原子爆弾を落とそうとするやつなんかいないだろう」彼は言った。

33

ウィルソンとエバンズとはいったい誰なのか。

無法者の暗黒の歴史の中では、どんな解釈も可能である。が、いくつかの手がかりはある。

一九一〇年一月二十九日、警察署長のミルトン・ロバーツは、ニューヨークのピンカートン探偵事務所宛てに、ルウィド・アプイワン殺害犯人の人相書を添えて手紙を書いた。エバンズは三十五歳前後。身長五フィート七インチ（約百七十センチ）。がっしりした体格。髪の色は赤、だがおそらく染めているだろう。ウィルソンの方はもう少し若く、二十五歳くらい。身長五フィート十一インチ（約百八十センチ）。やせ型。金髪。日焼けしている。鼻は低く、真っすぐ。右足を外側に向けて歩く（ウィルソンは射撃の名手だったが、エバンズはそうではなかったことも思い出してもらいたい）。

ロバーツ警察署長は、列車強盗のあったモンタナとパタゴニアで、ウィルソンがデュフィ（ハーヴェイ・ローガン）の仲間だったことをつけ加えている。モンタナでの列車強盗とは、一九〇一年六月三日のワグナー鉄道での強盗以外に考えられない。そのときの強盗団のメンバーは、ハーヴェイ・ローガン、ブッチ・キャシディ、ハリー・ロンガバフ、「のっぽのテキサス人」ベン・キルパトリック、それに馬係のO・C・ハンクスとジム・ソーンヒルであった。

ロバーツの手紙では、エバンズ、ウィルソン、ライアンそしてプレイスは別個の人物ということになっている。けれども彼の人相書を読むと、ウィルソンとエバンズは年齢以外は完全にキャシディとキッドに一致する。年齢の相違は決定的な問題ではない。このウェールズ人の警察署長は、無法者たちと面と向かったことはなかった。それにパタゴニアに来てわかったことだが、ここの人々は歳を十歳から十五歳若く見る傾向がある。

しかし、リオピコにある墓の存在は、ブッチ・キャシディが帰郷したという妹ルラ・ビーテンソンの話と矛盾する。ブッチ・キャシディはユタにいる友人たちに次のように話したと言われている。つまりサンダンス・キッドは南米で撃たれて死んだが、キャシディは生き延びて、ハックルベリー・フィンの冒険よろしく、インディオの少年と一緒に旅をした。最近、私はブエノスアイレスにいるセニョール・フランシスコ・ファアレスから手紙をもらったが、その内容はこの推理を裏づけるものだった。彼は、私のあとリオピコを訪れ、そこでエバンズが国境警備隊《フロンテリサス》の手から逃亡したこと、ウィルソンの横に埋葬されているのは、ギャング団のイギリス人メンバーだったということを聞き出したのである。

34

私はリオピコを離れ、スコットランド人の経営する牧羊場へとやって来た。門の看板には「ロッチンバー牧場――一・四四四キロメートル」と書かれてあった。門はよく手入れされていた。郵便箱にはアザミをかたどった装飾が描かれていた。一・四四四キロメートルを歩いていくと、一対の破風にとんがり屋根といった、御影石でつくるのがよりふさわしい波型鉄板の家にたどり着いた。階段の上に、白髪に黒い眉、筋ばったからだつきの大柄のスコットランド人が立っていた。彼は一日じゅう、羊を追い回していた。三千匹の羊が小牧場で草をはんでいた。その朝、彼は羊毛刈りの職人を待っていたのである。

「だけど、あいつら来ると言った日に来たためしはない。この国じゃあ、人に話もできないよ。仕事の出来が悪いなんて言えやしない。さもないと、荷物まとめて帰っちまうんだ。まずいことでも言おうもんなら、あいつら羊をリボンみたいに切り刻みやがる。いやあ、毛を刈るんじゃなくて、まるで畜殺人だ」

彼の父親はルイス島の小作人だったが、大きな羊毛会社ができたのを機会に移住してきた。一家は成功した。土地を買い、スペイン語を少し習い、心の中にスコットランドを持ちつづけた。

昔ながらのスコットランド風舞踏会では、彼はキルトを着てバグパイプを演奏する。彼はバグパイプ一式をスコットランドから取り寄せ、また長いパタゴニアの冬のあいだに、もう一式を自分でつくっていた。家の中にはスコットランドのものが、英国王室の写真やカーシュ[*1]が撮影したウィンストン・チャーチルの写真とともにあった。

「で、これが誰だか知ってるだろう？」

マッキントッシュ・キャンディの缶が、うやうやしく女王陛下の下に置かれてあった。彼の妻は、乗っていた自動車が列車に衝突して以来、まったく耳が聞こえなくなっていた。彼女は読唇術を習っていなかったので、質問は紙に書かなければならなかった。彼女は再婚で、今の夫とは結婚して二十年になる。彼女はイギリス風の優雅な生活を好んだ。銀のトースト立てを、上質の麻《リネン》を、真新しいインド更紗を、そして磨き上げられた真鍮を好んだ。パタゴニアは好きになれなかった。冬を嫌い、花のないことを淋しがった。

「ものを育てるのがたいへんな苦労なんです。ハウチワマメはうまくいきますが、カーネーションはここの寒さには耐えられませんの。だいたい、イロマツヨイグサとかクラーキア、ヒエンソウ、マリーゴールドなどの一年草を植えるのですけど、うまく育つかどうかはわかりません。今年はスウィートピーが失敗しましたわ。あれを花瓶に生けるのが大好きだったのに。花は家を居心地よくしてくれる、そう思いますの」

「へえっ」と彼はもらした。「あいつのとんでもない花の世話など、わしは全然しとらん」

「あなた、なんて言ったの？　あの人、働きすぎですのよ。悪い人！　一日じゅう放牧地のまわりで馬を乗り回すなんて、いけないわ。羊をかり集める仕事は私がするべきね。

＊1　ユーサフ・カーシュ。カナダ人写真家。一九〇八〜二〇〇二。

あの人は馬を嫌ってますの。私、ブエノスアイレスにいた頃は、いつも乗馬を楽しんでいましたわ」

「うへ！　あいつは、馬に関しちゃ何でも知ってるってわけだ。美しい牧場のまわりで馬に乗ってるもんだから、自分で羊をかり集められると思ってるのさ」

「あなた、なんて言ったの？」

「だがな、ひとつだけあいつの言ったことは当たっている。わしが馬嫌いだってことだ。しかし今じゃ他人のために馬に乗るやつなんかいやしない。昔は、この国もよかったんだ。金を払えば、人は働いてくれた。今じゃ少年を雇っても、すぐにいなくなっちまう。年寄りの牧夫を雇えば、これがなんと八十三歳で、こっちがじいさんを馬にしばりつけてやらなきゃなんない始末だ」

このスコットランド人はこの谷間で四十年間暮らしてきた。彼はこの辺ではしまり屋だという評判だった。ある年、羊毛の価格が上がったとき、夫婦はスコットランドへ行った。ふたりは高級ホテルに泊まり、ルイス島に一週間滞在した。そこで彼は、自分の母親がかつて話していたもの――カモメやニシン舟やヒースや泥炭に接し、そしてそれらに魅力を感じた。

今、彼はパタゴニアを去り、ルイス島へ帰りたいと思っている。妻もパタゴニアを離れたがっていたが、必ずしもルイス島にはこだわっていなかった。夫よりも妻の方が、健康状態はよかった。彼にはどうすればここを出られるのかわからなかった。羊毛の値段は下がっており、ペロン主義者は土地を探していた。

翌朝、私たちは家の外に立ち、電信柱の並ぶ道を、毛刈り職人のトラックが来ないかと見守った。芝生の一か所に土を固めた平らなところがあって、その真ん中に金網でつくった檻があった。

「ところで、あそこには何を入れるんですか?」と私が言った。

「ああ! 死んじまったやつだ」

檻の床にまるまっていたのは、干からびた一本のアザミだった。

35

コモドロリバダビアへと南下する途中で、私は黒い石の砂漠を通過し、サルミエントに立ち寄った。くすんだ空色のマスターズ湖と、とろりとした緑色のコルウエ＝ウアピ湖にはさまれた細長い土地の上に、波型鉄板の建物が埃っぽい格子状の街路を形づくっている。

私は町を抜けて、石化した森へと歩いた。風力ポンプが狂ったように回っている。鉄青色のサギが、電線の下でしびれたように横たわっていた。くちばしから血がしたたり落ちている。舌はなくなっていた。枯れたチリ松の幹が、まるでノコギリで切り取られたように、きれいに折れていた。

サルミエントの周辺にはボーア人[*1]が大勢住んでおり、昼食のために立ち寄ったホテル・オロツで、私は彼らと出会った。彼らの名前はフェンター、フィッサー、フォルスター、クルーガー、ノーファル、エロフ、ボータ、それにデ・ブリュンなどで、全員一九〇三年にパタゴニアに移住した強硬派のアフリカーナー[*2]の子孫だった。彼らはユニオンジャックにはうんざりしていた。彼らは神に畏れを抱きつつ暮らし、「ディンガーンの日」[*3]を祝い、改革派のオランダ式聖書に宣誓をした。彼らはよそ者とは結婚しなかったから、ラテン系の人間が家に来ると娘たちは台所に追いやられた。マラン[*4]が政権を握ったときには、大勢が南アフリカに帰っていった。

しかし、この町でいちばん有名なのはリトアニア人のカシミール・スラペリッチだった。五十五年前この峡谷で恐竜を発見した人物である。現在、歯も毛髪も抜け落ちた八十代なかばのカシミール・スラペリッチは、世界でもっとも高齢なパイロットだった。毎朝、彼は真っ白い帆布地の飛行服を着て、心のモスクワに存在する航空クラブへとぶらぶら歩いていく。そして年代ものの単発機とともに、風に向かって飛び込んでいくのだった。危険は、人生に対する興味をかきたてる一方だった。

風は彼の鼻をてかてかに光らせ、薄いライラック色に染めていた。昼食どき、彼が頭につけた丸い象牙の入れ物にボルシチをよそうのを見た。彼は自分の部屋を、花模様のカーテンやゼラニウム、曲芸飛行の免状、ニール・アームストロングのサイン入り写真などでバルト諸国風に陽気に飾りつけていた。彼の蔵書はすべて、インド・ヨーロッパ語の中でも最高の言語、リトアニア語で書かれていた。そしてその内容はリトアニア独立に関するものばかりだった。

彼の妻はすでに死に、そこで彼は親切心から、また寂しさをまぎらわすために、若いインディオの夫婦を養子に迎えていた。若い女は白壁にもたれて坐り、赤ん坊に乳を飲ませながら、訪問客をその雲母のようにきらめく瞳で見つめた。

カシミール・スラペリッチは天才だった。かつて彼は鳥人になろうとした。今、彼は月に行きたいと考えている。

「だが、わしは君を飛行機に乗せてやろうと思う」と彼は言った。

「ええ、まあ」と私。

「ペインテッド砂漠の上を飛んであげよう」

外はまるでハリケーンのように風が吹きまくっていた。私たちは彼の心のモスクワを車で走った。私は、完全に湾曲したカシミール・スラペリッチの足が、ほとんどペダルを操作していないことに気がついた。

「飛行機には乗らない方がいいでしょう」私は言った。

*1 南アフリカに入植したオランダ系白人。
*2 南アフリカに居住する白人の民族集団。ボーア人も含まれる。
*3 ディンガーンは、十九世紀初頭に南部アフリカに建国されたズールー国の王。一八三八年ボーア人がディンガーンの大軍を破った。
*4 ダニエル・フランソワ・マラン。南アフリカ連邦の政治家、首相（一八七四～一九五九）。人種隔離政策を導入。

「では、妹のところへ連れていってあげよう。妹はインディオの矢尻を収集しているんだ」

　コンクリートの小屋の前で車を停め、私たちは庭を通り抜けて裏口へ回った。白い男根状のものが、スラペリッチの妹のマリーゴールドの中からにょきっと突っ立っている。

「恐竜の脛骨だ」とカシミール・スラペリッチは言った。

　スラペリッチの妹は高齢のためになめし革のような顔をしていた。彼女はサルミエントの婦人考古学者グループの一員だった。もっとも彼女たちは正式の考古学者ではなく、古代の狩猟者たちの遺物を求めて、ほら穴や狩り場、湖岸などを捜し回る古物の収集家だった。メンバーは独自の牧夫ネットワークを持っていて、彼らが放牧地からいろいろな物を持ち帰るのだ。「専門家」は、彼女たちを略奪者とののしっていた。

　その午後、バルト諸国からの亡命者はひとりのウェールズ人女性を「家」に迎えていた。訪問者は、とるに足らない競争相手が白い薄紙から宝物を取り出すのをじっと見つめていたが、そのねたましそうな目つきは、彼女の気取った批評と相反していた。

　カシミール・スラペリッチの妹は、競争相手の嫉妬心をあおる術を心得ていた。矢尻をのせた黒いビロード張りのカードを次々に繰り出しては、宝石のように光る矢尻を熱帯魚のように並べていった。彼女の指が細かく刻まれた矢尻の表面を楽しげに動いていた。ピンクやグリーンの燧石《すいせき》でできた平たいナイフ、ボレアドラ石、青い偶像。ワシの羽根をつけた矢尻もあった。

「でも、私のコレクションの方がよろしゅうございますわ」とウェールズの婦人が言った。

「大きいですけれど美しさには欠けますわね」スラペリッチの妹が言った。

「私のコレクションを大統領夫人に売ろうと思ってますの。そうすれば国立博物館に行きますから」

「大統領夫人が買ってくださるならね」と老婦人が返した。

カシミール・スラペリッチが退屈していたので、私たちは庭へ出た。

「死んだ人間の物だ。わしは好かん」と彼は言った。

「僕もです」

「今度は何を見ようかの？」

「ボーア人を」

「ボーア人はむつかしいが、やってみよう」

私たちはボーア人が小屋に住んでいるという町の東側へ行ってみることにした。スラペリッチが小屋の一軒をノックした。すると一家全員が庭に出てきて、イギリス人の私を、ものも言わずににらみつけた。スラペリッチは別の家に声をかけた。ドアがバタンと閉まった。彼はボーア人の妻をもつウェールズ人の男を見つけた。その男は話をしようとしたが、ほとんど何も知らなかった。それからスラペリッチは肉づきのよいボーア人の婦人を見つけた。彼女は赤い庭門にもたれかかり、すさまじい形相をしていた。彼女も話はしようとした。が、それは金をもらったうえで、弁護士の立ち合いのもとで、ということだった。

「あまり友好的ではありませんね」と私。

「あれがボーア人だ」とカシミール・スラペリッチが言った。

36

コモドロリバダビアに着くと、私はマヌエル・パラシオス神父をたずねた。博識の神父は南米の天才だった。彼はサレジオ会大学の中に住んでいたが、その建物はまるでコンクリートの塊で、海と崖とのあいだに隠れるように建っていた。嵐が土煙を巻き上げ、油田掘削装置から出る炎が、建物を不気味なオレンジ色に染めていた。

ひとりの僧が、礼拝堂の入口で風を除けながら、ふたりの少年と雑談をしていた。彼の銀髪はすばらしい巻き毛をなしていた。突風が彼のスータンをまくり上げ、陶器のように白い足を露わにした。

「パラシオス神父はどこにいらっしゃいますか?」

彼のつるっとした額に皺が寄った。思案している様子だった。

「お会いになれませんよ」

「ここに住んでいるのでは?」

「ええ、でも訪問者には会いません。仕事中でしてね。昼も夜も仕事をしています。しかも、手術をなさって療養中なものですから。癌なのです」彼はささやくように言った。「あまり時間が残っていないのですよ」

彼は、このパタゴニアの博学の徒の業績をざっと説明してくれた。パラシオス神父は神学と人類学、および考古学の博士号を取っていた。また神父は海洋生物学者、動物学者、工学者、物理学者、地質学者、農業経済学者、数学者、遺伝学者、そして剝製師だった。四種類のヨーロッパ言語と六種類のインディオ言語を話した。彼はサレジオ会の歴史と、聖書における新世界の予言に関する論文を書いていた。

「しかし、書かれた物をどうすべきなのか」とその神父は苦笑した。「われわれの肩に大変な責任がのしかかっているわけです。この宝をどう守っていくのか？　どうやって出版すればいいのです？」

彼は舌を打った。

「ところで、どうしてあの神父に会いたいのですか？」

「インディオに関する専門家だと聞きましたので」

「専門家ですって？　彼自身がインディオなんです。いいでしょう。あなたを彼のところへ案内しましょう。でも会ってくれるかどうかは保証しませんよ」

砂嵐にたじろぐこともなく、博学の徒はギョリュウの木立ちの下に坐り、応用工学に関する北米のマニュアルに没頭していた。青いベレーにだぶだぶのグレーのスーツといういでたち。カメのように皺の刻まれた首が、セルロイドのカラーから伸び上がっていた。神父は、自分の足元にある足乗せ台に坐るよう、私にすすめた。また同僚には手振りで椅子をすすめたが、それは焚き火にくべられていたものを、誰かがやや手遅れながら拾い出したものだった。神父は銀時計を見た。

「君にはパタゴニアの先史を説明するために、三十分間さくことができる」

　パラシオス神父は、統計学、放射性炭素年代測定法、人および動物の移住、海洋後退、アンデス山脈の隆起や遺物の発見など、あらゆる情報を私に浴びせかけた。また、きわめて正確な写真のような記憶力をもって、南アメリカにおけるあらゆるインディオの壁画を詳細に描写した。「……二番目の石化森林の中に、ミロドンを描いた独特の絵がある……リオピンチュラスでは、古代ラマのロデオが見られる。男たちは男根に被いを着けて……二番目のフレスコ画は、ピガフェッタによれば、おとりの使用を描いており……ラゴポサダスには、マクラウケニアとスミロドンとのあいだの死闘の絵があり……」

　私は注意深くノートを取った。私を案内してくれた神父はスータンをひるがえしながら、黒焦げの椅子の残骸のそばに立っていた。

「なんたる知性《ケ・インテリヘンシア》！　おお主よ《オー・パードレ》！　なんたる知識《ケ・サビドゥリア》！」と彼は言った。

　パラシオス神父はにっこりと微笑み、続けた。しかしながら、神父がもはや私に向かって喋っているのではないことに、私は気づいた。そうではなく、天を仰ぎながら、神父はどんよりと垂れこめた雲に向かって独白していたのである。

「おお、パタゴニアよ」と彼は叫んだ。「おまえは愚か者にその秘密を明かしてはくれない。ブエノスアイレスから、そして北米からも研究者はやって来る。が、彼らは何を知っている？　みずからの無能に驚くばかりだ。古生物学者の誰ひとり、いまだに一角獣の骨を発掘しておらん」

「一角獣ですって？」

「まさしく一角獣だ。パタゴニアの一角獣は、更新世後期の絶滅した大型動物相と同じ時代にいた。紀元前五千年か六千年頃、最後の一角獣が人間にとらえられ、絶滅してしまったのだ。ラゴポサダスに行けば、一角獣の絵がふたつ見られるだろう。そのひとつは、『詩篇』第九二章にあるように、角を突き立てている。『あなたは私の角を一角獣の角のように高く上げ』もうひとつの方は『ヨブ記』に記されているとおりに、狩人に射抜かれ、草原を足で踏み鳴らしているところだ」（『ヨブ記』第三九章二一節では、「谷をひづめで打つ」のは馬である。一方、九節と一〇節を読むと、一角獣はすきを引くのには適していないことがわかる）。

講義は徐々に夢の航海へと移っていった。マルケサス人は南チリのフィヨルドにカヌーを上陸させ、アンデス山脈に登り、マスターズ湖のそばに住みつき、土着の人々と融合した。パラシオス神父は、フエゴ島でみずから発見した女性の彫像について説明した。それは等身大の像で、赤土に覆われ、頭部が欠けていたという。

「おお、神よ《オオ・デイオス》。なんという博識《ケ・コノシミエントス》！」

「それに、写真も持っていらっしゃるそうですが」私は聞いた。

「そのとおり、写真も持っている」とふたたび神父はにっこりした。「だが、発表するつもりはないのだ。さて今度は、わしに質問させてくれんか。人類が出現したのはどの大陸かな？」

「アフリカでしょう」

「違う！　全然違う！　第三紀、ここパタゴニアでは、意識ある生物たちがアンデスの造山活動を見守っていた。アフリカ大陸のアウストラロピテクス類よりも以前、ずっと以前に、人類の祖先はフエゴ島に住んでいた」そして神父はふと付け加えた。「その最後のひとりが目撃されたのは一九二八年のことである」

「天才《ヘーニオ》！」

　そこでパラシオス神父はヨシルのことをかいつまんで話してくれた（その後、彼は学術雑誌にこの話を発表している）。

　ヨシル（インディオ名）とは、コケのような黄緑色の毛に覆われた尻尾のない原人のことである。身長八十センチほど、二足歩行をし、石器や短いこん棒で武装してハウシュ族の領域内に生息していた。昼間はナンキョクブナ（ノトファグス・アンタルクティカ）の林の中にいたが、夜になるとひとり旅の狩人の焚き火のそばに来て、からだを暖めた。彼らは菜食で、野生の果実やきのこ類、それにマゼランキツツキの主食である白い地虫などを食べていたと思われる。

現代になってからの最初の目撃は、ハウシュ族の狩人イオイ（「乳清」の意）によるもので、彼が一八八六年にカレタイリゴエンでウをとらえていたときに、一匹のヨシルを見ている。信頼できる最後の目撃は、一九二八年、インディオの狩人パイ（「男たち」の意」）によるものだった。しかしもっとも悲惨な遭遇は、大戦中、パラシオス神父の情報提供者だったインディオのパカとのそれだった。

ヨシルが火のそばに現われたとき、パカは森の中でひとりで野営していた。パカはヨシルが危険だという噂を聞いていたので、弓に手を伸ばした。ヨシルは安全なところに跳んで身をかわした。パカは眠ったら殺されると思い、武器を構えたまま横になった。ヨシルが近づいた。パカは弓を引き、すると痛ましい叫び声が聞こえた。翌朝、彼は死体がすぐそばにあるのを見つけたが、恐ろしいことに、その原人はついこのあいだ死んだパカの兄弟と顔つきがそっくりだったのである。葬っているのがヨシルなのか、それとも兄弟なのかも定かでないままに、彼は墓を掘った。

「わしは、その生き物をフエゴピテクス・パケンシスと名づけることにした」とパラシオス神父は締めくくった。「その名は、むろん暫定的なものだ。ヨシルはほかのパタゴニア原人、チュブトのホムンクルス・ハリングトニと同じ種かもしれん。骨格さえあれば問題は解決するのだが」

「神よ《ディオス》！　なんたる学識《ケ・シエンシア》！」

「ではここいらで、講義を終わることにしよう」神父はそう言うと、自分の本の中に埋没してしまった。

私はこの独学者のインスピレーションに言葉も出ないほど驚きながら、その場を去った。

「天才です」大学の建物に向かってギョリュウの木立ちを通り抜けながら、案内役の神父がそう言った。

「言ってくれませんか。私が何も知らないのか、それとも大学が閉鎖的なのか」

「閉鎖的なのです」と彼は言った。「閉鎖的。いろいろと問題がありますよ」

壁に、真っ赤な拳骨とプロレタリア戦線の声明文がびっしりと書かれてあった。

「学生たちだ」彼は首を振った。「学生たちだ」

礼拝堂の鐘が鳴った。

「さて、ミサに行かねばなりません。兄弟よ、教えてくれませんか、あなたの宗教は?」

「プロテスタントです」

「異なる道ですな」彼はため息をついた。「だが神はひとつです。アディオス、兄弟《エルマノ》」

37

さて、私には山地《コルディエラ》へ戻る理由がふたつあった。ひとつはウエメウウレス渓谷にあるチャーリー・ミルワードの古い牧羊場を見るため、もうひとつはパラシオス神父の話していた一角獣を見つけるためである。私はペリトモレノ行きのバスに乗り、砂嵐のさなか、その町に到着した。アラブ人の経営するレストランがあった。店ではレンズ豆とハッカダイコンが出され、またバーの上にはハッカの小枝が置いてあったが、それらは見たこともない故郷をレストランの主人に思い出させるためのものであった。私は北へ行く車がないものか、たずねてみた。彼は首を振った。

「チリ人のトラックが通るかもしれないが、めったにないよ」

ウエメウレス渓谷へは百マイル以上もあった。が、私は賭けてみることにした。町はずれの捨て去られた警察の建物に、青ペンキで「ペロン＝ゴリラ」と書かれてあった。そのすぐ近くにジンの空瓶の山があった。それはあるトラック野郎の死を悼んでできた記念碑だった。仲間が通るたびに瓶を放り投げたのだ。私は歩いた。二時間、五時間、十時間。だがトラックは一台も来なかった。ノートを見ると、そのときの雰囲気が伝わってくる。

一日じゅう歩いた。その次の日も。道路は真っすぐで、灰色で、埃っぽく、車は一台も通らない。風は情け容赦もなく、行く手を妨げる。ときおりトラックの音が聞こえてくる。はっきりとトラックだとわかる音。しかしそれは風の音である。あるいはギアチェンジの音。しかし、それもやはり風なのだ。ときには風は、橋の上ではずむからのトラックのような音をたてた。たとえうしろにトラックが近づいていても、聞こえはしなかっただろう。また風下にいたところで、風がエンジンの音をかき消していただろう。ここで聞こえる唯一の音はグアナコの鳴き声だった。それは赤ん坊が泣き声を上げようとして、すぐにくしゃみをしたときのような音だ。百ヤード向こうに見える一頭の雄のグアナコは、ラマより大きく、美しかった。オレンジ色の毛皮に、真っすぐ立てた白い尾。グアナコは恥ずかしがり屋と聞いていたが、ここにいるやつはこちらに興味津々だった。もう一歩も歩けなくなって、寝袋を地面に広げたとき、グアナコはその場で喉をブクブク鳴らしたり、鼻をすったりしながら同じ距離を保っていた。翌朝、彼はすぐ近くにいた。だが、私が自分の毛皮から這い出てきたことは、やっこさんにとってひどいショックだったようだ。それで友情もおしまいとなり、彼は追い風の海を行くガリオン帆船のように、イバラの藪の中を跳んでいってしまった。

翌日はさらに暑く、風も強かった。熱風が叩きつけるように吹きつけ、足元をすくい、肩にのしかかってきた。道路は灰色の蜃気楼の中から始まり、蜃気楼の彼方に終わっていた。砂埃の魔物が背後に見え、トラックが来る望みはないのだと知りつつも、それをトラックだと思ってしまう。あるいは黒い点がだんだん近づいてくるので、歩くのをやめ、地面に坐り込んで待つのだが、やがてその点々は横にそれてしまい、そこでそれが羊の群れであることを知るのだった。

チリ人のトラックは二日目の午後に来た。運転手は陽気な兄ちゃんで、足はチーズの匂いがした。彼はピノチェト大統領を気に入っており、自国の状況をおおむね歓迎していた。

彼は私をブランコ湖まで連れていってくれた。湖水は白くよどみ、向こう岸はエメラルド色の草地となっていて、青い山脈がその周囲を取り囲んでいた。ここがウエメウレス渓谷だった。

祖母のいとこ、チャーリー・ミルワードは一九一九年までここにいた。酒場の女主人はミルワードの口ひげを憶えていた。「とても大きな口ひげだったわ《ロス・エノルメス・ビゴテス》」と彼女は言い、ミルワードがステッキをついて足をひきずるのを真似て見せた。警官が日課の夕暮れのジンを飲んでいたので、女主人は私を牧場まで連れていくよう彼に頼んだ。文句も言わずに引き受けた警官は、しかし気骨を示すために、家に戻って拳銃を持ってきた。

ウエメウレス渓谷牧場の屋敷は赤と白に塗られ、集中機械化を表わすマークが彫り込まれていた。牧場はメネンデス＝ベエティという一家が経営していたのだが、この一家は南米での牧羊に成功し、第一次大戦のあとで、フランス人の羊毛仲買人と共同でチャーリーからここを買い取った。管理人はドイツ人で、私をひと目見るなり疑ってかかった。彼は、私がこの土地のことで何か文句を言いに来たのではないかと思ったらしい。それでも管理人は、牧夫小屋で眠ることを許してくれた。

人々は羊の毛を刈る仕事の真っ最中だった。毛刈り小屋は内部が二十の小部屋に仕切られ、それぞれに毛刈り職人がいた。たくましいチリ人たちは上半身裸で、ズボンは羊毛の脂肪で黒光りしていた。蒸気エンジンを動力源にしたドライブシャフトが、建物の長さいっぱいに走っていた。ピストンのぐるぐる回る音、ベルトのピシャリという音、ハサミのカチャカチャいう音、そして羊の鳴き声。少年たちが羊の足を縛ると、羊はすべての闘志を失い、拷問が終わるまで、どっしりと重いからだを横たえる。そうして裸にむかれ、乳房のあたりを切られて血に染まった羊が、まるで目に見えない柵を跳び越えでもするかのように、あるいは自由になるために跳んでいるのだという風に、勢いよく戸外へ跳び出していった。

毒々しい赤と紫の夕暮れの中で一日が終わった。夕食の鐘が鳴り、毛刈り職人たちはハサミを置いて台所に走った。年老いたコックがやさしい笑みを浮かべていた。コックは私に子羊の足を半分切り分けてくれた。

「こんなには食べられません」

「いいや、食べられるとも」

彼は胃の上に手を置いた。彼はもうだめだったのだ。

「癌を患っていてね」と彼は言った。「これが最後の夏なんだよ」

日が暮れると、ガウチョたちは馬の鞍によりかかり、たらふく食べた肉食動物のようにゆったりとからだを伸ばした。見習い職人が鉄のストーブにポプラの薪をくべた。マテ茶のヤカンがふたつ、その上で煮え立っていた。

ひとりの男が儀式をとり仕切っていた。男が茶色のヒョウタンに熱い緑色の液を満たすと、縁まで泡が立った。男たちはヒョウタンを手のひらで包むようにして中の苦い飲み物をすすり、まるで女のことを話すように、マテ茶の話をした。

連中がワラ布団を貸してくれたので、私はそれを床に敷いて丸くなり、眠ろうと努力した。男たちはたわごとを言い合い、やがて話題はナイフのことになった。鞘《さや》から刀身を抜き出し、切れ味を較べ、刃先をテーブルにコツコツと打ちつけた。光はハリケーンランプ一個だけ、私の頭のすぐ上の白壁に、ナイフの影が映って小刻みに動いた。ひとりのチリ人の毛刈り職人が、ナイフでグリンゴにいたずらしてやろうじゃないか、と言い出した。男はひどく酔っていた。

別の男が言った。「俺の部屋でグリンゴを寝かしてやりゃあよかったなあ」

38

ひとりのボーア人が私を車に乗せて、南へ、ペリトモレノからアロヨフェオへと連れていってくれた。そこからは火山性の荒野が広がっている。獣医の彼は、ほかのボーア人のことをあまりよく言わなかった。

地平線のあたりで、折り重なった白い絶壁がフリルのようにちらちらと躍っていた。地表は、ところどころがかさぶたのように気味の悪い赤紫色になっていた。その夜は道路工夫と一緒だった。トレーラーのまわりを、黄色いブルドーザーがぐるりと取り囲んでいた。男たちは脂っこい揚げ物を食べ、私にもすすめた。ペロンが、男たちの上で作り笑いを浮かべていた。

男たちの中に、赤毛の、丸太投げ選手のようなからだつきをしたスコットランド人がひとりいた。彼は好奇心と苦痛の入り交じった柔らかな青い瞳で、人種や境遇の類似点を探り出すべく、じっと私を見つめた。男の名はロビー・ロスといった。

彼以外は皆、ラテン系かインディオの混血だった。

「こいつあイギリス人なんだ」誰かが言った。

「スコットランド人ですよ」私は訂正した。

「そう、僕はスコットランド人だ《シ・ソイ・エスコセス》」とロビー・ロスは言った。彼は英語が全然喋れなかった。「イギリスも僕の祖国だ《ミ・パトリア・エス・ラ・イングラテラ・ミスマ》」

彼にとっては、イギリスもスコットランドも区別のつかないひとつの国だった。彼はいつもきつい仕事を回され、みんなの軽口の的にされていた。

「エス・ボラチョ」とさっきの男が言った。「酔っ払いさ」

明らかに男たちは、ロビー・ロスが激昂するとは思っていなかった。また以前から、ロビーを酔っ払い呼ばわりしていることも明らかだった。ロビーは握りしめたこぶしをテーブルの上に置き、だんだん白くなっていく指の関節を見つめていた。顔から血の気が引き、唇が震え、とうとう彼は男の喉元へ飛びかかっていった。そして男をトレーラーから引きずり出そうとした。

ほかの者たちがロビーを押さえつけた。彼は泣き出した。その夜、私はロビーが泣きつづけるのを聞いた。翌朝、彼はもうひとりのイギリス人を見ようともしなかった。

39

八時に、一台の赤いメルセデスの古トラックが野営地にやって来た。運転手がコーヒーを飲むためにトラックから降りてきた。煉瓦を積んでラゴポサダスに向かっている途中だという。私は乗せてもらうことにした。運転手のパコ・ルイスは十八歳。真っ白い歯と、率直そうな茶色の目をした美少年で、頬ひげとベレー帽がチェ・ゲバラのような風貌をかもし出すのに役立っていた。ビール腹の徴候が現われはじめており、歩くのは嫌い、ということだった。

トラックを買うために金を工面してくれたのは、銀行員であるパコの父親だった。パコはトラックにロサウラという名をつけてかわいがっていた。彼はロサウラをごしごしと洗い、磨き、運転台にレース飾りをつけた。ダッシュボードの上には、ルハンの聖母マリアと聖クリストファーの小像、それに道路のでこぼこにしたがって首を振るプラスチックのペンギンがあった。天井にはヌード写真が貼ってあったが、どういうわけかロサウラの方が生身の女で、ピンナップガールたちは抜け殻のようだった。

パコとロサウラは三か月間、一緒に旅をしていた。ロサウラがポンコツになる頃には、また新しいロサウラを買うための金が貯まっているだろう。そうやって彼らはずっと旅を続けるに違いない。パコ・ルイスは大変な理想主義者だった。金を稼ぐことに興味はなく、人に「ガウチョの見本《テイポ・ガウチョ》」と呼ばれることが無上の喜びだった。トラックの運転手仲間は彼を助けたり、悪態のつき方を教えてやったりした。彼のいちばん好きな言葉はコンチャ・デ・コトラ、「オウムのおまんこ」という意味だった。

パコがロサウラに荷を積みすぎていたのと、スリップするクラッチやつぎはぎだらけのタイヤのせいで、トラックは車体をきしませながら、ローギアで坂を下らなくてはならなかった。私たちは小さな峡谷の中ほどまで降りてきていた。彼がギアをトップに入れると、車はうなりながら谷底についた。シューという音が聞こえた。

「ちくしょう《ブタ・マドレ》、パンクだ!」

左の内側のタイヤが破裂していた。パコはロサウラを砂利道のへりに、車輪に重みがかからないように内側に車体を傾けて停めた。彼はスペアタイヤをはずさずに、ジャッキを放り出した。しかしそのジャッキは小さすぎた。彼は自分のジャッキ——普通のやつだ——をもっと重い荷を積んでいる友だちに貸していたのだ。このジャッキも車輪を持ち上げはするのだが、高さが足りなかった。

そこでパコは、タイヤの下に穴を掘って車輪をはずそうとした。彼が内側のタイヤをはずすと、ジャッキが路面を滑り出した。ロサウラはじりじりと斜めに移動し、積み荷の煉瓦が動いた。

「このできそこないめ《ケ・マカナ》！」

私たちはほかのトラックが来るのを七時間待った。が、待ちきれなくなって、再度挑戦することにした。パコは車軸の下にもぐり込んでジャッキを操作した。今度は石でジャッキを固定した。油と埃にまみれ、顔を真っ赤にしたパコはかんしゃくを起こしていた。彼は前よりも大きな穴を車軸の下に掘り、車台をある程度まで持ち上げて、ふたつの車輪を元に戻した。しかし車輪はゆがんでおり、ナットを締めることができなかった。彼はやおら車輪を蹴っとばし、叫んだ。「こいつ《ブタ》……こいつ《ブタ》……こいつ《ブタ》……こいつ《ブタ》……」

私はいちばん近い牧場まで助けを求めにいった。そこの主人は九十歳も超えた歯抜けのマラガ人だった。じいさんがジャッキを持っていなかったため、私は灰色の藪を引き返した。道路が見え、ロサウラの赤い運転台が見えたが、近づいてみるとロサウラは引っくり返り、パコの姿がなかった。私はてっきりパコが車の下敷きになったのだと思って走った。が、やがて私は道路から離れたところに坐っている彼を見つけた。彼は気が動転して顔面蒼白になり、打ちつけた向こうずねに痛みを感じはじめて、しくしくと泣いていた。彼はひとりで挑戦したのだが、ジャッキが滑って車軸からはずれ、足をすりむいたのだった。今度は、本当にとんでもないことになっていた。愛する女を、けっして蹴とばしてはいけない。

40

パコと私は道路工夫に助けを求め、一日遅れでラゴポサダスに着いた。私たちは、ものごしの柔らかな、あまり元気のないカスティーリャ人の家に泊めてもらった。彼は君主主義者だった。王がマドリードを去ったときにブルゴスを離れ、今はスペイン以外の共和国に住むことを望んでいた。

「一角獣ですか」と彼は言った。「有名な一角獣ですよ。場所を知っています。インディオの首と呼んでいるところです」そう言って彼は、氾濫原に生えたギョリュウの彼方の、峡谷の入口にどっしりと坐った大きな赤い岩を示した。空はくっきりとした薄青で、円を描いているふたつの黒い点はコンドルだった。

「コンドルがたくさんいるんです。それにピューマもね」彼が言った。

「インディオの首」は赤と緑が入り交じった玄武岩の塊だった。表面は錆をふいたブロンズのように滑らかで、割れたところは細長い段々を形づくっている。インディオは迷うことなくこの場所を聖地に選んだ。岩の下に立つと、トルコブルーのポサダス湖とプレイドン湖が、紫色の崖のあいだをぬってチリへと伸びているのが見えた。狩人たちは張り出した岩のひとつひとつに、赤土で獲物の絵を描いていた。また狩人自身も、エネルギッシュに跳びはねているちっぽけな人物として描かれていた。それらの壁画は一万年くらい前のものと考えられていた。

パラシオス神父の語った一角獣は、岩の表面にただ一頭、『詩篇』に書かれているとおりに角を振り立てていた。首はたくましく、胴体は引き締まっていた。

「古いものであるはずはない」と私は思った。「形からみて雄牛に違いない」

しかしもし古いものなら、本当に古いものなら、これは一角獣に違いない。

壁画の真下にお供え物の祭壇があった。ネッスルのミルクの空缶、ベッドに入った女の子の石膏像、灰色のペンキに浸した釘、そして何本かの燃えつきたろうそくが置いてあった。

41

私たちを泊めてくれたカスティーリャ人の妻が、私に冷肉の弁当をつくってくれた。私は峡谷と台地で分断された土地を、北へ向かって歩いた。地面はもっとも似つかわしくない色彩にいろどられていた。薄紫やローズピンクやライムグリーンの岩が交互に現われるような場所もあった。絶滅した哺乳類の骨でびっしりと埋まった明るい黄色の峡谷もあった。その峡谷は、紫の岩で縁どられた干上がった湖床に通じていて、薄皮のようなオレンジ色の泥から牛の頭蓋骨が突き出ていた。

不自然な色彩は私に頭痛を催させたが、緑色の一本の樹木——ロンバルジア・ポプラ、人間がしるした句読点だ——が私を元気づけた。

日干し煉瓦の小屋のそばで、皺くちゃの老夫婦が日光浴をしていた。老婦人は自分の部屋の壁をコラージュで埋めていた。周囲の環境は彼女の想像力を燃え上がらせた。日玉商品は彩色した石膏でできた日本の芸者の頭で、それには聖母マリアのような後光が差し、アルゼンチンのサッカー選手の毛むくじゃらの足がついていた。その上にあるのが陶器のハトで、これは聖霊の象徴だが、今では青いプラスチックのリボンと死んだダチョウの羽根をつけた天国の鳥に改造されていた。ロサス将軍のクレヨン画の隣には、パタゴニアキツネの写真があった。

婦人はマテ茶の入ったヒョウタンを私に差し出した。そして羊の糞のせいで甘い味のする水を私の水筒に入れ、それから山脈を越える道を手で指し示した。

赤煉瓦色の夕暮れの中、私はドイツ人の住む家に着いた。その男はやせこけたインディオの少年と一緒に暮らしていた。ふたりは食事中だった。アイスクリームパーラーから持ってきた金属製の椅子に腰かけ、行儀よくテーブルについていた。ふたりともそっくり同じナイフを持ち、黒焦げの羊の足を切り刻んでいた。どちらも私に話しかけもしなければ、お互いに喋りもしなかった。黙ったままドイツ人は私にブリキの皿を差し出した。夕食が終わると、黙ったまま彼は私を納屋に案内し、羊の皮の山を指さした。

翌朝は曇り空で、チリの方角から雨雲が湧き出ていた。ドイツ人は腕を伸ばし、黒い崖にできた一筋の割れ目を指した。手をぱたつかせて、谷の向こう側だということを示した。私は手を振って別れを告げた。すると彼は大きな茶色い手を空の方に高く上げ、指をいっぱいに広げてみせた。

私は黄ばんだ固い草地に残された何本かの馬道をたどった。あるところでは地面に白い破片が散乱していた。死んだアルマジロの背甲だった。小道は台地をジグザグに上り、やがて枯れ木の散乱した茶色の窪地へと下がっていった。道の突き当たりに、ポプラに囲まれた農家があった。

主人が牧夫たちを連れて家から出てきた。縞のポンチョを着た背の高い若者だった。彼の馬は黒光りし、銀の馬具は歩くごとにリンリンと鳴った。

「女たちは台所にいる」彼は大声で言った。「コーヒーを出すように言えばいい」

彼の妻と母親が白いタイル張りの台所にいた。彼女たちは私にコーヒーとチョコレートケーキ、それに羊のチーズとスパイス入りリンゴゼリーをごちそうしてくれた。コモドロリバダビアに食料を売りに行く十日間以外、彼女たちは年じゅう台所にいた。私は婦人たちに礼を言い、さらに八マイル歩いた。正午には、パソロバージョス牧場の鮮やかな赤屋根が見おろせるところにまで来ていた。

その反対側、ブエノスアイレス湖のある台地《メセタ》は、西へ向かって徐々に高くなっていた。台地の壁は翡翠《ひすい》色の川から立ち上がり、二千フィートの切り立った塁壁をなしていた。幾重にも重なり合った火山地層は、騎士が用いる三角旗のようなピンクとグリーンのだんだら縞だった。そして台地《メセタ》の途切れるところには、四つの山が峰を一直線に並べてそそり立っていた。紫のこぶのような峰、オレンジ色の柱のような峰、鋭いぎざぎざのピンクの峰、そして灰色の円錐形の死火山は雪をかぶって縞模様になっていた。

川は、乳を混ぜたような明るいトルコブルーのギオ湖に注いでいた。湖岸は目もくらむような白、そして崖も白、もしくは白と赤褐色の横縞だった。北の岸に沿って、乳色の湖から細長い草地でへだてられたサファイヤブルーの澄んだ沼が横たわっている。何千羽もの黒首ハクチョウが湖面に散らばり、沼はフラミンゴでピンク一色だった。

実際、パソロバージョスは「黄金の都市」に見えた。おそらく、そうだったに違いない。

42

一六五〇年頃、ふたりのスペイン人水夫——ふたりとも人殺しで逃亡中だった——がマゼラン海峡から上陸し、アンデス山脈の東側を登って、チロエ島の真向かいにある森からふらふらになって出てきた。おそらく統治者の注意を自分たちの罪からそらすためだろうが、ふたりの水夫はある街の存在を報告した。彼らの報告によると、その街には銀で屋根を葺いた宮殿があり、またその街の住人は、マゼラン海峡近くのペドロ・サルミエント[*1]移民団の生き残りの子孫で、肌は白く、スペイン語を話したという。

水夫の話はトラパランダ[*2]、すなわちセサルの魅惑の都市、南アンデス山脈に隠されたもうひとつのエルドラードへの興味を再燃させることになった。その都市の名は、航海者セバスチャン・カボートの案内人フランシスコ・セサルにちなんでつけられたものである。一五二八年、フランシスコ・セサルはアンデス山脈を越え、プラテ川から奥地へと入り、そこで黄金が何にでも使われる文明と出会った。セサルの話は広まり、そこから生まれた伝説は、十九世紀まで人々の希望と欲望をかき立てつづけた。

黄金の都市を見つけようと、幾度か探検隊が送り込まれた。同様の目的のために、多くの単独行の探検家が消息を絶った。十八世紀に書かれた記録では、その都市は南緯四十五度にあるとされて（パソロバージョスは南緯四十七度）、火山のふもと、美しい湖の上に位置する山岳要塞地である。そこには金や宝石に富むディアマンテ川があった。その都市は横断するのに二日を要し、釣り上げ橋で守られた出入口が一か所だけあった。建築物は装飾をほどこされた石張りで、ドアには宝石がちりばめられていた。すきの刃は銀、家具はもっとも地味な住まいでさえ、金と銀でできていた。病はなかった。年老いた人間は、あたかも眠るがごとく死んでいった。男は三角帽子をかぶり、青いコートに黄色のケープをまとった（インディオの神話における最高位の色である）。人々はコショウを栽培し、ここで採れるハツカダイコンの葉はとても大きく、馬をつないでおけるほどだった。

＊1　ペドロ・サルミエント・デ・ガンボア（一五三二〜一六〇二）。スペインの軍人。マゼラン海峡の地図を製作。一五八三年マゼラン海峡付近に植民地を建設した。
＊2　スペイン人が南米アンデスの奥地にあると想像した黄金の都市。

黄金の都市を見た旅人はほとんどいないし、正確な位置に関する情報もひとつとしてなかった。パトモス島、ガイアナの森、あるいはゴビ砂漠やメールー山の北面などが人々の口にのぼった。これらの場所は皆、住む人もいない寂しいところだ。同様に、都市の呼び名もいろいろだった——ウタラクル、アバロン、ニュー・エルサレム、祝福されし者の島。これらの都市を見た者は、艱難辛苦《かんなんしんく》に耐えたのち、目的地に着いた。そして十七世紀、このふたりの人殺しのスペイン人水夫は、みずからの身をもって証明したわけである——汝、岩の表面を楽園と見誤ったエゼキエルの二の舞を踏むことなかれ……。

43

パソロバージョス牧場の借家人は、カナリア諸島、テネリフェ島の出身だった。彼は薄いピンクに塗られた台所に坐っていた。台所の黒い時計が時を打ち、妻君がわれ関せずといった表情で、ダイオウのジャムをスプーンで口に運んでいる。家の中はどこも廊下のようで、どの部屋も使われていない。金箔がサロンの長椅子からはがれ、床に落ちていた。半世紀を経た雑なつくりの鉛管類は壊れ、アンモニアの匂いがした。

故郷をなつかしみ、失われた若さを夢みるその老人は、花や樹木や農耕法の名を、あるいは太陽がさんさんと照りつける故郷の島で踊られる踊りの名を口にした。

ひょうが庭のスグリの藪を叩きつけていた。

老夫婦の義理の息子は警察官で、担当は国境警備と羊の密輸業者の取り締まりだった。彼は陸上選手のような立派なからだつきをしていたが、皺深い額は身の振りようのなさと抑えつけられた野心を物語っていた。

彼の頭は移住と征服で毒されていた。彼はブラジルのジャングルにいたヴァイキングの話をした。彼は言った。ある教授がね、北欧古代文字の碑文を発掘したのさ。火星人がペルーに着陸して、インカ族に文明をもたらしたんだ。それ以外に、彼らの高度な文明を説明する方法があるかい？

いつか妻を実家に帰すんだ。警察の小型トラック《カミオネタ》に乗り、パラナを越え、ブラジル、パナマ、ニカラグア、メキシコと北上し、北米の娘《チカス》たちを手に入れる……。

蜃気楼のように実現不可能なその夢を思い出し、彼は苦々しく笑った。

「なぜ君は歩いてるんだ」老人が私にたずねた。「馬に乗れんのかね」ここらあたりの人間は歩く者を嫌う。彼らは歩いている人間を頭がおかしいと思う。

「馬には乗れます」私は言った。「でも歩く方が好きなんです。自分の足の方が信頼できます」

「同じことを言うイタリア人を知っているよ」

イタリア人の名はガリバルディといった。彼もまた馬を嫌い、家を嫌った。アラウカノ風のポンチョをまとい、荷物は持たなかった。彼はボリビアまで徒歩で北上し、ぐるっと回ってマゼラン海峡まで南下するはずだった。一日に四十マイルを踏破し、ブーツが必要になったときだけ仕事をした。

「この六年、そいつを見とらん」と老人は言った。「コンドルに殺られたんだろう」

　翌朝、朝食のあとで、老人は向かいの山の高みにある段丘を指さした。

「化石が出るのはあそこだ」

　サルミエントのウェールズ人女性は、ここでミロドンの骨とマクラウケニアの下顎の骨を発見した。私は登った。激しいみぞれを避けて岩の陰に隠れ、古いイワシの缶詰めを食べた。ここは古代の海底が隆起したところだ。表面は濡れてキラキラと光り、牡蠣の化石がいっぱい散らばっていたことだろう。何百万年も前のことである。

　私は坐ったまま、魚のことを考えた。牡蠣《ポルテュゲーズ》やメイン・ロブスターやアザラシ《ル・ド・メール》やブルーフィッシュのことを考えた。それからタラのことも。私の胃袋は、脂っこい羊肉や古いイワシにうんざりしていた。

　そこいらを歩き回ったり、突風で地面に叩きつけられたりしているうちに、私はグリプトドン、つまりアメギーノの命名によればプロパラエオホプロフォルスのよろい板とともに、数本の黒曜石のナイフを見つけた。私は重大な発見をしたことに喜んだ。グリプトドンと一緒に人工遺物が見つかったことはいまだなかったのだ。しかしのちにニューヨークで、ジュニアス・バードは、私の発見したグリプトドンは人類がアメリカ大陸に来る以前に化石化したものだと断言した。

私はパソロバージョスから東へ歩いた。というより、大風が来る前だったので走ったと言った方が近いだろう。革のリュックサックは骨と石で重かった。道の両側に、家へ帰るガウチョたちが投げ捨てたシャンパンの空瓶が散らばっていた。瓶のラベルには、「デュック・ド・サン＝シモン」、「カステル・シャンドン」、「コント・ド・ヴァルモン」などの名があった。

私は海岸へ戻った。プエルトデセアドに着いたのは、二月の最初の日だった。

44

プエルトデセアドはサレジオ会大学で知られた町である。そこでは聖ゴール修道院から立体駐車場、ルルドの洞穴、形も規模もスコットランドの大きな田舎家そっくりの駅舎まで、あらゆる建築様式が混在していた。

私はビオロヒア海岸の宿屋に、科学者のグループとともに泊まった。彼らは砂虫を掘るのに熱中し、海草のラテン名のことで口論していた。この町に住みついている鳥類学者がいて――なかなか厳しい若者である――ジャッカスペンギンの渡りの習性について研究していた。私たちは旅の行程が中枢神経系に厳密に記憶されているのかどうか――私たちも含めて――夜遅くまで議論した。それが私たちの狂気じみた放浪を説明する唯一の方法だったからである。

翌朝、私たちは川の中の、ペンギンコロニーのある島までボートを漕いでいった。鳥類学者はおおよそ次のように言った。

マゼランペンギンとジャッカスペンギンは南大西洋のブラジルの沖合で越冬する。十一月十日きっかりに、プエルトデセアドの漁師は先発隊が川をさかのぼってくるのを見る。ペンギンたちは島に居所を定め、残りのものたちを待つ。大集団は二十四日に到着し、それぞれの巣穴の手入れを始める。彼らはきらきらした小石が大好きで、玄関を飾るために数個の小石を集める。

ペンギンは一夫一婦制、死ぬまで貞操を守る。夫婦はほんのわずかのテリトリーを占有し、侵入者を駆逐する。雌は一個から三個の卵を産む。仕事に雄雌の違いはない。両方が餌をとり、交替でヒナの世話をする。コロニーは四月最初の週の寒波が来ると解散する。

すでにヒナ鳥は卵からかえり、親鳥よりも大きく膨らんでいた。ペンギンが波打ち際までよちよちと歩き、力いっぱい水に飛び込むのを私たちは見つめていた。十七世紀、探検隊ジョン・ナバロフ卿はこの場所に立ち、「真っ白いエプロンをかけた幼児のように、大勢集まって突っ立っている」と彼らを描写した。

アホウドリとペンギンは、私がもっとも殺したくない鳥である。

45

一五九三年十月三十日、帆船ディザイア号百二十トンはポートディザイアの川に錨をおろした。ぼろぼろになって、母国イギリスへ帰還する途上だった。トーマス・キャヴェンディッシュが七年前、彼の旗艦にちなんでこの地に名前をつけて以来、四度目の寄港であった。

このときのディザイア号の船長はジョン・デイヴィス、英国デヴォン出身の、当時もっとも優秀な航海者だった。これまでに彼は北西航路を求めて北極航海を三回行ない、またこれ以後船舶操縦術に関する本二冊を出版し、日本の海賊の剣によって六か所の致命傷を受けることになる。

デイヴィスは、南の海をめざすキャヴェンディッシュ二回目の航海に参加していたのである。キャヴェンディッシュ提督をガリオン船レスター号に乗せた船団は、一五九一年八月二十六日、プリマスを出航した。船団にはレスター号のほか、ローバック号、ディザイア号、デインティー号、そしてブラックピナス号——最後の船は、フィリップ・シドニー卿の遺体を運んだことからこう名づけられた——が加わっていた。

若くして成功したためなのだろうか、キャヴェンディッシュは思い上がりの強い人間になっていた。そして部下や乗組員を嫌っていた。彼はサントスの街を略奪するためにブラジルの沖に停泊した。その後大風が吹いて、船団はパタゴニアの沿岸で散り散りになったが、かねてから申し合わせていたとおり、ポートディザイアで船団は落ち合った。船団はすでに到来していた南半球の冬将軍とともに、マゼラン海峡へ入った。水夫が鼻をかむと、凍傷にかかった鼻がくずれ落ちた。フロワード岬の先で船団は北西の大風に遭遇し、マストの上を風が吠え立てる中、小さな入江に避難した。どうしようもなく、キャヴェンディッシュはブラジルで食料を補給し、次の春を待って帰国することを承知した。

五月二十日の夜、キャヴェンディッシュ提督は何の予告もなくポートディザイア沖で針路を変更した。夜が明けると、ディザイア号とブラックピナス号だけが海上に取り残されていた。デイヴィスは以前のように上官に会えるかもしれないと考え、ポートディザイアの港へ向かった。しかしキャヴェンディッシュはブラジルへ、そしてそこからセントヘレナ島へと向かう針路を取っていたのである。その途上、船室で横になっていたキャヴェンディッシュは、デイヴィスが自分を裏切ったとののしりながら、たぶん卒中で、死んだ。「あいつがわしの命取りになったのだ」

デイヴィスはこの男を好いてはいなかったが、裏切るつもりはなかった。厳しい冬の盛りがすぎると、彼はふたたび南へ下って提督を捜した。現在はフォークランド諸島として知られる、未知の島々の中を行く二隻の船に、強風が吹きつけた。

そのあと二隻の船はマゼラン海峡を抜けて、太平洋へ出た。嵐の中、ピラル岬の沖でディザイア号はピナス号を見失った。ピナス号は乗組員全員を乗せて沈んだ。デイヴィスがひとりで舵を取りながら早くこの難儀が終わってくれないものかと祈っていると、太陽が雲の切れ目から顔をのぞかせた。彼は船の位置を確かめ、針路を維持し、なんとか波の穏やかなマゼラン海峡に戻ることができた。

船はポートディザイアに戻った。乗組員は壊血病にかかっていたうえ、ノミだらけで、上官には反抗的だった。「ノミの塊はエンドウ豆くらいの大きさであった。さよう、中にはソラ豆ほどのものもあった」デイヴィスはできるかぎり船を修理した。乗組員は、卵、カモメ、アザラシの子供、トモシリソウ、トウゴロウイワシ《ペヘレイ》を食べて生き延びた。このような食事のおかげで、彼らは健康を取り戻すことができた。

海岸を十マイル南下したところに、ペンギンの棲む島があった。その島で、水夫たちは二万羽のペンギンをこん棒で殴り殺した。ペンギンには天敵がなく、それゆえ殺りく者を恐れなかった。ジョン・デイヴィスは一万四千羽のペンギンを乾燥させ、塩漬けにして船倉に積み込むよう命じた。

十一月十一日、テウエルチェ・インディオの軍団が、「犬のような面をつけ、あるいは彼らの顔がまさに犬のようであったのかもしれぬが、もうもうと土煙を上げ、野獣のように跳んだり走ったりしながら」襲ってきた。小ぜり合いの中で九人が死亡したが、その中には水夫の反抗を先導していたパーカーとスミスも混じっていた。ふたりの死はまさに神の裁きと思われた。

ディザイア号は十二月二十二日の夕暮れに出航し、食料のキャッサバ粉を積み込むべく、一路ブラジルをめざした。一月三十日、船長はリオデジャネイロの沖合にプラセンシア島を認めた。男たちはインディオが所有する畑で、果物や野菜をあさった。

六日後、樽職人たちは樽用のたがを集めるため、上陸班に同行した。その日は暑かった。インディオとポルトガル人の暴徒が襲撃をかけてきたとき、彼らは見張りも立てずに風呂に入っていた。デイヴィスは乗組員をボートで岸にやったが、そこでは十三人が顔を天に向けて横たわり、脇には十字架が置かれていた。

デイヴィスは、小型帆船が何艘かリオ港を出ていくのを見た。彼は外洋へ出た。それ以外になす術はなかった。船には水の樽が八個あったが、それらは異臭を放っていた。

赤道まで来たとき、ペンギンたちが復讐に出た。長さが一インチほどの「胸が悪くなるような虫」が、ペンギンに湧いていたのだ。虫は鉄以外のあらゆるもの――衣類、寝具、長靴、帽子、革ひも、そして生きている人の肉までも食った。虫は船腹を食い破り、沈没の恐れが出てきた。虫は人間を食い殺し、どんどんと増殖していった。

北回帰線付近で、壊血病が乗組員を襲った。彼らの足首が、そして胸が膨れ上がった。あまりにもひどくからだが膨れ上がったため、「立つことも横になることも、歩くこともできない」ほどだった。

船長は悲嘆のあまりものも言えなくなっていた。ふたたび彼は、早く事態に決着がつくことを神に祈った。彼は乗組員に辛抱するよう頼んだ。神に感謝の心を示し、懲罰を受け入れるようにと。しかし乗組員たちは荒れ狂う狂人と化し、船は死に瀕した者たちのうめき声やののしる声で満たされた。プリマスを出航したときには七十六人いた乗組員の中で、元気なのはデイヴィス船長と給仕ひとりだけ、船を動かせるのは五人になっていた。

そうしてトップスルも横帆も裂け、針路も見失って海をさまよいながら、朽ちた船体は航海するというよりは漂うといった状態で、一五九三年六月十一日、バントリー湾のベアヘイブン港に入った。船の臭気は、この静かな漁村の人々に吐き気を催させた。

ジョン・デイヴィスが故郷のデヴォンに戻ってみると、妻君は「口先の達者な男」とねんごろになっていた。続く二年間、彼は机に坐って、のちに彼の名声を高めることとなる本を書く。一冊は『世界の水路について』というもので、アメリカ大陸が島であることを証明している。もう一冊は『船乗りの秘密』という天文航法のマニュアルで、彼自身の発明、航海に役立つ知識、天体高度の測定法などが盛り込まれている。

しかしやがて彼はじっとしていることができなくなり、エセックスのアール号に随行してアゾレス諸島へ行き、それからジーランダー号の水先案内人としてマレー諸島へ行った。一六〇五年十二月二十九日、マラッカ海峡のイギリス船タイガー号の上で彼は死ぬ。日本の海賊を信用し過ぎたあまり、彼らを食事に誘うというあやまちを犯してしまったのである。

『ジョン・デイヴィスの南洋航海』は、一六〇〇年にハクルートによって編まれた。それから二百年ののち、やはりデヴォン出身のサミュエル・テイラー・コールリッジが、

『老水夫行』という六二五行にものぼる詩を書き上げた。そこでは同じ文句が何度も繰り返され、犯罪行為と漂流、そして罪の償いが語られていた。
『ジョン・デイヴィスの南洋航海』と『老水夫行』には次のような共通点がある。すなわち、暗黒の南洋航海、鳥殺し、その後に下る天罰、熱帯地方での漂流、朽ちた船体、瀕死の水夫たちののしる声。詩の二三六行から二三九行は、とくにエリザベス朝時代の航海の雰囲気を伝えている。

　大勢の美しき男たち！
　彼らは皆死んで横たわっていた、
　そして何千ものおぞましきものどもが生きつづけ
　私もまた生きつづけた。

『ザナドゥ（桃源郷）への道』の中で、アメリカの学者ジョン・リヴィングストン・ロウズは、老水夫に殺された鳥の出所を突き止めている。それは、十八世紀、ジョージ・シエルヴォック船長の私掠船に乗っていたハットレイなる男の撃った「陰気なクロアホウドリ」だった。この航海記を持っていたワーズワースが、コールリッジと共に詩を書いていたとき、彼にそれを見せたのだ。
コールリッジ自身も「夜にさまよう男」であり、生まれ故郷でははみ出し者、下宿屋を転々とした根なし草だった。ボードレールの言う「やっかいな病、故郷の嫌われ者」の悪い見本だった。彼には破滅へと向かう他の放浪者たちと共通するところがある――カイン、さすらいのユダヤ人、そして水平線に向かって突き進んでいく十六世紀の航海者たち。老水夫とは、コールリッジ自身のことでもあった。

ジョン・リヴィングストン・ロウズは、ハクルートとパーチャス[*1]が編集した航海記がコールリッジの想像力をかき立てたことを証明している。ジョン・デイヴィスがグリーンランド沖の初期の航海で経験した「氷の出すすさまじいまでの轟音」は、『老水夫行』の六一行目に登場する――「それは砕け、うなり、吠え、とどろいた」。しかし、デイヴィスの行なったマゼラン海峡への航海自体が、コールリッジの詩の土台になったとは考えていないようだ。

46

私は三つの退屈な町、サンフリアン、プエルトサンタクルス、リオガジェゴスを通過した。

海岸線に沿って南下するにしたがって、草は緑を濃くし、牧羊場は大きくなり、イギ

*1　リチャード・ハクルート（一五五二～一六一六）、サミュエル・パーチャス（一五七五頃～一六二六）。共に英国の航海記、探検記などの収集家、編集者。

リス人が増えていく。イギリス人は一八九〇年代にこの地を開墾し、柵をめぐらした人々の、子供や孫たちだった。多くの者はフォークランド諸島から来た「海草採り」だった。彼らはスコットランド高地の開墾地の記憶以外、何も持たずに上陸した。ほかに行くところはなかった。彼らは世紀の変わり目に起こった羊毛ブームに乗って大金を稼いだ。彼らが限りなく提供した安い労働力のおかげで、パタゴニア産羊毛が市場競争に勝ったからである。

現在彼らの牧場は倒産寸前だが、屋敷はこぎれいに手入れされており、防風林の陰に身を寄せれば、花壇の縁飾り、芝生の水まき器、果物のかご、温室、キュウリのサンドイッチ、『田舎の生活』の全集ひとそろえ、そしてときには教会の大執事が訪れるのを目にすることができるだろう。

パタゴニア地方での牧羊は、一八七七年、プンタアレナスに住むイギリス人貿易商ヘンリー・レイヤードが、フォークランド諸島の羊をマゼラン海峡内のエリザベス島に運び込み、そこで放牧したことから始まる。羊の数はどんどん増え、ほかの商人たちもこれを真似た。指導的な役割を果たしたのは、冷酷なオーストリア人実業家のホセ・メネンデスと、彼の義理の息子で、気だての優しいユダヤ人のモリッツ・ブラウンだった。最初ふたりはライバルだったが、やがて手を組み、大牧場、炭坑、冷凍倉庫、デパート、商船、そして海難救助会社を合併した。

メネンデスは、自分の財産をスペインのアルフォンソ十三世に残して、一九一八年に死んだ。そしてプンタアレナスに葬られたが、その墓はヴィクトル・エマニュエル王の墓の縮小版といったところだった。ブラウンとメネンデスの遺族は、略称ラ・アノニマで知られた彼らの会社を経営し、そのテリトリーを拡大しつづけた。ニュージーランドからは種付け用の羊を、アウター諸島からは羊飼いとその犬を、イギリス陸軍からは牧場管理人を持ち込んだ。陸軍出身の管理人たちは、軍隊風の規律を牧場経営に持ち込んだ。その結果サンタクルス州は、スペイン語を話す役人に統率された大英帝国の前哨基地のようになった。

　ほとんどの牧夫は季節労働者だった。彼らは緑したたる美しい島、チリのチロエ島からやって来た——そしてそれは今でも続いている。チロエ島の気候は温暖だが、状況は昔のままで、牧場では人手が余っていた。島ではいつも魚がとれるものの、ほかにたいした仕事はない。女たちは気性が激しく、エネルギッシュ。だが男たちはだらしがなく、稼ぎをギャンブルですってしまう。

　チロエ人はスパルタ風の大部屋で寝起きする。歳をとり、あるいは胃癌で倒れるまで、尻に鞍ずれをつくりながら、肉とマテ茶で寒さと闘う。たいがいのチロエ人は労働に意欲を感じていない。夜、私はよく彼らが雇い主のことで不平をこぼすのを聞いた。「あいつは横暴な男だ《エス・オンブレ・デスポティコ》」云々。しかしアーチー・タフネルの名を言うと、彼らは悪口を止めてこう言ったものだ。「いや、タフネルさんは別だよ」

47

「そんなわけだから、タフネルさんを探したいって言っても、なかなか容易なことじゃないですよ」バーテンが言った。「第一に道路は道路なんて言えないようなしろものだし、わだち道だって、とてもわだち道とは言えやしない」

バーテンは大男で、縞のスーツにダブルのチョッキを着込み、印鑑と鍵が太い金鎖の先でチャラチャラと音をたてていた。髪の毛はタンゴダンサーのようになでつけられ《エンゴミナード》、漆黒に輝いていたが、根元に白髪が出ており、からだの具合でも悪いのか、ふらふらしていた。彼はこれまでさんざん女道楽をし、今もちょうど妻君に連れ戻されてきたところだった。

彼は紙ナプキンの上に地図を描いた。「その家は湖のそばの木立ちの中にあるんだよ」と彼は言い、幸運を祈ってくれた。

暗くなってから、私はその場所を見つけた。月光が玉虫色の牡蠣の化石にきらめいていた。数羽のカモが湖面を泳ぎ、銀のさざ波に黒いシルエットを浮き立たせていた。私は金色の光の筋を追って、ポプラの木立ちの中に入っていった。犬が吠えた。ドアが開き、犬は口に赤い肉の塊をくわえて、ここそとどこかへ消えていった。女が柳のあいだにある小屋を指さした。

「老人はあそこに住んでいます」彼女は言った。

背筋をぴんと伸ばした八十代の紳士が、鉄縁の眼鏡ごしにこちらをじっと見つめ、やがてにっと笑った。顔はつやつやと血色がよく、カーキ色の半ズボンをはいていた。私は夜更けの訪問をわび、用件を告げた。

「ミルワード船長をごぞんじですか？」

「ミルじいさんか。もちろんミルじいさんのことは知ってるとも。チリのプンタアレナスでイギリス領事をしていた。かんしゃく持ちのじいさんでね。あんまりたくさんのことは思い出せないが。若い女房がいたよ。がっしりしたからだつきで、なかなかいい男だった。おい、中に入らんか。夕食をつくるよ。ひとりでここがよくわかったね」

アーチー・タフネルはパタゴニアを愛し、この地を「オールド・パット」と呼んでいた。孤独を、鳥を、広さを、そして乾いた健康的な気候を愛していた。彼は四十年間、イギリス資本の大土地会社のために、牧羊場を経営してきた。退職のときがきても、彼は狭苦しいイギリス本土に帰る気がしなかった。そこで二千五百頭の羊と部下のゴメスを引き連れて、放牧地を買い取ったのである。

アーチーはゴメス一家に家を与え、自分はひとりでプレハブの小屋に住んでいた。シャワー室、狭いベッド、机、キャンプ用の腰かけふたつ、椅子はなし——整えた家具は禁欲主義の手本のようだった。

「肘かけ椅子に沈み込むのはごめんだ。この歳ではね。二度と起き上がれなくなりそうなんだよ」

寝室にはスポーツを題材にした版画があり、ある一角は写真専用になっていた。セピア色の写真には、狩りの服装をしたり、温室の前につどったりしている立派な紳士淑女が写っていた。

彼は目端のきく人間ではなかったが、思慮深さはあった。やっかいごとを嫌うと同時に他人を傷つけることもないといった、自分中心の独身主義者だった。彼の道徳的規範はエドワード七世時代のものだったが、世界がいかに変わったかはちゃんと把握していた。変わるためにはまずどうすればよいかを、さらに自分が変わらないためにはどうすればよいかを知っていた。彼のルールは簡単だった。融通をきかせること。価格が上がるのを待たないこと。労働者たちに見せびらかすために金を使わないこと。この三つだった。

「あいつらは誇り高い」とアーチーは言った。「あまりなれなれしくしてはならんのだ。さもないと、ごますり野郎だと思われてしまう。わしはわざとへたくそなスペイン語を喋って、距離を保つことにしておる。だがやることはあいつらと同じにしとかなくちゃならんぞ。あいつらと同じ物を食べているかぎりは、銀行にどれだけ金を預けていようが、あいつら文句は言わんのだから」

部下のゴメスとアーチーはいつも一緒だった。毎朝ふたりは畑をぶらつき、ホウレンソウ畑の雑草を抜いたり、ジャガイモの苗を植えたりした。ゴメス夫人が昼食をこしらえ、日盛りに老人が昼寝をしているあいだ、私は青い台所に坐って、ゴメスが主人のことを話すのに耳を傾けた。

「まさに奇跡だよ」とゴメスは言った。「すばらしい知識！　寛大な人柄！　それに男っぷりのよさ！　何もかもあの人のおかげだ」

何軒かの家に、ペロン元大統領やキリスト、あるいはサン・マルティン将軍などの写真と並んで、にこにこと微笑む、けたはずれに大きなタフネル氏の写真があった。

48

私はサンフリアンの浜に立ち、ドレイク船長の船室で行なわれたディナーパーティの模様を想い描いた——金縁の銀食器、ヴィオールとトランペットの音色、俗人の海軍大将と客に招かれた紳士連中、上官にさからうトーマス・ダウティ。それから私は水漏れするボートを借りて、絞首台岬に向かって漕いだ。そしてダウティの墓の上に置かれたという「巨大な砥石」を見つけようと浜をくまなく捜した。その石には、「後で来た者が皆よく理解できるように」という文句が、ダウティの名とともにラテン語で彫り込まれているはずだ。五十八年前マゼランが反逆者のケサダとメンドーサを処刑した絞首台のそばで、ドレイクはダウティの首をはねた。パタゴニアでは木は長持ちする。欲張りな樽職人たちは絞首台の柱を切り、水夫のみやげ用に大きなコップをつくった。

ホテルで昼飯を食べていると、数人の牧場主が、土嚢《どのう》で幹線道路を封鎖しようという計画を練っていた。羊毛価格を国際市場価格よりもずっと低く抑えた、イサベル・ペロン政府に対して抗議しようというのである。ホテルは波板に黒い横梁を打ちつけたえせチューダー様式の建物だった。それは十六世紀のサンフリアンにかかわったさまざまな人々に似合いの建築だった。

49

メキシコの宝石のような街々を見た「征服者」が、『騎士アマディスの物語』の中へ、あるいは夢の世界へとさまよい込んだのではないかと思ったさまを、ベルナール・ディアスは描いている。彼の詩は、歴史は神話の世界観にあこがれるとの見解を裏づける際にときどき引用される。マゼランは一五二〇年サンフリアンに上陸し、そうした経験をする。

　船から見ると、海辺で裸の巨人が「踊り、跳ね、歌い、そして歌いながら自分の頭の上に砂や埃をかけていた」。白人が近づいていくと、巨人は指を空に向けて、おまえたちは天から降りてきたのかとたずねた。マゼランの前に引き出されたとき、巨人はグアナコの毛皮でからだを覆っていた。

　巨人とはインディオのテウエルチェ族、赤銅色の皮膚を持つ狩人だった。巨大な体軀、強い力、耳をつんざくような声などが、彼らの柔順な性格を見誤らせた（スウィフトの創造したブロブディンナグ国[*1]の、粗野だけれども人のよい巨人のモデルだったのかもしれない)。マゼランの記録係ピガフェッタは、彼らは馬より速く走り、火打ち石を弓の先端にかぶせ、生肉を食べ、テントに住み、「ジプシーのように」放浪したと述べている。

マゼランは彼らのモカシンの大きさから、「大きい足」を意味する次の言葉を発したとされている。「ほう!　パタゴン!」パタゴニアという地名がここから来たという説は、何の疑いもなく受け入れられている。確かにパタはスペイン語の「足」に当たるが、接尾語のゴンに意味はない。一方ギリシャ語には「吠える」あるいは「歯ぎしりする」という意味のパタゴスという言葉がある。そしてピガフェッタは、パタゴニア人は「雄牛のように吠える」と記述しているのである。もしかしたらマゼランの乗組員に、トルコあたりから逃げてきたギリシャ人が混じっていたのではないだろうか。

私は乗組員リストを調べたが、ギリシャ人水夫が乗っていたという記録は見あたらなかった。その後ブエノスアイレスのゴンサレス・ディアス教授が、『ギリシャのプリマレオン』なる騎士道物語を読むよう私にすすめた。この物語も『騎士アマディスの物語』と同じくらい荒唐無稽で、同じくらいやみつきになるものだった。これはマゼランが出航する七年前の一五一二年、カスティーリャで出版されている。私は一五九六年版の英訳本を調べ、第二巻の終わりに、マゼランがこの本を船室に持ち込んでいたことを

＊1　『ガリバー旅行記』に登場する巨人国。

信ずるに足る理由を見出した。そこには次のように書かれている。

騎士プリマレオンはとある離島に遠征し、そこで生肉を食べ、動物の皮を身にまとった残虐でおぞましい姿の人々に出会う。島にはグランド・パタゴンなる怪物がいる。その怪物は「頭が犬」、足が雄鹿という姿だが、女のように心やさしく情が深い。島の族長がプリマレオンに怪物退治を頼むと、プリマレオンは馬に乗って出発する。彼はパタゴンを剣でひと突きにし、ペットの二頭のライオンを繋いでいたひもで両腕をしばり上げる。パタゴンは草を血で真っ赤に染め、「どんなに勇敢な者でも震え上がるような恐ろしい声」で吠えるが、やがて回復して「幅の広い巨大な舌」で傷をなめる。

そこでプリマレオンは、この怪物を王室の珍品コレクションに加えるため、故郷のポロニアに持ち帰ることにする。航海中、パタゴンは新しい主人の前でかしこまっている。上陸すると、女王グリドニアがパタゴンを見物しにやって来る。「これは悪魔以外の何物でもありません」と女王が言う。「この者を世話することはしますまい」しかし娘のゼフィーラ王女はこの怪物をやさしくなで、歌を聞かせたり、言葉を教えてやる。すると怪物は「嬉しそうに王女の顔を見つめ」「まるで従者のようにおとなしく」王女のあとにつき従う。

サンフリアンで冬を越したマゼランも、カール五世と皇后のために、巨人をふたりさらうことに決めた。マゼランが巨人たちの手に金ピカの安物を握らせているすきに、部下は巨人の足首に鉄の足かせをはめ、これもまた別の装飾の一種だと言い聞かせた。罠に落ちたことを知った巨人は（リチャード・エデンの翻訳によれば）「雄牛のごとく」吠え、「偉大なる悪魔セテボスに助けを求めた」という。巨人のひとりは逃げたが、マゼランは残るひとりを船に乗せ、ポールと名づけた。

歴史は神話にあこがれるとは言うものの、成功することはまれである。巨人ポールは太平洋上で壊血病にかかって死に、その死骸はサメの餌になった――そののちフィリピン人の剣に倒れたマゼランの死骸は、マクタンの波打ち際でうつぶせに横たわる。

やがて九十年の歳月が流れ、一六一一年十一月一日、ホワイトホールで『テンペスト』が初演された。シェークスピアのこの劇の出所がどこかという問題は活発な議論を呼んでいるが、シェークスピアがピガフェッタの著した『マゼラン航海記』を読み、サンフリアンでの下劣な企みを知っていたことは周知の事実である。

キャリバン　従わずばなるまいて。あいつの魔法は大変なものだ。おれの神様セテボスだっていいようにされて、手下になっちまうだろう。

キャリバンの口を借りて、シェークスピアは「新世界」の受けた辛酸をすべて語っている――「この島はおれのもの、おふくろのシコラクスからもらったのに、おまえが奪い取ったのだ」彼は知っていた。白人の言葉がいかにして戦いの武器になったかを――「おれに言葉を教えたせいで、おまえたちに疫病が襲いかかったのだ」そしてインディオがいかにして自由を約束したばかどもの前にひれ伏したかを――「あんたの足にキスをしよう……」「あんたにお世辞を使いもしよう……」「バン、バン、キャリバン、新しい主人ができたからには」。彼は通常指摘されている以上に注意深く、ピガフェッタの記述を読んでいた。

キャリバン　あんた、天から降ってきたんだろう?
ステファーノ　そうだ、月からだ。かつてはおれも月に住む男だったんだ。

さらに、

ステファーノ　こいつ〔キャリバン〕をなおして飼いならしてナポリに連れて帰れば、どんな立派な革靴をはく王様にだって最高の献上品になるだろう。

ひとつ疑問がある。シェークスピアは、サンフリアンでの事件の引き金となった書物、騎士プレマリオンの物語の存在を知っていたのだろうか。

私は知っていたと思う。どちらの怪物も半獣人だった。グランド・パタゴンは「森に住む動物から生み出され」、キャリバンは「悪魔の手でもたらされたおぞましい奴隷」だった。どちらも外国の言葉を学び、どちらも白人の王女を愛した（もっともキャリバンはミランダを強姦しようとしたわけだが）。そしてとくに重要な一点において、両者は一致する。パタゴンは「犬の頭」を持ち、一方トリンクロはキャリバンのことをこう言っている。「この犬っころみたいな頭の怪物を見て、私は死ぬほど笑った」「犬の頭」のアイデアは、ジンギス・カンの騎馬兵やプエルトデセアドでジョン・デイヴィスを襲ったテウエルチェ族の戦闘マスクにヒントを得たと思われる。シェークスピアがハクルートの編集した『ジョン・デイヴィスの南洋航海』から、このアイデアを取ったということはおおいにありうる。どちらにせよ、キャリバンにはパタゴニア人の子孫としての資格が充分にある。

50

リオガジェゴスのブリティッシュクラブ。クリーム色のペンキは削り取られ、誰ひとり英語を話す者はいない。スウィフト社の古い冷凍庫の二本の黒い煙突が、刑務所の庭の上ににょっきり突っ立っていた。

吹きさらしの歩道の上、ロンドン・アンド・サウス・アメリカ銀行の前に、イギリス人牧場主の一群が立っていた。彼らは銀行の支店長と羊毛の暴落について話し合っていたのである。ある一家は破産していた。その家の少年は、ランドローバーを待つあいだこう言った。「気にしてないよ。だって、寄宿学校に行かなくてすむんだもの」しかし型くずれしたツイードの服を着た男は、じだんだを踏んで叫んでいた。「汚いラテンの臆病者めが！　ちくしょう！　ちくしょう！　ちくしょう！」

この銀行は、かつてはロンドン・アンド・タラパカ銀行といった。私は中に入り、窓口係に何人かのアメリカ人のことをたずねた。

「あなたが言ってるのはブーツ・キャシディ・ギャング団のことでしょう」と出納係は言った。

　彼らは一九〇五年の一月、ここにいた。彼らはプンタアレナスに行き、そこでミルワード船長なる無愛想な元船乗りに会い、さらにブリティッシュクラブのゲスト会員となって、アーチー・タフネルのような若者に、玉突きのトリックをいくつか教えた。それからアルゼンチン国境を越え、あるイギリス人のエスタンシアに逗留した。彼らは本物の西部のならず者のようないでたちをしたり、六連発銃を空にぶっ放しながらリオガジェゴスに乗り込んだりして、地元の人々を楽しませた。

「荒くれグリンゴがやって来たぞ」と、町の人々は笑った。

　いつものとおり土地を探しているというふれ込みだった。彼らは、支店長のビショップ氏に借金の相談をするという名目で銀行へ行った。支店長は彼らを昼食に誘い、彼らはそれを受けた。そして支店長と銀行員を縛り上げ、二万ペソと英貨二百八十ポンドを袋に詰め込み、町を出た。

「荒くれグリンゴが帰っていくぞ！」

エタは馬を用意していた。聞いたところによると、仲間が逃げおおせるまで、彼女は取り巻きの連中とお喋りをして、時間をかせいでいたという。それからベルベットのリボンで首から背中に垂らしていた真珠の飾り付きのリボルバーを抜くと、電柱のガラスの碍子を撃ち、警察への連絡手段を断って、安全な山地《コルディエラ》までの道を確保した。

リオガジェゴスのメインストリートを歩いていると、書店で新刊書が売られているのが目に止まった。その本は、左翼歴史家オスバルド・バイエル著『復讐者たち　悲劇のパタゴニア』というもので、一九二〇年から二一年にかけて起こった牧場主に対するアナーキストの反乱がテーマになっていた。私はブエノスアイレスで三巻からなるこの本を買い、夢中で読んだ。というのもこの小さな革命が、あらゆる革命の仕組みを説明しているように思われたからである。

私がこの反乱についてアーチー・タフネルにたずねると、彼は顔をしかめた。

「嫌な出来事だった。左翼過激派の一団がやって来て、騒動をひき起こした。これがひとつ。そのあとから軍隊がやって来た。これがもうひとつ。善良な市民が撃たれた。あいつらは善良で正直で信頼のおける人々を撃ったのだ。私の友人も撃たれた。最初から最後までひどい出来事だった」

反乱のリーダーはアントニオ・ソートといった。

51

南部の人々は今でも赤毛のひょろりとしたガリシア人[*1]のことを憶えている。頰にはわずかにうぶ毛が生え、細めた青い目はケルト人[*2]特有のあいまいさと熱狂を漂わせていた。当時、アントニオ・ソートは半ズボンにゲートルを巻き、縁なし帽を斜めにかぶっていた。そして風に赤旗を裂かれながら、ぬかるんだ道に立ち、「所有は盗みなり」とか「破壊は創造的な熱情である」など、プルードンやバクーニンから借用した文句を叫んでいた。

数人のスペイン人移住者は彼の前身を憶えている。彼は北から下ってきた旅役者たちの小道具係をしていた。一座はエスパニョール会館のがらんとしたホールで、カルデロン[*3]だのロペ・デ・ベガ[*4]だのを演じていた。ときには彼にもちょい役がつき、エクストラマデュランとかいう村の白壁に見たてた帆布の背景幕の前で、お飾りに立つこともあった。

ある者は、労働者が軍隊と砲火を交えてから十二年後に、彼がリオガジェゴスに戻ってきたことを憶えている。彼はなおもアナーキストの扇動家の役を演じていて、シャツのボタンはへそのところまではずれていた。このとき、彼は見るからに労働者風のからだつきをしており、チリの硝石鉱で受けた火傷の跡がからだに残っていたという。彼はホテル・ミラマールに泊まり、風雨にさらされた木の十字架の下、十二年前の反乱で死んだ労働者の遺族の前で演説をした。それが最後の訪問だった。彼はからっぽの家々に向かって演説した。わずかに知り合いのスペイン人だけが、彼の話を最後まで聞いた。知事は彼を国境の外に追い払った。

しかしアントニオ・ソートを知る人の多くが思い出すのは、筋肉の衰えたでかい図体と、猛々しさから静かな絶望までに至るその表情である。その後彼はプンタアレナスに住み、小さなレストランを経営した。客がサービスが悪いと文句を言うと、「ここはアナーキストのレストランだ。自分でサービスしろ」と言ったものだ。あるいは亡命したスペイン人と席をともにし、酒の瓶《ポロン》から立ち昇るかすかな香りにスペインを思い出すこともあった。そんなときはスペインでは誰を尊敬し、誰を憎むべきかを語り、そして故郷の港町エルフェロルの路上で見た少年に対する、呪わしい気持ちをかみしめた。ひとりよがりの少年。その少年の経歴と彼自身のそれは、いわばコインの裏表だった。少年の名はフランシスコ・バーモンデ・フランコといった。

アントニオ・ソートの父親は彼が生まれる前に海軍水兵としてキューバ戦争に行き、

＊1　ガリシアはスペイン北西端の地方。
＊2　中央アジアから渡来したとされるヨーロッパの先住民族で、インド・ヨーロッパ語族ケルト語派に属する。古代ローマ人はガリア人と呼んだ。その後ゲルマン人に追われ、現在ケルト文化が残るのはアイルランド、英国、フランス南部ブルターニュ地方など大西洋周辺地域。
＊3　ペドロ・カルデロン・デ・ラ・バルカ。一六〇〇〜八一。スペインの劇作家・詩人。
＊4　一五六二〜一六三五。スペインの劇作家・詩人。

そこで溺れ死んだ。十歳のときに継父とけんかし、エルフェロルにいた未婚のおばのところに転がり込んだ。信心深い、厳格な性格のアントニオ少年は、教会の行列でだしをかついだ。十七のとき、兵役を非難したトルストイの文章を読んだ。そうしてみずからも兵役を拒否してブエノスアイレスへ飛んだ。そこで彼はいつしか演劇の世界へ、過激なアナーキスト運動の渦中へと巻き込まれていった。ブエノスアイレスにはアナーキストが大勢いた。ブエノスアイレスもまたひとつの大きな劇場なのである。

ソートはセラノ＝メンドーサ・スパニッシュ劇団の一員となり、一九一九年、パタゴニア地方の港町を巡る旅に出た。彼がリオガジェゴスに来た時期は、羊毛の暴落、賃金カット、新たな税金、そしてイギリス人の牧場主と労働者とのあいだの緊張が高まっていた時期であった。はるか地球の反対側から、イギリス人はロシア革命を見つめ、自分たちをロシアの草原で立ちつくすロシア貴族になぞらえた。イギリス人の新聞『マゼランタイムズ』は、ある号で、ある屋敷の一室を写した写真を掲載した。写真には、弾薬帯を十文字にかけた上半身裸のたくましい男の前で、雇い主がひざまずいている姿が写っていた。キャプションにはこうあった。「キスロドフスクの地所で過激派の夜の乱行。五千ルーブルか生命か！」

リオガジェゴスでソートのよき助言者となったのは、しゃれ者のスペイン人弁護士ホセ・マリア・ボレロだった。ボレロは当時四十代、酒の飲みすぎで顔がむくみ、胸ポケットにはずらっと万年筆が並んでいた。神学の博士号を持つ彼は、サンチアゴ・デ・コンポステラを振り出しに、最後は南米大陸の果てで『ラ・ベルダ』という隔週新聞を発行し、イギリス人の富裕な牧場主を次々と標的にしていった。彼の言葉はスペイン語を話す人々をゾクゾクさせ、やがて彼らもボレロの真似をするようになった。「ここフダセスやプルチネラスでは、良心を失くしたお喋りで厚顔の輩《やから》の中にあって……ボレロひとりが人としての稀なる高潔さを持ちながらえている」

ボレロはすぐれた知性と扇動的な話しぶり、それに愛情でもってソートを圧倒した。ボレロと過激派のひとりであるビーニャス判事《ラテイフンデイスタス》（個人的な復讐だけが目的の男だった）は、チリ人季節労働者の窮状と外国人地主の不正をソートに教えた。とくに彼らが名を挙げたのは、イギリスびいきの代理知事E・コレア・ファルコンと、リッチーと呼ばれている口ぎたないスコットランド人警察署長のふたりだった。ソートは演劇から政治へと、いとも簡単に路線を切り替えた。そして港湾労働者として働きはじめ、数週間後には労働者組合の事務局長に選ばれていた。

新しい生活が彼の前に展けた。ソートの声は、何世紀ものあいだ鬱積していたチリ人労働者の憤りを爆発させた。彼の中に潜む若さの、あるいは救世主的な純粋さのなせるわざだったのだろうか、労働者は自己犠牲的な行動に、そして暴力行為にと駆り立てられていった。おそらく、人々は彼の中に言い伝えで約束された白人救世主の姿を見たのだ。

ソートは仕事をボイコットするように呼びかけ、彼らはそれに従った。そればかりかバルセロナ、モンジュイックでのフランシスコ・フェレル銃殺十一周年を記念する行進が行なわれたときには、彼らもこれに参加したのである（キリスト教徒が「オルレアンの少女」ジャンヌ・ダルクを、またイスラム教徒がムハンマドを崇めるように、チリ人労働者はこのカタルーニャ出身の啓蒙者を崇めるのだとソートは言った）。人生を金のためのみじめな闘いと考えていた彼は、有産階級にいっさい譲歩しなかった。彼はホテル経営者、商人、牧場主らを恐喝した。ボイコットを解除する代償として、彼らに屈服することを強要したのである。そして彼らが要求を呑むと、圧力や侮辱をいっそう強めた。

彼を沈黙させることはできなかった。また彼を取り巻く一派の力が強すぎて、刑務所に閉じ込めておくこともできなかった。ある晩、人気のない路上でナイフがひらめいたが、刃は彼のチョッキのポケットにあった時計に当たっただけで、殺し屋も逃げてしまった。難を逃れたことが彼の使命感をさらに強めた。支持基盤がせばまっていることにも気づかぬまま、サンタクルスを制圧した勢力を引き寄せるため、彼はゼネストを呼びかけた。地方のサンディカリスト[*1]は雇い主との争いを一応収めており、ソートの非現実的な荒っぽいやり方をばかにした。ソートはといえば、そのような連中を売春宿ラ・チヨコラテリアのひもだと言って非難した。

穏健派から孤立したソートは独自の革命路線を展開した。彼の仲間は行動主義のプロパガンディストたちで、みずからをレッドカウンシルと名乗った。レッドカウンシルを率いたのは、イタリア人やトスカーナ出身の逃亡者、あるいはドレスデンの磁器工場で羊飼いの焼き物をつくっていたというピエモンテ出身の男などであった。五百人の荒くれ男たちとともに、レッドカウンシルは一団となって牧場を襲った。彼らは銃、食物、馬、酒を略奪し、チリ人労働者を抑圧から解放し、あとに火事でひん曲がった金属だけを残して、大草原に散っていった。

警察署長のリッチーは調査のために警官隊を送り込んだが、隊は待ちぶせを食らった。警官ふたりと運転手ひとりが殺された。ホルヘ・ペレス・ミラン・テンパーレイという中尉は、制服に弱い上流階級出の坊っちゃんだったが、性器に弾を受けた。暴徒が彼を無理やり馬に乗せると、痛みのあまり彼は気が狂い、二度と元には戻らなかった。

一九二一年一月二十八日、アルゼンチンの第十騎兵隊が、この地方を鎮圧せよというイリゴージェン大統領の命を受けてブエノスアイレスから船出した。指揮官はエクトル・ベニグノ・バレラ大佐。彼は愛国心の塊のようなちびの軍人で、プロシャ風の厳格な訓練を受けており、部下には男らしさを求めていた。最初、バレラ大佐は外国人牧場主をがっかりさせた。というのも騒動鎮圧のため、武器を捨てたスト参加者は全員許すことにしたからだ。しかしソートが隠れ家から出てきて「私有財産」と「軍隊」と「州政府」に対する全面的な勝利を宣言すると、大佐は自分が笑いものにされたことを感じ

＊1　ゼネラルストライキなどの直接行動によって、生産と分配のひいては社会の支配権を手に入れようとするフランス起源の労働組合運動、サンディカリスムの信奉者。

てこう言った。「もう一度反乱を起こしてみろ。戻って皆殺しにしてやるからな」

悲観論者は正しかった。その冬、海岸沿いのあらゆる地域で、スト参加者たちは行進し、略奪し、火を放ち、ピケを張り、役人が蒸気船に乗るのを阻止した。そして春が来ると、ソートは三人の新しい副リーダーとともに作戦の第二弾を練った（レッドカウンシルは待ちぶせされるようになっていたのである）。その三人とは、社会主義者の役人アルビーノ・アルゲレス、バクーニン主義者で元ウェイターのラモン・オウテレロ、大きなナイフを持っているのでこう名づけられたガウチョのファコン・グランデ。ソートはなおも政府の中立を信じ、各リーダーには管轄区域を掌握し、襲撃し、人質を取るよう命じた。パタゴニアを発火点とし、国じゅうを巻き込むような革命を、彼は密かに夢見ていたのである。ソートはあまり快活なたちではなかった。性格は冷淡で、厳しく、夜はひとりで寝床についた。チリ人労働者はリーダーが自分たちとともに生活することを望んでいたから、徐々に彼らはソートに不信感を抱きはじめた。

このとき、ボレロ博士は姿を見せないことでかえって目立っていた。彼は牧場主の娘と関係を持ち、地価が下がったのをいいことに土地を手に入れていた。そもそもボレロはラ・アノニマ社、つまりブラウン＝メネンデス一家が経営する会社の社員だったのである。アナーキストたちはボレロの裏切りを知った。「労働者を犠牲にしてカフェで酒を飲み、偽善者タルチュフ[*1]のように昔の同志たちを殺せと叫んでいる、堕落したかつての社会主義者」を軽蔑した。

イリゴージェン大統領はふたたびバレラ大佐を呼びつけ、スト参加者を屈服させるためには「非常手段」も辞さないと言った。一九二一年十一月十一日、大佐はプンタロヨラに上陸、馬の徴発を開始した。彼は自分の受けた指令を大虐殺に対する暗黙の許可と解釈した。しかし議会が死刑を廃止していたため、大佐たちは、チリ人労働者を「完全武装し軍需物資も充分調達された軍隊、すなわちこの国の敵と見なしうる勢力」にまで膨らませる必要があると考えた。大佐たちはストライキの背後にチリが動いていると主張し、またロシア語でびっしり書かれたノートとともにロシア人アナーキストをつかまえると、まぎれもなくここにはモスクワの共産主義勢力が入り込んでいると言った。

スト参加者たちは闘争もせず、徐々に消えていった。彼らはあまり武器を持っていなかったし、いわんやその武器を使うこともできなかったのだが、陸軍は、労働者と銃撃戦を行ない、武器を押収したと偽りの報告書を提出した。しかし、『マゼランタイムズ』は一度だけ真実を報告した。「多くの反乱グループはその理由を見失って投降し、グループ内の過激分子だけが攻撃を仕掛けている」

五回にわたり、軍隊は生命を保証するという約束でスト参加者を投降させた。いずれのときもそのあとで銃撃が行なわれた。副リーダーのオウテレロとアルゲレスも兵士に撃たれた。バレラ大佐はハラミージョ駅でファコン・グランデを撃ち、二日後、彼はグランデが闘争中に死んだと報告した。軍隊は何百人もの労働者を銃殺し、当人に掘らせ

＊1 モリエールの戯曲『タルチュフ』の主人公。偽善者の代名詞。

た墓穴に投げ込んだ。あるいは黒い枝《マタ・ネグラ》を積み上げた焚き火の上にその死体を山と積んだ。肉と樹脂の焼ける匂いがパンパの上を漂った。

ソートの夢は、メネンデス家のすばらしい業績の結晶であるラ・アニタ牧場でその終末を迎える。ソートは緑と白の邸宅の中で、人質を取ってたてこもっていた。その邸のアールヌーヴォー風の温室からは、モレノ氷河が黒い森を抜けて灰色の湖へ滑り落ちていくのが見える。ソートの部下は毛刈り小屋にいたが、軍隊が谷間を行進してくるのを聞くと、三々五々逃げはじめた。

ふたりのドイツ人に率いられた強硬派は、梱包された羊毛を積み上げて小屋を砦にし、最後まで闘おうと言った。しかしソートは逃げよう、犬の餌になるのはごめんだ、山岳地帯か国外で活動を続けようと主張した。チリ人労働者たちは闘う気力を失くしていた。彼らは当てにならない約束よりもアルゼンチン軍の言葉を信じようと思った。

ソートは軍の隊長ビーニャス・イバラのもとへ使いをふたり送り、条件をたずねた。「条件だって?」と隊長はかん高い声を上げた。「何のための条件だ」彼はイエス・キリストと相談しろと言って、使者を送り返した。けれども隊長は部下を砲火にさらしたくなかったので、すぐに将校を交渉に送った。十二月七日、反乱者たちは将校が自分たちの方へ注意深く進み出るのを見た。栗毛の馬にカーキ色の軍服、白い旗と太陽に光る黄色いゴーグル。条件は「無条件降伏で生命は保証する」というものだった。翌朝、全員が庭に整列することになった。

労働者たちはソートを逃がすことに決めた。その夜、ソートと何人かの副リーダーはいちばんいい銃と馬を取って出発し、山を越えてプエルトナタレスまで南下した。国境封鎖を命じられていたはずのチリ人騎銃兵は、彼にいっさいの手出しをしなかった。

労働者たちは三列に並んで軍隊の到着を待っていた。ホームスパンの服は羊と馬とすえた小便の匂いがした。彼らはフェルトの帽子を目深にかぶり、ライフル、弾薬、鞍、投げ縄、ナイフなどは列の三歩前に積み上げられていた。

彼らは思った。故郷へ帰るのだ。チリへ送還されるのだ。しかし兵士が彼らを毛刈り小屋に戻し、そしてリーダーのふたりのドイツ人を撃ち殺したとき、彼らはこれから何が起ころうとしているのかを知った。その夜は約三百人の男たちが小屋にいた。彼らは羊を入れる囲いの中に横たわっていた。ろうそくの光が天井の梁の上でちらちらと揺れた。何人かがトランプをした。食べる物は何ひとつなかった。

七時に扉が開いた。ひとりの軍曹が作業班につるはしを配った。小屋に残された男たちは彼らが並んで出ていくのを、それからつるはしが石に当たってカチンという音をたてるのを聞いた。

「墓を掘ってるんだ」男たちは言った。

十一時にふたたび扉が開いた。兵士はライフルを構えて庭に並んでいた。もと人質の牧場主もいた。ハリー・ボンドというその牧場主は、盗まれた三十七頭の馬一頭につきひとりの死体が欲しいと言った。兵士は裁判にかけるために男たちを数人ずつ外へ引き出した。判決は、牧場主がその男に戻って欲しいかどうかにかかっていた。まるで羊の選別だった。

男たちの顔は紙のように白くなり、口はゆがみ、目は見開かれた。望まれなかった者は、洗羊槽の向こうの、低い丘のあたりに連れていかれた。庭にいた男たちは銃の炸裂する音を聞き、ヒメコンドルが深い谷を越えて朝の風を切りながら飛んでくるのを見た。

約百二十名がラ・アニタ牧場で死んだ。死刑執行人のひとりがこう言った。「彼らは驚くほど無抵抗のまま死んでいったよ」

いくつかの問題はあるものの、イギリス人たちはこの結末をおおいに喜んだ。臆病者ではないかと危ぶまれていた大佐も、予想以上に名誉を挽回した。『マゼランタイムズ』は「まるで閲兵をするように、火線を走り回った大佐の勇気……」を賞め、「パタゴニア人はアルゼンチンの第十騎兵隊のきわめて勇敢な紳士諸君に脱帽すべきだ」と述べた。リオガジェゴスの昼食会では、アルゼンチン愛国同盟の支部代表が、「この時節における快い感動」と、災いをぬぐい去ったことの喜びを語った。バレラ大佐は一軍人として自分の義務を果たしたにすぎないと答え、そこで列席した二十人のイギリス人は――ほとんどスペイン語を話せなかった――いっせいに歌を歌い出した。「あいつは愉快でいいやつだから……」

軍務から解放された兵士は、サンフリアンのラ・カタラナという売春宿に出かけた。だが女たちは、といっても全員三十歳を過ぎていたが、口々に「人殺し！　豚野郎！

人殺しとはやんないよ！」と叫び、軍人と国旗を侮辱したかどで刑務所に引っ張られた。それらの女たちの中にミス・マウド・フォスターなる女性がいた。彼女は「イギリスの良家の出で、この国には十年住んでいた」という。彼女の魂に平安あれ《レクイエスカット》！

バレラ大佐は英雄を歓迎する声にではなく、「南部の食人鬼を撃て」という落書きに迎えられた。議会は大騒ぎだった。国民がソートやチリ人の味方をするからではなく、バレラが社会主義者の役人を撃つという失敗をしていたからである。問題は大佐が何をしたかではなく、誰が命令を下したかであった。非難されたイリゴージェン大統領は当惑し、バレラを騎兵隊学校の理事に指名して、ほとぼりがさめるのを待った。

一九二三年一月二十七日、バレラ大佐は、フィッツロイ通りとサンタフェ通りの交差点で、シュレスヴィッヒ＝ホルスタインから来たトルストイ信奉者のアナーキスト、カート・ウィルケンズに撃たれて死んだ。ひと月後の二月二十六日、ウィルケンズはエンカウサデロス刑務所内で看守のホルヘ・ペレス・ミラン・テンパーレイに撃たれて死んだ（もっともどうやって彼がそこに入ったかは不明である）。そして一九二五年二月九日、月曜日、テンパーレイは精神病患者として入院していたブエノスアイレスの病院で、ルキッチと呼ばれていたちびのユーゴスラヴィア人に撃たれて死んだ。

ルキッチに銃を渡した人物というのが興味深い。生物学者であり画家でもあったボリス・ウラジーミロヴィチという血筋のよいロシア人である。彼はスイスに住み、レーニンと知り合いだった――あるいは知り合いだと主張していた。一九〇五年の革命が彼を酒に追いやった。彼には心臓発作の持病があり、アルゼンチンへは新生活を始めるためにやって来た。彼はアナーキストの活動資金を稼ぐために両替所に押し入り、そしてかつての生活に引き戻された。男がひとり殺され、ウラジーミロヴィチはウスアイア、世界の果ての刑務所で二十五年間を過ごす。その地で彼は母国の歌を歌った。やがて知事は、心の平安のために彼を首都へと移送した。

二月十八日、日曜日、ふたりのロシア人の友だちが、果物かごにリボルバーをしのばせて持ってきた。この事件は証明するのがむつかしい。裁判が開かれなかったのだ。しかしボリス・ウラジーミロヴィチが永遠に死者の国へと旅立っていったのは事実である。

ボレロは一九三〇年、ジャーナリストと撃ち合いをしたのち、サンチアゴ・デル・エステロで結核のため死亡。撃ち合いのさい、息子のひとりが死んでいる。

アントニオ・ソートは一九六三年五月十一日、脳血栓のため死亡。革命後、彼はチリに住み、鉱夫、トラック運転手、映写技師、果物売り、農場労働者、そしてレストラン経営者となった。一九四五年には、チャールズ・アムハースト・ミルワード夫人の鋳物工場で働いていたということだ。

52

リオガジェゴスでは、毒々しい緑に塗られた安ホテルに泊まった。そこはチロエ島から来る季節労働者の宿だった。男たちは夜更けまでドミノに興じていた。一九二〇年の革命についてたずねても、返ってくる答えは要領を得ないものだった。彼らには考えなければならない革命が今もあるのだ。そこで私は、チロエ島でブルヘリアとして知られている男の魔法使いの集団についてたずねてみた。私の知りうるわずかな知識から、そのことが一九二〇年における彼らの行動の説明になるのではないかと感じたからである。「ブルヘリアだって？」彼らは笑った。「ただのおとぎ話さ」しかし、ただひとりの老人だけはその言葉に表情を硬くし、沈黙した。

ブルヘリアなる集団の目的は普通の人々を傷つけることである。その本部がどこにあるのか確かなことは誰も知らない。しかし中央委員会は少なくともふたつあり、ひとつはブエノスアイレスに、もうひとつはサンチアゴ・デ・チリにあった。そのどちらが上なのか、あるいは両方ともさらに上の組織に属しているのかは明らかではない。地方委員会は各州に散らばり、上からの命令を疑うことなく受ける。下部メンバーは役員の名前すら知らない。

チロエ島では、委員会は「洞窟議会」という名で通っている。洞窟はキンカビ南部の森の中のどこか、地下のどこかにある。そこを訪れた者はその後一時的な記憶喪失におちいり、もし訪問者が読み書きできる場合は、手を切り落とされ、字を書く能力を失う。

新入りは六年間の教化コースを受けることになっている。全コースの概要は中央委員会しか知らず、チロエ島支部では試験だけが行なわれる。教官が生徒に入会の資格ができたと考えると、洞窟議会が召集され、その者に一連のテストを受けさせる。

候補者は四十日間、昼も夜もトライグエン川の滝の下で過ごす。そこでキリスト教徒の精神を洗い落とすわけである（この期間中、候補者は少量のトーストを食べることしか許されない）。そのあと候補者は、教官が三角帽の先から投げる頭蓋骨を一発で受け止めなければならない。あらゆる感傷を捨て去ったことを示すために、親友を殺さなくてはならない。自分の血管から取った血で証書に署名しなくてはならない。最後に、最近葬られた男性のキリスト教徒の死骸を掘り返し、胸の皮を剝ぐ。そしてこれを処理、乾燥させたのち、「盗賊のチョッキ」に仕立てる。皮の中に残った人間の脂は柔らかい燐光を放ち、それはメンバーの夜の遠征を活気づける。

ブルヘリアのメンバーは、個人の財産を盗んだり、動物に姿を変えたり、他人の思考や夢に影響を与えたり、ドアを開けたり、人の気を狂わせたり、川の流れを変えたり、さらには疫病、とくに現在の治療方法では手に負えないようなウイルスをばらまいたりする力を持つ。ときにメンバーは人間を軽く傷つけ、一定量の血を洞窟議会に提供すれば――巻き貝の殻に入れて届ける――生命を返してやるというようなこともする。ブルヘリアをばかにするような愚か者がいると、そいつは眠らされ、頭髪を剃り落とされてしまう。剃られた髪の毛は、自白書に署名するまで生えない。

ブルヘリアが使うさまざまな道具の中に、チャランコという水晶の玉がある。中央委員会はチャランコを通して人の生活をつぶさに覗く。この道具を正確に記述した者はいない。ある者はガラスの鉢のようだといい、ある者は大きな丸い鏡のようだという。いずれにしても強い光を放射したり受け止めたりするようだ。チャランコは「本」あるいは「地図」と呼ばれ、あらゆる階層のメンバーを見張るために使われるほか、ブルヘリアの教義が判読できない形で含まれていると考えられている。

メンバーは男性だけであるが、緊急のメッセージを運ぶために女性が使われる場合もある。このような役目をになう女性をボラドラと呼ぶ。たいてい信頼のおけるメンバーが、家族の中でいちばん美しい女性を選び、この役目を押しつける。彼女がその役目を果たせなかったときは、もとの生活に戻す。女性の入会儀式は、まず同じような四十日間の水浴びから始まる。そしてある晩、森の中の開けた場所で教官と会うよう命じられる。彼女に見えるのはキラキラ光る銅の皿だけである。教官は命令を下すがけっして姿は見せない。教官は彼女に服を脱ぎ、腕を前に差し出してつま先立ちするよう命じる。彼女は苦い味のする液体をひと口飲み、腸を吐き出す。

「皿の中へ！　皿の中へ！」と教官がどなる。

からだの中がからになった女はすっかり身軽になり、羽を生やして人家の上をヒステリックに叫びながら飛び回る。夜が明けると彼女は皿のところに戻り、腸を飲み込んで人間の姿に戻る。

ブルヘリアは専用の船、カレウチェ号を所有している。カレウチェ号は他の船とは違って、台風の目に向かって進んだり、海面下に潜ったりすることができる。白く塗られた船体、帆柱に輝く数えきれないほどの色電球、甲板に流れる甘美な音楽――この船は中央委員会の代理人である大商人たちの貨物を運ぶ船と思われる。カレウチェ号は乗組員をむやみと欲しがり、あちこちの島から船乗りを誘拐する。しかし船長以外の者は即座に孤島の岩に置き去りにされる。ときどき気の触れた船乗りが浜辺をあてもなくさまよい、中央委員会の歌を歌っているということだ。

ブルヘリアに関連したもっとも奇妙な生き物はインブンチェ、洞窟の守護者だろう。これは特別な処理をされ、化け物に変えられてしまった人間である。新たなインブンチェが必要になると、洞窟議会は、生後六か月から一年までの男の赤ん坊を誘拐するようメンバーに命じる。洞窟に住み続ける改造係はさっそく仕事に取りかかる。まず赤ん坊の腕や足や掌、足首の関節をばらばらにはずし、それから細心の注意を払って頭の位置を変える。来る日も来る日も、何時間もぶっつづけに止血帯で頭をひねりつづけ、頭が元の状態と百八十度をなすように、つまり自分の背骨を真っすぐ見おろせる位置までもっていく。

最後にいまひとつの作業が残っている。それは別の専門家が行なう。満月の夜、赤ん坊は台に寝かされ、頭に袋をかけて縛りつけられる。まず右の肩胛骨の下に深い切り込みが入れられ、その切り込みの中へ右腕が挿入される。そして傷口を雌羊の首からとった糸で縫い合わせ、傷が癒えればインブンチェはできあがりだ。

この作業のあいだ赤ん坊は人の乳で育てられ、離乳後は若い人間の肉、さらに成人男性の肉へと食事が変わる。これらが手に入らないときは猫の乳や子ヤギ、雄ヤギが代用食となる。洞窟の守護者になったインブンチェは長く硬い毛を生やし、裸で過ごす。インブンチェが人間の言葉を学ぶことはないが、何年もかけて委員会の手続きに関する知識を会得し、気味の悪い声を発して新入りを指導するようになる。

ときどき中央委員会は、秘密の場所での秘密の儀式にインブンチェの出席を求めることがある。そのさい、この化け物は動くことができないので、専門チームが来て彼を空中輸送する。

人々がこの集団の圧力に甘んじていると考えるのは間違っている。密かに人々は中央委員会に宣戦を布告し、知恵を集めて防御手段を講じている。彼らの目的はわるさをしているメンバーを驚かすことである。現行犯でつかまえられたメンバーは、一年以上生き延びられないことになっている。人々はいつか盗聴装置を完成させ、中央委員会の幹部クラスをあばいてやろうと考えている。

中央委員会が存在しなかった頃のことを記憶している者は誰もいない。この集団が人類出現以前に、すでにその芽を出していたと指摘する者もいる。この集団と戦うことで人は人になるのだという説も、同様にもっともらしい。チャランコなる道具が悪魔の目だということもわかる。おそらく「中央委員会」という言葉は「けだもの」と同義語なのだ。

53

私は「火の国」へと入っていった。第一海峡の北側、水晶のような石やムラサキイガイや砕けた真紅のカニのいる浜辺に、オレンジと白の縞模様の灯台が建っていた。波打ち際ではミヤコドリがルビー色の海草の中で貝をつついていた。フエゴ島は、二マイルと離れていないところに灰色の縞模様を見せていた。

数台のトラックがブリキのレストランの外にずらりと並び、潮が満ちて二台のフェリーを浮かび上がらせ、向こう岸へ渡してくれるのを待っている。そばには三人の年老いたスコットランド人が立っていた。彼らの薄いブルーの目は充血し、歯はすり減って小さな茶色の尖塔のようだった。レストランの中ではぴちぴちした女がベンチに腰かけて髪をとかし、連れのトラック運転手が女の舌に薄く切ったソーセージをのせていた。

満ち潮が浜の急斜面に海草のマットレスを押し上げている。強い風が西から吹いていた。比較的静かな水面にはひとつがいのフナガモがいて、夫婦の会話をペチャクチャやっていた。タクタク……タクタク……タクタク……。私はフナガモの前に小石を投げたが、二羽の仲をさくことはできず、ただパドルのような翼をパタパタと羽ばたかせただけだった。

マゼラン海峡は芸術を模倣する自然の一例である。ニュルンベルクの地図制作者マルティン・ベハイムは、マゼランが発見できるように南西水路の地図を描いた。彼の推論は理にかなったものだった。特異な南米大陸でさえ、未知の南極大陸、すなわち古地図にぼんやりと記されているピタゴラス学派の「さかさま国」に比べればまともだった。この「さかさま国」では、雪は上に向かって降り、木は下に向かって生え、太陽は黒く輝き、十六本指の「さかさま人」が恍惚のダンスを踊る。そして、われわれがそこに行くことも、彼らがこちらに来ることもできない、そう言われていた。当然、この途方もない国とわれわれの世界とのあいだには互いを隔てる水路があるはずだった。

一五二〇年十月二十一日、ちょうど聖ウルスラと彼女の（沈められ殺された）一万一千人の処女の祝祭日に、マゼランの船団はマゼランが「処女岬」と名づけた岬を回った。船団の前に口を開けている海は、見たところ陸地に囲まれた湾のようだった。夜になって北東から大風が吹きつけ、コンセプシオン号とサンアントニオ号は第一海峡から第二海峡へ、さらに南西方向へ伸びる幅の広い水道へと押し流された。潮流のぶつかり合うさまを見た水夫は、その先が海に通じていると予想した。二隻の船はそのニュースを持って旗艦に戻った。乾杯、祝砲、そして長旗掲揚。

海峡の北岸に上陸した一団は、浜に乗り上げた一頭のクジラと、支柱で支えられ、二百もの死骸を置いた納骨堂を見つけた。南岸には上陸しなかった。

ティエラ・デル・フエゴ（フエゴ島）は火の国を意味する。火はフエゴ島に住むインディオたちの燃やす焚き火だった。一説によると、マゼランが見たのは煙だけで、だからこの地をティエラ・デル・ウモ、つまり煙の国と呼んだのを、カール五世が火がなくては煙は立たぬと言って名前を変えたのだという。

フエゴ人が死んで、すべての火は消えた。今は油田掘削機の炎だけが夜空に立ち昇っている。

一六一六年には、スハウテンとルメールのオランダ船団がホーン岬を回った。この岬の名はその形からではなく、オランダのゾイデル海に面したホールン[*1]からつけられた。地図制作者はフエゴ島を「さかさま国」の北端の岬と考えて地図を描き、その地にふさわしいさまざまの怪物――ゴルゴン、人魚、象を持ち上げる巨大なロック鳥――でそこを埋めた。

ダンテは「さかさま国」の真ん中に「煉獄の山」を置いた。『地獄篇』第二六歌では、狂気の航路を南へ流されていくオデュッセウスが、海の中からぼうっとそびえ立つ島影を見る。船のゆく手をさえぎる波を彼の情熱が打ちくずし、地獄の境界を越えていく。

火の国は悪魔の国だ。そこでは炎が夏の夜のホタルのようにちらちらと揺れている。そして徐々にせばまっていく「地獄」の環の中で、ガラスの中の藁《わら》のように、氷が反逆者たちの影をとらえる。

こんなことから、マゼランはフエゴ島には上陸しなかったのかもしれない。

潮がフェリーにひたひたと忍び寄ってきた。太陽が層雲の下にかくれ、雲の端を金色に光らせ、やがて海峡のど真ん中に沈んだ。あふれる黄金の光は波を漆黒から青緑色に変え、水しぶきはとろりとした金色と緑に染まった。

……こうして私は南西航路を発見した
熱き海峡を通り　これらの海峡で死ぬために……

イギリスの詩人ダンは死の床で、岩や浅瀬の合い間を縫って輝ける彼方へと「吹き流されていく」さまを歌った。

太平洋が我が家《いえ》なのか？
それとも東方の富める国々、あるいはエルサレムがそうなのか？
アンヤン、マゼラン、ジブラルタル
すべての海峡が、そして海峡だけがそれらの場所に通じる道
ヤペテやハムやセムの住むところへ

フェリーの口がトラックを飲み込むために開いた。だがチリ人将校の許可がなければ誰も乗船を許されないのだ。将校は高慢な感じの金髪の若者で、非常に背が高く、ドイツ風の時代がかった礼儀作法を身につけていた。軍服の灰色のズボンには赤い線が一本走っていた。彼のきゃしゃなピンクの爪が私のパスポートの上で止まり、ポーランド人

＊1　ホールンは航海者スハウテンの生地。

のビザでひっかかり、あとはどんどん進んだ。

激しく回転するエンジンが海面に虹色の油膜を広げた。羊を積んだトラックから出る匂いが海鳥の気を引いた。カモメ、オオウミツバメ、クロマユアホウドリがフェリーのまわりを飛び交い、船はカニが這うように潮流と不規則な小波を乗り切っていった。アホウドリは飛び立つとき、風に向かって大きく翼を広げ、巨大な水かきで水面をかいて、翼の風切りがすっかり水面を離れるまで水しぶきをあげつづけた。

十字架の代わりに、アホウドリが
私の首にぶら下がっていた。

あるときナサニエル・ホーソーンは博物館で「巨大なさまよえるアホウドリ」の剝製を見た。翼の先から先まで十二フィートあった。このような鳥が水夫の首にぶら下がるというコールリッジの詩はホーソーンを驚かせもし、また詩のもつ不条理の見本とも思えた。しかしコールリッジの描いたアホウドリはもっと小さなものだった。ここにコールリッジの詩にインスピレーションを与えた『シェルヴォック船長の航海』からの一文がある。

空は彼方の陰うつな雲のかげに、永遠に隠れてしまった……このような厳しい気候の中で生き物が生存できるとはとうてい思えなかった。実際、一匹の魚、一羽の海鳥すら見えなかったのだ……悲しみにうちひしがれたような一羽のクロアホウドリを除いては。アホウドリは途方にくれたように船の近くで羽ばたいていた……やがてハットレイ副船長が、鬱病の発作のさなかに、この鳥がいつも船の近くで羽ばたいていることに気づいた。そして彼は、鳥の色から判断して何か不吉なことの前兆ではないかと考えた……何回かむなしい試みを繰り返したのち、いい風が吹くのではと、そのアホウドリを撃ち殺した。

アホウドリには仲間が二種類いて、その両方を私はフエゴ島で見た。ひとつはハイイロアホウドリである。全身灰色の恥ずかしがり屋。水夫たちにはオオウミツバメとか予言者とか呼ばれている。もうひとつはクロマユアホウドリ、あるいはモリモーク。彼らは人間をまったく怖れず、よくなついた。

海峡を半分過ぎたあたりで、黒と白のウのV字編隊がきらめきながら飛び去り、黒と白のイルカの群れが金色の海でダンスをした。

おととい、私は処女岬のペンギン生息地で、土曜日のバス遠足に来ていたサンタマリア救援修道会の尼僧たちに出会った。バスいっぱいの処女たち。一万一千人の処女。百万羽のペンギン。黒と白。黒と白。黒と白。

54

ふたりの油田エンジニアが私をフエゴ島の東岸唯一の街、リオグランデまで車に乗せてくれた。ここは昔、イギリスの食肉貿易で栄えたところである。しかし今、そこは一時的にイスラエルに明け渡されていた。

若い畜殺者の一団が、旧約聖書『レビ記』に記された儀式を執り行なうために、テルアビブから飛行機で来ていた。彼らは包丁さばきのおかげで労働者たちと親しくなったが、その行ないはふたつの点で顰蹙《ひんしゅく》を買っていた。ひとつは彼らのたいそうな畜殺方法が生産ラインの能率を落としたこと。もうひとつは一日の仕事が終わると裸になって川に飛び込み、白い筋肉質のからだについた血を洗い流したことである。

吹き降りの雨の中、私はサレジオ会大学へ向かって海岸沿いの道を歩いた。大学はインディオ教化のために（あるいはインディオの牢獄として）開設されたのだが、インディオが姿を消してからは、農業学校として運営されていた。

神父たちはプロの剝製師であり、フリルのような花弁を持つゼラニウムの鑑定家だった。鉄縁の眼鏡をかけた神父は博物館担当で、若いグアナコの目をナイフでくり抜くあいだ、私に坐っているようにと言った。神父の血まみれの手が、血で汚れていない白い腕と鮮やかな対比を見せていた。それまでは巨大なクモガニにラッカーを塗っていたのである。部屋中にアセテートの匂いが充満していた。壁に沿ってぐるりと、さながら飼育場のように鳥の剝製が並んでいた。鳥の赤く塗られた喉が、ぞっとするような静けさの中で、剝製師に向かって声なき声を上げていた。

ヴェローナから来たという若い神父が鍵を持ってきた。博物館は古い伝道教会の中にあった。フエゴ島のインディオには陸で狩りをするオナ族とアウシュ族、それにカヌーで漁をするアラカルフ族とヤガン族（ヤマナ族）がいた。彼らは疲れを知らぬさすらい人で、自分で運べる以上のものを所有しなかった。ガラスの棚の上で朽ちている人骨やさまざまな道具——弓、矢筒、モリ、かご、グアナコのケープなどが、神なるものがもたらしたマテリアルの進歩に沿って展示されていた。その神様は、コケや石に宿る魂を信じてはいけないと教え、彼らにちっぽけな岬とクローシェ編みと習字帳を押しつけたのだ（それらの見本も展示されていた）。

その神父は物腰の穏やかな青年で、まぶたが重く垂れていた。彼は気圧計がどこまで下がるかを見たり、遺物を求めてオナ族の野営地を発掘して時を過ごしていた。彼は、海岸沿いにいくつかある緑の盛り上がった場所に私を連れていった。そしてスコップでそのひとつを掘り起こし、ムラサキイガイや灰や骨でできた紫色の塚をあらわにした。

「見てください」と彼が叫んだ。「オナ犬の下顎です」

博物館には、鼻先のとがったこの古代の屈強の犬を剝製にして保存してあった。今ではこの種も、スコットランド・シープドッグの遺伝子に葬り去られている。

55

リオグランデで知り合った男が、チリとの国境近くで牧場を営んでいる彼の親類のところに連れていってくれた。

街の外、灰色がかった緑の丘の上にホセ・メネンデス牧場があった。塗装が剝がれ、それは座礁した観光船のようだった。毛刈り小屋の扉の上には「ホセ・メネンデス」の金文字が掲げられ、さらにその上には賞を取った羊の頭の精巧な模型があった。牧夫の台所からマトンの脂の匂いが漂っていた。

建物の向こう側、パンパの窪地を、埃っぽい道路が曲がりくねって続いていた。ノコギリソウの並木が柵に沿って植わっている。私は薄明かりの中、牧夫小屋の並びにたどり着いた。二匹のシープドッグがキャンキャン吠え立てたが、年老いたチリ人が犬を追い払い、私に入るよう合図した。鉄のストーブがかんかんに燃え、年老いた女がロープに洗濯物をとめていた。部屋はがらんとしていたが、きれいに磨かれてあった。壁にはヒトラーやロサス将軍の写真がかなり前から貼り付けてあったらしく、煙でいぶされて茶色に変色していた。老人は私を自分の帆布地の椅子に腰かけさせ、私の質問にはぼんやりとイエスかノーで答えた。

女は台所に入り、シチューの皿を持って戻ってきた。ゆっくりと慎重に、いちに、いちに、と皿をテーブルに置き、ナイフとフォークを添えた。私が彼女に礼を言うと、彼女は顔を壁に向けた。

ボンバーチャをはいた若いガウチョが、浮き彫りを施した革の鞍を持って入ってきた。彼は自分の部屋に入り、ベッドの足元の台にそれを掛けた。ガウチョの背中が戸口いっぱいをふさぐように見えた。彼は鞍を磨きはじめた。そこで室内の音はふたつになった——パチパチと火の燃える音とガウチョが鞍をこする音と。

老人が立ち上がって、窓から外を眺めた。男が馬に乗って道路の端の芝地を駆けてくる。

「エステバンだよ」と老人は女に呼びかけた。

エステバンは馬を柵につなぎ、大股で家の中に入ってきた。女はすでに彼の皿を用意していた。男は背が高く、顔を紅潮させていた。食べながら、彼は羊毛価格の暴落のことや自分が生まれたコルリエンテス州のこと、父の生まれたドイツのことを喋った。

「あんたイギリス人か？」彼が聞いた。「昔はここにたくさんイギリス人いた。主人に支配人に牧夫頭《カパタセス》。上品な人たち。ドイツとイギリス、文明国！　それ以外、野蛮人《バルバリダ》！　この牧場、支配人はいつもイギリス人。インディオは羊を殺す。イギリス人はインディオを殺す。へっ！」

それから私たちは、一八九九年にこの牧場で支配人をやっていたアレクサンダー・マクレナンという男について話をした。「赤豚」という名で通っていた男だった。

56

一八九〇年代、かつてパタゴニアで芽吹いたダーウィニズムが、残酷な形でパタゴニアに戻り、それがインディオ狩りに拍車をかけることになったようだ。「適者生存」のスローガンはウィンチェスター銃や弾薬帯とあいまって、はるかに適者であるはずの原住民よりもヨーロッパ人の方がすぐれているという幻想をもたらした。

フエゴ島のオナ族は、先祖のカウクス族が島を三十九の領地に分け、一家族に一領地を与えて以来、ずっとグアナコ狩りをして暮らしてきた。家族間で争いがあったのは事実である。しかし原因はたいがい女のことだった。領地を広げようと考える者はいなかったのである。

そこへ白人が羊という新しいグアナコと、有刺鉄線という新しい境界線を持ってやって来た。最初はインディオも羊の丸焼きの味を楽しんだ。しかしほどなく、もっと大きな茶色のグアナコや、それにまたがって口から目に見えない死を吐き出す白人を恐れるようになった。

オナ族の羊泥棒は会社の配当をおびやかすまでになった（ブエノスアイレスで、探検家のジュリアス・ポッパーは、オナ族に「かなりの共産主義的傾向」があると語った）。そこで取られた解決策はオナ族を集め、伝道所で教化しようというものだった。彼らは衣類を通して病気に感染し、またとらわれたことで生きる気力を失い、死んでいった。

しかしアレクサンダー・マクレナンは時間のかかる拷問を嫌った——遊猟好きの彼の性に合わなかったのだ。

少年の頃、アレクサンダー・マクレナンはスコットランドの粘板岩の湿った台地を捨て、大英帝国の果てしない水平線に身を転じた。彼はたくましい男に成長した。平べったい顔がウイスキーと熱帯のせいで赤らみ、赤毛は色あせ、眼は青と緑に光った。オムドゥルマンの戦いではキッチナー元帥の部下として働いた。彼はふたつのナイル川を、ドーム状の墓を、つぎはぎのジバ[*1]を、砂漠の黒人兵士ファズィー・ワズィー[*2]を見た。ファズィー・ワズィーは髪の毛に羊の脂を塗り、突撃する騎兵隊の下にもぐり込んで、かぎのついた短剣で馬の腹わたを引き裂く。おそらくこのとき、彼は野生的な遊牧民は御しえないものだということを学んだのだ。

やがて彼は軍隊を去り、ホセ・メネンデスに雇われた。彼のやりくちは先輩たちが失敗したことも成功させた。彼の犬や馬や牧夫は彼を崇拝した。彼はインディオの耳ひとつにつき英貨一ポンドを支払うような類《たぐい》の牧場支配人ではなかった。それよりは自分で手を下すことを好んだ。どんな動物であれ、苦しむのを見るのが嫌いだったのである。

野営地に住むオナ族の中には裏切り者が何人かいた。ある日ひとりのオナ族が、仲間に対する恨みから、インディオの一団がリオグランデの南、ペニャス岬のアザラシの生

＊1 イスラム教徒が着るスモックのような外衣。
＊2 スーダン兵。

息地へ向かったとマクレナンに告げた。狩人たちは周囲を崖に囲まれた入江でアザラシを殺していた。「赤豚」とその部下は崖の上から、浜が血で真っ赤に染まり、満ち潮がインディオを射程内に追い込むのを眺めていた。彼らはその日、少なくとも十四人を仕とめた。

「人道的な行ないだ！」と「赤豚」は言った。「やるだけの度胸があればな」

ところでオナ族の中に、ターペルトという名の大胆ですばしっこい弓の名人がいた。ターペルトには、冷徹な判断で白人の殺し屋をねらい撃つという特殊な能力があった。ターペルトは「赤豚」にそっと忍び寄り、そしてこの男がいつかこの地方の警察署長と一緒に人狩りをやっていたことを思い出した。矢の一本は警官の首を射抜き、もう一本の矢は「赤豚」の肩に刺さった。だが「赤豚」は死を免れ、その矢尻をタイピンとして飾った。

やがて「赤豚」は自国の酒に溺れるようになった。昼夜をわかたず酒を飲んだので、メネンデス一家は彼を首にした。彼は妻のベルタとともにプンタアレナスの小屋に引っ込んだ。そして四十代なかばで、アルコール中毒によるせん妄症のために死んだ。

57

「でも、インディオは『赤豚』に仕返しをしましたわ」

こう言ったのは、私がのちにチリで出会った老姉妹のひとりである。ふたりとも未婚のイギリス人で、歳は七十過ぎ、父親はパタゴニアの食肉会社で支配人をやっていたという。彼女たちは昔の友人を捜すために、休暇を取って南部を訪れていたのである。サンチアゴでアパートに住んでいるというふたりはなかなかすてきな女性たちで、柔らかな美しいアクセントで話をした。

ふたりともこってりと化粧をしていた。眉を抜き、そこにくっきりとつり上がった眉を描いている。姉の方はブロンド、厳密に言えば輝くような金色で、根元は白い。唇は真紅の弓形、まぶたは緑色だった。妹はブルネット。彼女は髪の毛、眉、スーツ、ハンドバッグ、そしてまだら模様の絹のスカーフまで、すべてをチョコレート色でまとめており、口紅さえ赤味を帯びた茶色だった。

彼女たちは友人と一緒にお茶を楽しんでいるところだった。太陽が海から顔を出して部屋に満ち、線を引いたり色を塗ったりした彼女たちの顔の上で輝いていた。

「私たち『赤豚』のことはとてもよく存じてますのよ」とブロンドが言った。「私たちがプンタアレナスでメイドをやっていた頃のことですけど、『赤豚』とベルタは街はずれの小さな変てこな家に住んでいましてね。最後はひどかったんです。ほんとにひどかったわ。夢でインディオにうなされつづけてましたわ。弓矢でしょう。それから誰かを血祭りに上げようと叫ぶ声！　ある晩彼が目を覚ますと、インディオがベッドのまわりにいるとかで、『殺さないでくれ！　殺さないでくれ！』って叫んでますの。それから家の外へ走り出し、そう、ベルタはあとを追って通りを行きましたが見失い、彼は右手の森の中へ逃げ込んだんです。何日も行方がわかりませんでした。それから牧夫が、牧場の中で牛と一緒にいる彼を見つけました。それも裸で、四つん這いになって、草を食べてましたのよ！　そして、牛のように大声で鳴いて、自分を雄牛だと思っていたのです。もちろんそれが最後でした」

58

夜、ドイツ人のエステバンは予備の簡易ベッドを私に貸してくれた。それからしばらくして車のヘッドライトが見えた。私がめざす牧場へ牧夫を乗せていくタクシーだった。私は門の前でタクシーを降りた。

「まあ、少なくとも今夜の訪問者は英語を話すようね」

その声は丸太のめらめらと燃える居間の中から聞こえてきた。

ミス・ニータ・スターリングは小柄のはきはきしたイギリス人で、短い髪の毛は白く、手首は細く、きわめて断固たるものの言い方をした。牧場の主人たちは庭を手伝ってもらうために彼女を呼び寄せたのだが、今では彼女に立ち去ってもらいたくない様子だった。彼女はどんな天気の日も働いて新しい花壇やロックガーデンをこしらえ、ストロベリーの世話をした。彼女が手を入れると、雑草地も芝生になった。

「ずっと前からフエゴ島で庭いじりをやりたいと思っていたの」翌朝、小雨に頬を濡らしながら彼女は言った。「そして今、それをやっているわけ」

若い頃、ミス・スターリングは写真家だったが、やがてカメラを嫌うようになった。「興ざめなものよ」と彼女は言った。その後、彼女はイギリス南部の有名な養樹園で園芸家として働いた。彼女がとくに興味を持ったのは花をつける木だった。寝たきりの母親の面倒を見ていた彼女にとって、花の咲く木はつまらぬ人生からの逃げ場所だった。

徐々に彼女は木々の生命の中に迷い込んでいった。木をあわれに思い、苗床では不自然なほど間を置いて植え付けたり、温室の中で鉢植えにしたりした。そしてそれらの木が山地や森の中で、自然のままに育っていくさまを思い描いた。想像の中で、彼女はラベルに書かれた土地を旅した。

母親が死ぬと、ミス・スターリングは家と家財道具を売り払った。そして軽いスーツケースを買い、着そうにもない服は人にやった。彼女はスーツケースに荷物を詰め、軽さを試すために近所を持ち歩いた。ミス・スターリングはポーターを信用していなかった。彼女は夜会のためにロングドレスを一着入れた。

「どこで人生を終えるかなんてわからないものよ」

彼女は七年間旅をしつづけ、これからも倒れるまでは旅を続けようと思っていた。花の咲く木が、今や旅の道連れとなっていた。木がいつどこで花をつけるのかを、彼女は知っていた。飛行機にはけっして乗らなかった。英語を教え、臨時の庭仕事をして旅の費用を捻出した。

花の咲き誇る南アフリカの草原に行ったこともあった。それからオレゴンのユリとマドローネ[*1]の森。ブリティッシュ・コロンビアの松林。砂漠と海にさえぎられて、奇跡的に純血を維持している西オーストラリアの植物群。オーストラリア人はそれらの植物に実におもしろい名前をつけていた——カンガルー・ポー、ディノサウルス・プラント、ジェラルドタウン・ワックス・プラント、ビリー・ブラック・ボーイ。

彼女は京都の桜や禅寺の庭、北海道の秋の色も見た。彼女は日本と日本人を愛した。彼女はユースホステルに泊まったが、そこは居心地がよく清潔だった。あるホステルでは、息子と言っても通用しそうなほどの若いボーイフレンドができた。彼女はその若者に英語の特別レッスンをした。日本の若者は年寄りを大事にしたのである。

香港で、彼女はウッド夫人なる女性と一緒になった。

「すごい女の人だったわ」と彼女は言った。「彼女、一生懸命イギリス人のふりをしてたの」

ウッド夫人はアーヒンという名の歳とった中国人の召使いを雇っていた。アーヒンはイギリス女性のところで働いているつもりでいたが、もしウッド夫人がイギリス人なら、どうして自分をあんな風に扱うのか理解しかねていた。

「でも私、アーヒンには本当のことを話したわ。こう言ったの。『ねえアーヒン、あな

＊1　ツツジ科の広葉常緑樹。樹高は三十メートル、幹は直径二メートルになる。

パタゴニアの鉄道

デイビース家のダッジ

ガイマン村にて

ガイマン村のウェールズ人農夫

ガイマン村のウェールズ人礼拝堂

イギリス人の牧場屋敷

ウェールズ人の農家

サンダンス・キッドとエタ・プレイス

リオピコにある墓

ドイツ人アントン・ハーン氏の家

岩壁に残された先史時代の人間の手形

アルヘンティノ湖の氷河

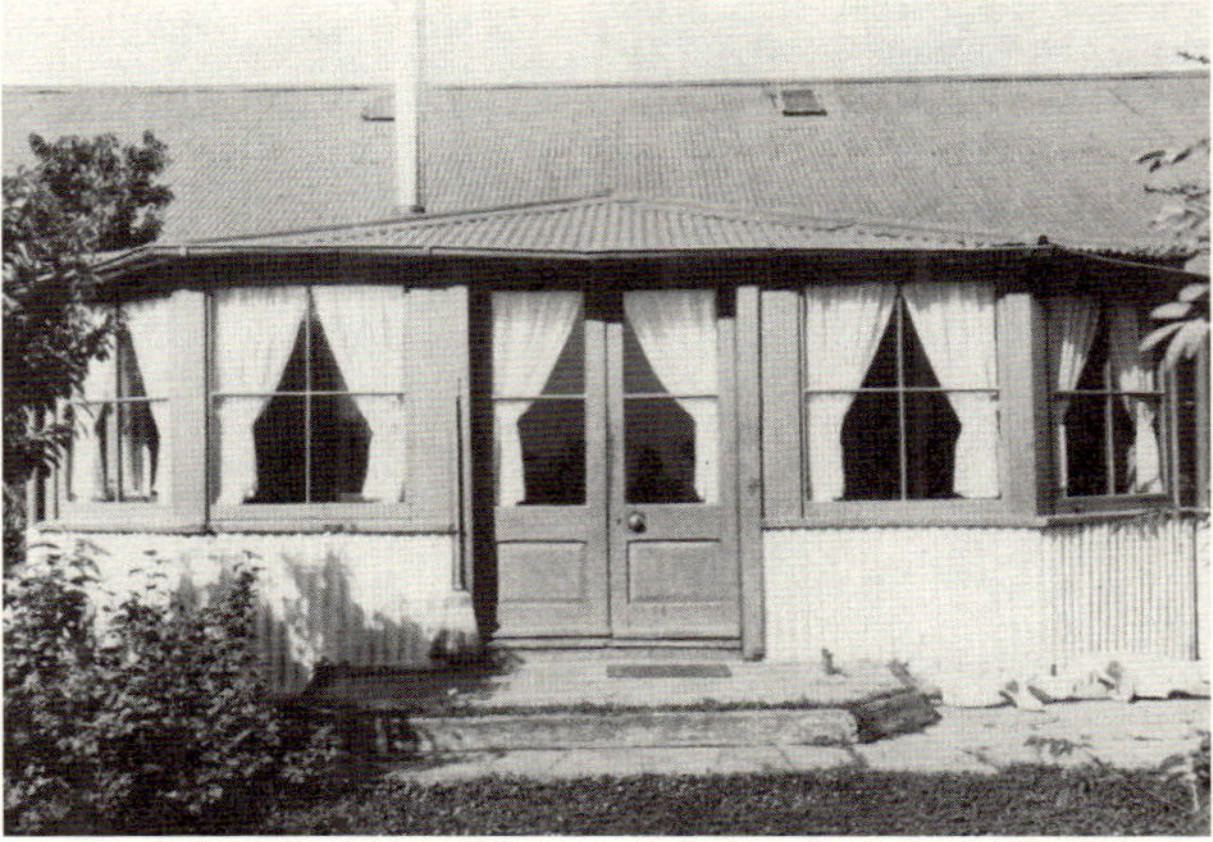

サンタクルスのイギリス人牧場の家

ハラミージョ駅

プンタアレナスの波型鉄板の家

チャーリー・ミルワードの家

鋳物工場

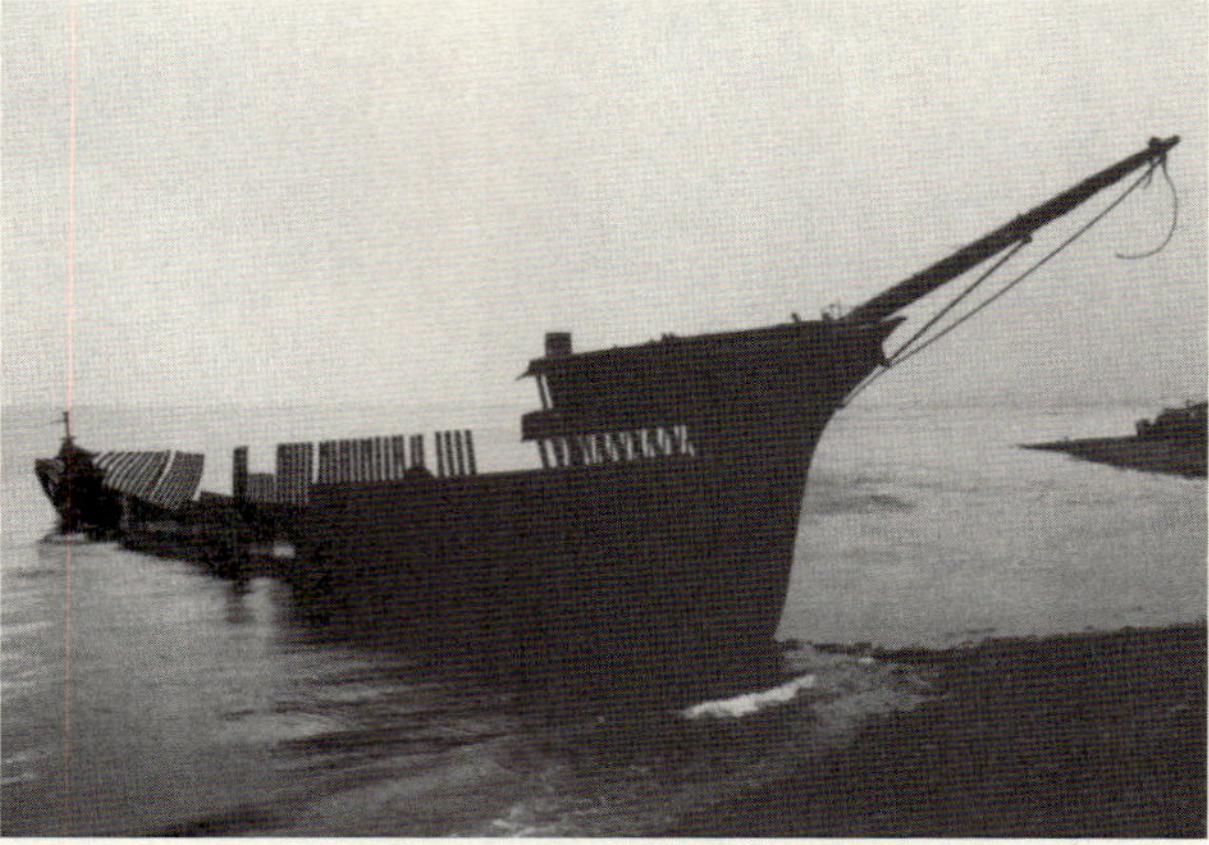

プンタアレナスの近くの浜

ラストホープ湾ミロドンの洞窟

（いずれも、写真：ブルース・チャトウィン）

たの御主人はイギリス人じゃないの。ロシア系ユダヤ人なのよ』すると、アーヒンは、これまでのひどい扱いのわけがわかって、仰天していたわ」

ミス・スターリングとウッド夫人は危ない目にもあっている。ある晩、彼女が玄関の鍵をごそごそ捜していると、中国人の少年が彼女の喉にナイフを突きつけ、ハンドバッグをよこせと言った。

「で、ハンドバッグを渡したんですね?」と私。

「そんなことするもんですか。そいつの腕にかみついてやったわ。私よりその子の方が怯えてたみたい。本職の強盗じゃなかったわね。でも、残念に思うことがひとつあるの。実はもう少しで相手のナイフを奪い取れるところだったのよ。記念品にすてきだったでしょうね」

ミス・スターリングはネパールのツツジを、「今年じゃなくて来年の五月」に見にいく途中なのだった。また彼女は初めての北米の秋を楽しみにしていた。彼女はフエゴ島をとても気に入っていた。ナンキョクブナの森をよく歩いた。その木は苗木園でも売られていた。

「きれいだわ」草地が森に変わる黒い境界線を農場から眺めながら、彼女が言った。

「でも、もう一度来たいとは思わないわね」

「僕もです」と私は言った。

59

私は世界でいちばん南にある街に来た。ウスアイアの街はプレハブの伝道所から始まっている。伝道所は一八六九年、W・H・スターリング師によって建てられたもので、インディオのヤガン族集落のそばにあった。英国国教会が伝道につとめた十六年のあいだ、野菜畑とインディオたちは生気にあふれていた。やがてアルゼンチン海軍が来て、インディオははしかと肺炎が原因で死んでいった。

その後、この開拓地は海軍の基地から囚人の街に変わった。刑務所の視察官は、シベリアの刑務所よりも厳重な石とコンクリートの傑作をつくりあげた。ごく細い隙間以外に開口部のまったくない灰色の壁が、街の東に建っている。その建物は現在兵舎として使われていた。

ウスアイアの朝は静寂の中で始まった。ビーグル水道越しに、対岸のオステ島ののこぎりの歯のような島影と、ホーン諸島に通じるマレー海峡が見えた。しかし真昼にはすでに海面は荒れ狂い、はるか彼方の海岸線はもやにさえぎられて見えなくなっていた。見たところ子供のいないこの街の住人は、陰鬱な表情を浮かべ、じろりとよそ者をにらんだ。男たちはカニ缶工場や、チリとのにらみ合いで忙しい海軍工廠で働いていた。兵舎にいちばん近い建物は売春宿だった。まるでどくろのように白いキャベツが畑で育っている。私が通り過ぎると、顔に紅をつけた女がごみを捨てているところだった。女は鮮やかなピンクのシャクヤクを刺しゅうした、黒い中国風のショールをまとっていた。彼女は「ごきげんいかが《ケ・タル》」と言って微笑んだ。私がウスアイアで見た唯一の、正直で明るい笑顔だった。明らかに彼女は、その職業に似つかわしかった。

歩哨は私が兵舎に入るのを拒んだ。私はかつての刑務所が見たかった。ウスアイアでもっとも有名な囚人の話を読んでいたからである。

60

そのアナーキストの話というのは、例のアベルとカイン、放浪者と財産持ちの争いの顚末に似ている。私は、アベルが「ブルジョワジーは死ね！」と言ってカインをなじったに違いない、と密かに考えているのだ。またこの話のテーマはユダヤ人であるといっても、あながち間違いではないだろう。

一九〇九年のメーデーの日、ブエノスアイレスは寒かったが、陽はさんさんと照っていた。午後も早く、縁なし帽をかぶった男たちがぞくぞくとロレア広場に集結していた。間もなく広場は赤旗に波打ち、人々の叫び声が鳴り響いた。

キエフ出身の赤毛の少年シモン・ラドウィッキーは、群集とともにぐるぐると広場を行進していた。彼は小柄だったが、鉄道操車場で働いていたので筋骨たくましかった。耳は大きく、口ひげは生やしはじめたばかり。肌はゲットーに住む者の青白さで、警察の書類には「不健康な白」と書かれてあった。四角ばった顎と扁平な額が、知性の貧しさと限りない信念を物語っていた。

足の下の敷石や群集の息づかいやしっくい塗りの建物や歩道の並木が、銃や馬や警官のヘルメットが、ラドウィッツキーに故郷の街を、一九〇五年の革命のことを思い出させた。イタリア語とスペイン語のどなり声が混じり合っていた。「機動隊は死ね！」の叫び声がわき起こった。暴徒は自制心を失い、ショーウインドウを叩き割り、馬を馬車から解き放った。

シモン・ラドウィッツキーは旧ロシアの刑務所に入っていたことがあった。アルゼンチンに来て三か月、何人かのロシア系ユダヤ人アナーキストと一緒に安アパートに住んでいた。彼はアナーキストらの熱っぽい話に聞き入り、注意深く次の行動を計画した。

五月大通りでは、騎兵隊と一台の車が非常線を張り、群集の動きを阻止していた。車にはタカのように無表情な目をした警察署長ラモン・ファルコンがいた。最前列の暴徒は自分たちの敵を見つけ、卑猥な言葉を投げつけた。警察署長は動じることなく、暴徒の数を数え、黙って引き上げた。

その後突然銃の発砲があり、馬が突進した。その騒ぎの中で三人が死亡、四十人が怪我をした（ジャーナリストが数えたところによると、三十六か所に血の流れた跡があった）。警察は正当防衛を主張し、そればかりかヘブライ語で書かれた扇動的なビラをどこからか探し出して、騒動の原因が、ずさんな移民政策の結果、この国になだれ込んできたロシア系アナーキストにあると決めつけた。アルゼンチンでは、「ロシア人」と「ユダヤ人」は同義語だったのである。

その冬、二度目の騒動が起きた。警護をいさぎよしとしないファルコン警察署長は、友人である州立刑務所長の葬儀から車で帰るところだった。同乗していたのは若い秘書のアルベルト・ラルティガウで、男らしさの何たるかを学んでいる最中だった。キンタナ通りの角では、黒っぽいスーツに身を包んだシモン・ラドウィッツキーが、小さな包みを持って待機していた。完璧なタイミングで包みを車の中に投げ込んだ彼は、爆発を避けてうしろへ飛びのき、一目散に建設現場へ向かって走った。

彼はついていなかった。何人かの目撃者が警官に通報した。彼は右の乳首の下に弾を受けて倒れ、殴られながら歯を食いしばっていた。「ビバ・ラ・アナルキア！」もつれる舌で彼は警官に向かって叫んだ。「俺はたいしたもんじゃないが、おまえらひとりひとりに爆弾を投げることはできるんだ」

ファルコン署長は血と肉の塊になっていたが、自分の名を名乗るだけの意識はあった。「たいしたことはない。その子を先に手当てしてやれ」とファルコンは言った。彼はショックと出血多量のため、病院で息を引き取った。秘書のラルティガウの方は切断手術を耐え、夕刻までもちこたえた。国じゅうから警察署の代表が葬儀に訪れた。

「シモン・ラドウィッツキーはロシアの大草原で無為に暮らす農奴階級に属している。彼らは苛酷な気候や悲惨な状況の中でみじめな生活を続けている」検事はまた、犯罪者の性格を証明するものとして、ある身体上の特徴を指摘した。良心と人間愛にあふれた検事は死刑を求刑したが、暗殺者の年齢の問題が片づくまでは、裁判官はその判決を下すわけにいかなかった。

そこでシモンの出生を確認するために、彼の親類であり、ラビでもあるユダヤ人の古着商人モーゼス・ラドウィッキーが引っ張り出された。難解な文字を解読した結果、法廷は被告が十八歳と七か月であり、銃殺刑執行隊を繰り出すには若すぎるが、終身刑に処することはできることを知った。毎年、暗殺の行なわれた日の前後、裁判官は、彼にパンと水だけの独房生活を二十日間送らせるよう命じた。

シモン・ラドウィッキーはねずみと鉄筋コンクリートの迷宮の中に消えた。二年後、彼はウスアイアに移送された（首都の刑務所は安全ではなかったのである）。ある晩、六十二人の囚人が身体検査のために裸にされ、鉄の足かせをはめられた。岸壁の投光器が、海軍の輸送船のタラップを昇る人の列を照らしていた。航海は穏やかな海にはじまり、パタゴニアの大風の中で終わった。囚人たちの寝床は船の石炭庫だった。上陸したとき、彼らは炭塵で真っ黒になり、足首は鉄の足かせのせいで化膿していた。

ある種の堕落志向とこの民族特有の野望のおかげで、ラドウィッキーは豚の餌のような食事にも耐えることができた。何枚かの家族写真が彼の唯一の所有物だった。彼は侮辱的な待遇にもその都度笑顔で応え、自分の中に人を指導していく力のあることを感じた。囚人たちは彼を慕い、いろいろな問題を抱えては彼のところへ来た。彼はハンガーストライキを指揮した。

いったん彼の力が知れ渡ると、刑務所の官吏はますます彼を憎むようになった。看守は、彼が眠っているあいだ、三十分おきに顔の前でカンテラを揺らすように命令された。一九一八年、副知事のグレゴリオ・パラシオスは彼の白い肌に性的欲望を感じ、またさらに彼を堕落させたいという欲求から、彼に男色を行なった。三人の看守が彼を押さえ込み、かわるがわる男色を行なった。彼らはシモンの頭を殴りつけ、ナイフや鞭で背中を傷つけた。

首都にいたラドウィッキーの友人はこのような仕置きを噂に聞き、自分たちの意見を「フエゴ人の男色」というタイトルで発表した。ロシア革命はたけなわだった。「ラドウィッキーに自由を」と書かれた落書きが、ブエノスアイレスの街じゅうにあふれた。さらに積極的なアナーキストたちは、我らが愛する犠牲者を脱獄させる計画を練った。

その仕事ができる唯一の人物はパスクアリーノ・リスポリ、「フエゴ島最後の海賊」と言われたナポリ人だった。彼は裏切り者の父をプンタアレナスのバー「アルハンブラ」まで追跡し、そこに滞在していたのである。パスクアリーノは、公式にはアザラシやラッコを狩るための、しかし本当は密輸をしたり難破船を奪うためのカッターボートを持っていた。彼はどんな天候のときも航海し、口の軽い乗組員を船の外に放り出し、きまってトランプで金をすり、どんな種類の仕事も引き受けた。

一九一八年十月のある日、ふたりのアルゼンチン人アナーキストが、脱獄のためにパスクアリーノを雇った。十一月四日、カッターボートはウスアイアの沖に停泊した。三日後の夜明け、ぐるの看守からもらった制服を着たラドウィッキーは、刑務所の門をくぐり抜けた。カッターボートは彼を乗せ、警報が響き渡る頃には、まるで迷路のような海峡に飲み込まれていた。そこは四年前、ドイツの巡洋艦ドレスデン号が、イギリス海軍からからくも逃れたところだった。

パスクアリーノは、脱獄囚に食料を与えたら、あとはほとぼりがさめるまでどこかの離島にかくまっておくつもりでいた。しかし都会育ちのラドウィッキーは陰気な降雨林が苦手だった。彼はプンタアレナスに連れていくよう言い張った。

一方チリ海軍はアルゼンチン警察に協力することに同意していた。チリ海軍のタグボート、ヤーニェス号は、領海ぎりぎりのところでカッターボートに追いついたが、すでにパスクアリーノは安全な森のある浜へとラドウィッキーを泳がせたあとだった。何も発見できなかったものの、すべてを感づいた将校らは、カッターボートの乗組員をプンタアレナスにしょっ引いた。警察は彼らを締め上げた。ヤーニェス号はふたたび海岸線を南へ下り、パスクアリーノが積み荷の樽と一緒にラドウィッキーを上陸させようとしていたところを取り押さえた。逃亡者は海の中でカッターボートの陰にじっと身を潜めていたが、もはや逃げ道はなかった。騎銃兵がその場をぐるっと取り囲んだ。凍え、疲労困憊したラドウィッキーは投降した。彼はふたたびウスアイアに連れ戻された。

十二年が過ぎた。そして一九三〇年、イリゴージェン大統領は労働者階級への意思表示としてラドウィッキーを釈放した。五月のある晩、元囚人は海軍輸送船のデッキに立ち、ブエノスアイレスの灯を見つめていた。しかし上陸することは許されなかった。護衛は彼をモンテビデオ行きのフェリーに移した。イリゴージェン大統領は密かに、ラドウィッキーをアルゼンチン領内から追放することを警察署長たちに約束していたのだった。

身分証明書も持たず、金もなく、ウスアイアでトルコ人からもらったまるで寸法の合わない服を着た「ブルジョワジーの犠牲者」は、蒸気船のタラップを渡り、詰めかけたアナーキストたちの歓声の中に降りていった。扇動者らしい振舞いを期待していた委員たちは、現われたのが困惑顔のもの静かな人物だったのでがっかりした。ゲジゲジ眉のラドウィッキーの顔には青黒い静脈が浮き出ていた。あいまいな微笑を浮かべながら、彼はなす術を知らなかった。

新しい友人たちは彼を抱擁し、タクシーに押し込んだ。彼は質問に答えようとしたが、思い出すのはウスアイアの友人のことばかりだった。彼らと別れるのは耐えがたいことだ、と彼は語った。受けた暴行についてたずねられると、彼は口をつぐんで一枚の紙きれを探り出し、インターナショナル・プロレタリアートの名でイリゴージェン大統領に感謝する一文を読み上げた。彼がロシアに帰りたいと言うと、アナーキストたちは笑った。ラドウィッキーはクロンシュタットでの大虐殺[*1]のことすら知らなかったのである。

自由の身になったラドウィッキーはふたたび世間から隠れ、神経をすりへらす生活を送った。友人たちはブラジルの同志にメッセージを伝えるために彼を利用した。彼はウルグアイ警察を立腹させた結果、自宅軟禁の身となったが、家を持っていなかったので、またもや刑務所暮らしをするはめになった。

一九三六年、彼はスペインへ向けて船出した。三年後、フランスをめざしてピレネー山脈をとぼとぼと越えていく傷ついた人々の列の中に彼の姿があった。それから彼はメキシコへ行った。ある詩人がウルグアイ領事館の事務職を彼に見つけてくれた。彼は発行部数の少ない謄写版刷りの雑誌に記事を書き、ある女性と、おそらく知り合った唯一の女性だろうが、年金を分け合った。ときどき彼はアメリカにいる家族に会いに行った。家族はアメリカでうまくやっていた。

一九五六年、シモン・ラドウィッキーは心臓発作で死んだ。

61

ヨーロッパ諸国がワーテルロー平原で十九世紀の進路を定めた一八一五年、ひとりの男の子がフエゴ島の南、マレー海峡で生まれた。将来、二十世紀の行方にささやかな貢献をすることになる人物だった。

＊1　クロンシュタットはロシア連邦レニングラード州の都市。一九二一年クロンシュタットの水兵たちが、時のボルシェヴィキ政権に対して蜂起。政府軍により鎮圧される。

生まれたところは若木の陰の草地、悪臭を放つアザラシの毛皮の上だった。母親は子供のへその緒をムラサキイガイの鋭い殻で切り、頭を赤銅色の乳首に押し当てた。それからの二年間、母親の乳首が彼の宇宙だった。彼は乳首にくっついてどこへでも行った。漁をやり、野イチゴを採り、カヌーを漕ぎ、親類を訪問した。それから泳いだり、芽を出したり、這ったり、飛んだりするものすべての名前――それはリンネのラテン語のように複雑で正確な言葉だった――を学んだ。

ある日乳首はひどい味がした。母親が乳首に臭い脂を塗ったのだ。母親は息子に、同い年の子供と遊ぶように、もうアザラシの肉が噛めるのだから、と言った。それからは父親が彼の教育を引き受けた。ウの首を絞めたり、ペンギンをこん棒で殴ったり、カニを突いたり、アザラシにモリを打ち込むことを教えた。少年はワタウイネイワについて学んだ。ワタウイネイワとは「天国に住む老人」のことで、その老人はみずから変化することもなく、また物事が変化することも嫌った。それから「暗闇を支配する力」イェタイタのことも知った。イェタイタは毛むくじゃらの怪物で、怠け者に突然飛びかかるが、踊りを踊れば振り落とすことができた。それからいつの世にも人々に語り継がれるさまざまな物語――恋に落ちたアザラシ、火の創造、ただ一か所の弱点をもつ巨人、閉じ込められた海を解放したハチドリなどの物語を知った。

少年は勇敢な、そして部族のならわしに忠実な男に成長した。季節はめぐった。産卵期。カモメのひなの巣立ち。浜辺の紅葉。太陽のない季節。青いイソギンチャクが春の近いことを知らせ、トキが春分の大風を予告した。人は生まれ、そして死んだ。人々は時の流れをほとんど意識することなく過ごしていた。

一八三〇年五月十一日の朝はくっきりと晴れ上がっていた（フエゴ人は、この日を落葉とラッコが戻ってくることの組み合わせで知る）。雪線から下の山は青く、森は紫と枯葉の色に染まっていた。黒いうねりが波打ち際で白く砕けていた。その幻を見たのは、少年が叔父と一緒に漁に出ているときだった。

何年ものあいだ、南米大陸では怪物が到来するという噂がささやかれていた。最初ふたりはそれをクジラの一種だと思った。が、近づいてみると、それは羽根をつけた巨大なカヌーだった。そこには顔に気味の悪い毛を生やしたピンクの生き物がいっぱい乗っていた。しかしこれらの生き物が自分たちと同じ人間らしいということはわかった。なぜなら彼らは物々交換のルールを知っており、北の海岸に住む仲間が、一匹の犬と、硬くて冷たくてキラキラ光る石でつくられたとても重宝なナイフとを交換していたからである。

危険も顧みず、少年はピンクの人間を乗せたカヌーに近づくよう、叔父を説得した。服を着た背の高い男が少年を手招きした。少年は船に飛び移った。ピンクの男は月のように光る丸いものを叔父に手渡した。やがてカヌーは白い羽根を広げ、貝ボタンの採れるところへ向かって海峡を南下した。

少年を連れ去ったのはイギリス海軍のロバート・フィッツロイ船長だった。彼はこのとき、英王室船ビーグル号の一等航海士として、初めての南洋調査を終えようとしているところだった。パタゴニアの海岸線すべてに牡蠣の化石層があるのを見て、彼は「大洪水」が世界中で起こったという確信を強めた。それはとりもなおさず、人類はすべてアダムの子孫だということを意味する。つまり人は誰にでも改善の余地があるというわけである。このような理由から、船長は、収集した三人の原住民に、目をキラキラと輝かせたこの少年が加わったことを喜んだ。乗組員は少年をジェミー・バトンと呼んだ。

以後の少年の経歴は正確に記録されている。少年はふたりのフエゴ人とともに（ひとりはプリマスで天然痘のため死んだ）ロンドンに行き、ノーサンバーランド邸の階段にある石のライオンを見た。それからウォールサムストーの寄宿学校に入り、英語、造園、大工仕事、そしてキリスト教のより明白な真理を学んだ。さらに鏡の前で身だしなみを整えることや、手袋のことで頭を悩ますことも憶えた。イギリスを去る前に、彼はウィリアム四世とアデレード王妃に謁見した。マーク・トウェインの言葉を信じるならば、少年の同郷者ヨーク・ミンスターは故郷の服装でセント・ジェームズ宮殿の宮廷舞踏会にのぞみ、舞踏室は二分間でからになったという。

もし比類なき観察力を持ったしし鼻で陽気な若い博物学者が、ライエルの『地質学原理』をカバンに入れて、ビーグル号二度目の航海に同行していなかったら、われわれはジェミーの帰郷について多くを知ることはできなかっただろう。ダーウィンはジェミーを大変気に入っていたが、現地のフエゴ人にはぞっとさせられた。彼は、ドレーク船長に随行したある牧師の記録を読んだ。そこには「フエゴ人は美しくておとなしい人々」であり、彼らのカヌーはよい形をしていて「見た目も使い心地も王子様たちがお喜びになりそうなもの」だと書かれてあった。しかしダーウィンはこれを無視した。彼は博物学者が犯しがちなあやまちを犯す——複雑で完璧なほかの生物を賞讃するあまり、人類の見苦しさに顔をそむけるのである。ダーウィンは、フエゴ人を「見たこともないほど卑しくみじめな生き物」と感じた。フエゴ人は『魔弾の射手』に登場する悪魔そっくりで、動物園のオランウータンのように、彼の白い肌にうっとりしていたという。ダーウィンは彼らのカヌーや言葉をあざわらった。「彼らの言葉に意味があるとは思えない」彼らが同じ世界に住む仲間とはとうてい信じられなかったと告白するのである。

ビーグル号がジェミー・バトンの故郷ウライアに向かって沿岸を航行していたとき、甲板にいたジェミーは、敵の部族が海岸にたむろしているのを見つけてこう叫んだ。「ヤプー族だ！　猿、きたない、愚か者、人じゃない」おそらく、この言葉はダーウィンが進化論をつくり上げる手助けとなったことだろう。フエゴ人の姿を見ただけで、人類が類人猿から進化し、またある人種はほかの人種よりさらに進化したという理論を想起することができたからである。ジェミー・バトンがほとんど一夜にして元の野蛮人に戻ったことで、ダーウィンはこの理論を確信した。

一八三六年、フィツロイとダーウィンはイギリスに帰り、航海日誌を出版するために編集を始めた（五年間共同作業を続けた結果、ふたりはまったく正反対の意見を持つに至った)。ダーウィン同様フィッツロイも、ホーン岬周辺の海で小さなカヌーを操っている「デヴォン牛色の」野蛮人には当惑させられていた。もし彼らがノアの末裔なら、どうやって、なぜアララト山からこんなにも遠く隔たったところに来たのか。フィッツロイは彼の「物語」の付録として、ひとつの移住論を発表した。それは「原始の遊牧民」の中に潜むフロイト流の神話的事件を予見しているように思われる。

小アジアのどこかの野営地で、セムとヤペテの息子たちは、ハムとクシの呪われた血筋から生まれた黒人奴隷の少女を愛し、その結果、のちにアジアとアメリカ大陸に住みつくことになる褐色の混血種族が生まれた。当然父親は混血の子よりも嫡出子の方を大事にしたから、混血の子孫は自分たちの奴隷の境遇に怒りを覚え、行動を起こした。自由への熱望が彼らをあらゆる地域へ移住させ、「ついに今日、アラブ人、移住するマレー人、放浪するタタール人、そして永遠に落ち着かない南米インディオに見られる放浪志向を、永久不変のものとしたのである」。

故郷を離れるときは衣服を着用し、読み書きもできた移住者だったが、異郷の気候が人々を獣的にし、家畜も死に絶えた、とフィッツロイは考えた。人々は文字を忘れ、衣服が朽ちるとけものの皮を身につけた。そうして世界の果てのこの地で、彼らはカヌーやモリを失うことはなかったものの、脂ぎった皮膚ともじゃもじゃ頭と「馬のような臼歯」を持った、いわば「人類に対する痛烈な皮肉」とでも言うべき存在になり果てた。

ビーグル号のフィッツロイの船室には、ジェイムズ・ウェッデル船長が著わしたフリグ型帆船ジェーン号とカッター船ビューフォイ号による『南極への航海』があった。一八二二年から一八二三年にかけての夏、この二隻の船はホーン岬から南へとオットセイ狩りに出航した。彼らは氷原を通過し（流氷のひとつは黒い土で覆われていた）、二月八日には南緯七十四度十五分、人類が到達しえなかった南の地点に達した。そこで見たものはクジラと青いウミツバメと広い海だった。「ひとかけらの氷も目にすることができなかった」という。

「ジョージ六世海――航海可能」とウェッデル船長は海図に書き込んだ。海は極に近づくにつれて暖かくなる、という印象も書き添えて。それから船長は幻の島、オーロラ島を探しに北へ進んだ。サウス・シェットランド諸島に立ち寄った水夫は、人間に似た赤い顔を持ち、緑色の毛を肩から垂らした「あまりぱっとしない動物」を見た。そして船はハーミット島、ホーン岬と進み、フエゴ人を満載したカヌーに出会うのだが、そのカヌーは船を追い越しかねないスピードを出していた。ウェッデル船長がフエゴ人に聖書の一節を読んで聞かせると、彼らは神妙な顔つきで聴き入った。ひとりの男は聖書が喋るのだと思って、そこに耳をくっつけた。船長はフエゴ人の言葉をいくつか書き残している。

サヤム――水
アバイシュ――女

シェヴー――賛同
ノッシュ――不愉快

どのようにしてフエゴ島に伝わったのかは「言語学者にとって興味ある問題」ではあるがと認めつつ、彼はこの言葉がヘブライ語であるという結論を下した。そして最後にこの未開人たちを同国人の慈善団体に託しており、おそらくこれを読んでフィツロイは出発する気になったのだろう。

ダーウィンとフィツロイが著述業に取り組んでいたまさにその頃、ウェッデル船長の『南極への航海』はヴァージニア州リッチモンドの『サザン・リテラリー・メッセンジャー』の編集者エドガー・アラン・ポーの机の上にもあった。ポーはダーウィンやフィツロイとは別種の物語を執筆中だった。ポーもまた心酔するコールリッジ同様夜にさまよう男であり、はるか南の地に、そして魂の消滅と再生の航海に取りつかれていた。それはボードレールから受け継いだ熱狂だった。そしてつい最近、セントルイス出身の元騎兵隊将校、J・C・シムズの理論を知ったところだった。一八一八年、シムズは南北両極はうつろで気候温暖なところだと発表していた。

ポー作『アーサー・ゴードン・ピムの物語』に登場する主人公は、難破したところをイギリス人のアザラシ狩り船ジェーン・ガイ号の船長に助けられる（ウェッデル船長の文の中に本物のガイ船長が登場している）。彼らはウェッデル船長と同じようにオーロラ諸島を探しに南へ航海を続け、同じような氷原を通り過ぎ、つややかな白い毛と赤い歯を持った「奇妙な風貌の動物」を見、ツァラルと呼ばれる暖かい島に上陸する。そこはすべてが黒かった。ツァラル人の肌は漆黒で、髪の毛はもじゃもじゃである。黒人嫌いのよきヴァージニア人だったポーは、ツァラル人を野獣性むき出しの粗野な人間に描いている。彼らの族長はヤンプーと呼ばれ（『ガリバー旅行記』に登場するヤフーや、ジェミー・バトンの言ったヤプー族を連想されよう）、最高の族長の名前はトゥーウィットだった。

表面上トゥーウィットは友好的であるが、実は殺人を企んでいる。ツァラル人はカヌーに乗ってジェーン・ガイ号を取り囲み、強奪し、乗組員たちをずたずたに切り裂く。主人公ピムと同伴者のふたりだけがからくも島を脱出するが、乗っていたカヌーは南へ、破壊の渦へと引き込まれていく。渦に突っ込んだ彼らが見たものは――オデュッセウスが煉獄の山を見たように――屍衣をまとった巨人の姿である。「その人物の皮膚の色は、雪のような純白だった」この人物はランボーの詩『美しくあること』にも登場する。

ポーの創作したツァラル人は、（クック船長からの）タスマニアの黒人と（自分の子供時代からの）アメリカ南部の黒人から創造したものだろうが、ウェッデル船長の見たフエゴ人の影響もあるようだ。なぜならツァラル人もハムの子孫の黒人であり、ツァラルやトゥーウィットという言葉自体がヘブライ語だからである（ツァラル＝「暗い」、トゥーウィット＝「よごれた」）。ポーもダーウィンも互いの著作は読んでいない。両者が似たような目的のために同じ素材を使ったであろうことは、知的行為の同時性を示す一例である。

ジェミー・バトンのそれ以後の経歴は、種族の名誉を回復するには至らなかった。一八五五年、パタゴニア伝道協会の帆船アレン・ガーディナー号はマレー海峡に錨をおろし、ユニオンジャックを掲揚した。パーカー・スノー船長がジェミー・バトンの名を叫ぶと、その声は波間に響き渡った。「はい、ジェイムズ・バトン、ジェイムズ・バトンです！」たくましい男がカヌーを漕いできた。彼は衣服を要求し、「いかにも間に合わせで服を身につけた現地人」といった風体で船長とお茶を飲んだ。あたかも二十一年の歳月が氷解したかのようだった。

まるでポーが創作したような虐殺をジェミーが行なうまでに、さらに四年の歳月が流れる。一八五九年十一月六日、ウライアで最初に建てられた英国国教会では、朝の礼拝がフエゴ人の暴徒によって中断された。彼らはこん棒や石で八人の白人礼拝者を殺した。ただひとり、スクーナーの上で昼食をつくっていたコックのアルフレッド・コールズだけが難を逃れた。役人の取り調べを受けたコールズは、イギリスから押しつけられたみじめな現状に対する怒りからジェミーがこの虐殺を計画したのであり、事件のあと彼は船長室で眠っていた、と証言した。

ジェミーは一八七〇年代まで生きて、ウスアイアで正規の伝道活動が始まり、一族の最初のひとりが疫病にかかって死んでいくのを目のあたりにした。モルトケ元帥がプロシアの軍国主義をダーウィン説に照らして正当化していた頃、ダーウィン説をつくる手助けをしたこの男は、アザラシの皮を積み上げた上にどさりと倒れ、眠りにつこうとしていた。女たちはおいおい泣いて、彼のことを忘れる心の準備をしていた。この世を去る瞬間、彼が何を思い出したかは知るよしもない——母親の赤銅色の乳首か？　国王陛下の下腹か？　あるいはノーサンバーランド邸の階段にあった人喰いライオン像か？

　私はウスアイア、望まれぬ墓場をあとにして、ナバリノ島にあるチリ海軍の基地プエルトウィリアムズへ渡った。

62

「フェリペじいさんをたずねてごらんなさい」大尉は言った。「たったひとりの純血だ」

　ヤガン族最後の男は、基地のはずれに並ぶ板張りの掘っ建て小屋に住んでいた。当局がこの場所をヤガン族にあてがい、そのため彼らは医者のすぐそばにいることができた。空はしぐれ模様だった。海岸近くまで雪が点々と残っていた。今は真夏、集落の彼方、木々はもやの中に消えていた。海は滑らかで黒く、海峡の向こうには灰色の崖に縁どられたゲーブル島が見えた。

　老人は私に入るように言った。小屋の中は煙が充満し、眼が痛んだ。彼は魚のびくやカニを入れる壺や籠、船の索具などがうずたかく積まれた中に坐っていた。背丈と幅が同じくらいで、足が曲がっている。脂でよごれた縁なし帽をかぶり、モンゴロイド特有の扁平でつるっとした顔をしていた。一点を見つめる黒い瞳には、何の感情の表出もなかった。

唯一動くのは彼の手だった。すばらしい手をしていた。よく動き、黒ずんだ静脈が一面に走っている。彼はカヌーをつくり、それを旅行者に売ってわずかな金を稼いでいた。カヌーは樹皮と細枝を羊の腱で縫い合わせてつくった。昔は、父親が息子のためにカヌーをつくったものだ。今、息子はひとりもいないし、旅行者もめったに来ない。私は彼が木を削り、そこに小さな骨の刃をつけてミニチュアのモリをこしらえるのをじっと見ていた。

「昔は大きなモリをこしらえたもんさ」彼が沈黙を破った。「クジラの骨でモリをつくった。そこいらじゅうの浜にクジラの骨があった。だが、今ではみんなどこかへ行ってしまった。頭の中にある骨でモリをつくったんだ」

「顎の骨？」

「いや、顎じゃない。頭の中の骨だ。クジラの頭蓋骨には小溝《カナリタ》が一本入っていて、それに沿ってふたつの骨がある。いちばん強力なモリはその骨でできている。顎の骨でつくったモリはそんなに丈夫じゃない。あんた、イギリス人かね？」初めて彼は私を見、笑おうと努力したようだった。

「どうしてわかります？」

「ここにいるからね。昔はたくさんイギリス人がいたもんだ。チャーリーとジャッキーという、イギリス人の水夫がいた。ふたりは背が高くて、金髪で青い目をしていて、わしの友だちだった。学校では英語を喋った。自分らの言葉は忘れてしまった。ローレンスという人がいて、わしら以上にわしらの言葉を知っとった。その人がわしらにわしらの言葉を教えてくれた」

フェリペじいさんは英国国教会の伝道所の中で生まれた。おそらくジェミー・バトンとも関係があるだろう。子供の頃、一族の人々が死んでいくのを彼は見た。ひとりの娘を除いて、自分の子供全員が死ぬのを、そして妻が死ぬのを彼は見た。

「妻はなぜ死んだんだろう？　あいつは腕を組んで、眠ったまま死んだ。だからわしにはなんで死んだのかわからない」

そして自分も病気になった、と彼は言った。今までずっと病気ばかりだ。からだからは力が抜け、仕事もできなくなった。

「はやり病だ。はやり病が広がってみんなが死に、わしらはそれを見ていた。ローレンスさんは、人が死ぬと石に言葉を刻んだ。はやり病のことは知らんかった。なんでわしらにそれがわかる？　昔はみんなとても元気だったのに。それまではやり病なんて全然なかった」

ウスアイアに帰る船に大男が乗ってきた。しみだらけの赤ら顔に、先のぴんとはねた口ひげ。オスマントルコの司令官みたいなとろんとした目。アストラカンの帽子をかぶっていた。男は、サンチアゴからオキアミの加工工場を視察するために来ているのだと言った。クジラはいなくなったが、オキアミはたくさんいた。私はフェリペじいさんのことを話し、チャーリーとジャッキーの名を口にした。

「たぶん、じいさんはそいつらを食っちまったんだろう」大男が言った。

63

アルベルトンにあるブリッジズ牧場は、ウスアイアからビーグル水道沿いに三十五マイル歩いたところにある。

最初の数マイルは森が海岸まで迫っていて、枝越しに深緑色の海と、潮に乗って打ち寄せられ、ゆらゆらと揺れている紫色の海草のリボンを見ることができた。遠く丘陵地帯に目を戻すと、ところどころにデイジーやキノコの生えたふわふわとした牧草地が広がっていた。

満ち潮の線に沿って点々と白茶けた流木のかけらが落ちていて、ときには船材やクジラの骨も見受けられた。海鳥の糞で覆われた岩は小麦粉のように白かった。岩の上にはウやシロコバシガンがいて、飛び立つと白と黒がひらめいた。沖にはカイツブリとフナガモ、そして海峡の中ほどではすすけた色のアホウドリが、まるでナイフが飛んでいるように苦もなく旋回していた。

アルマンサのアルゼンチン海軍駐屯地にやっとの思いで着いたとき、あたりはすでに暗かった。そこにはふたりの水兵が取り残されていた。彼らは日々、双眼鏡でチリの様子をうかがって過ごしていたが、無線機が故障していたので、見たものを報告することができなかった。ブエノスアイレスから来たという片割れが猥褻《わいせつ》な冗談を言った。残るひとりはチャコ・インディオだった。彼は何も言わずに背中を丸めて坐ったまま、残り火に見入っていた。

陸側からアルベルトンに入ると、スコットランド高地の広大な農場に来たような錯覚におちいる。羊の柵に頑丈な門、そして暗褐色のマスの群れ。伝道師トーマス・ブリッジズのセツルメントはアルベルトン入江の西の浜に沿って並び、低い丘が強風をさえぎっていた。この場所を選んだのは伝道師の友人のヤガン族で、デヴォンにある妻の故郷の村にちなんで名前がつけられた。

かなり昔にイギリスから運んできた屋敷は波型鉄板でつくられたものだった。白い壁に緑色の窓枠、屋根は柔らかな赤。室内にはどっしりとしたマホガニー製の家具が置かれ、鉛管工事が施されていた。ヴィクトリア朝の牧師館のような整然とした雰囲気がここにはあった。

伝道師の孫娘クラリータ・グッドールがこの屋敷にひとりで住んでいた。子供の頃、クラリータはミルワード船長の膝の上に坐って海の話を聞いた。彼女は私にトーマス・ブリッジズが編集したヤガン語の辞書を一冊くれた。そこで私はベランダに坐ってそれを読んだ。イギリス風の庭園では、花が内側から輝いているように見えた。小道が、クジラの顎の骨でアーチを作った小さな門へと通じていた。薪を燃やした煙が黒い海面を漂い、はるか向こうの浜ではガチョウが呼んでいた。

64

トーマス・ブリッジズは小柄ながら姿勢がよく、神の摂理を信じ、危険を恐れぬ人物だった。孤児だったトーマスは、パタゴニア伝道協会の書記をやっていたジョージ・パッケンハム・デスパードというノッティンガムシャーの聖職者の養子になった。デスパードはトーマスをフォークランド諸島に連れてきた。ジェミー・バトンが伝道師たちを殺したとき、彼はそこで暮らしていたのである。その後も、ときどきイギリスに帰ることはあっても、彼はフエゴ島にとどまり、自分の務めを果たした。しかし一八八六年、インディオが死に絶え、伝道活動の役割も終わったことを悟ったトーマスは、七人の家族を養わなければならないことや、イギリスになんの展望も見出せないことなどから、アルベルトンの土地の所有権をロカ大統領に要求した。この移住が彼を独善におとしいれた。

若きトーマス・ブリッジズは、ジョージ・オッココという名のインディオのそばに坐って辛抱強く耳を傾け、ダーウィンが聴く耳を持たなかったヤガン語を修得していった。

自分でも驚いたことに、彼は、このような「原始的」な人々が持っていようとは誰も予想しなかった複雑な言語構造や語彙《ごい》を明らかにしていった。十八歳で彼は辞書をつくることを決心した。辞書があれば「彼らと話ができ、彼らにキリストの愛を教えることもできるだろう」と考えたのである。この途方もない作業は、彼が死を迎える一八九八年にようやく完了した。ヤガン語の独特な表現が失われる前に、彼は三万二千語の言葉を集めた。

辞書はインディオがいなくなったあとも生き残って、彼らの記念碑となった。私は大英博物館でブリッジズの手書き原稿を手に取って見たことがあるが、この聖職者が、風の吠える夜更けに、目を真っ赤にしながら、クモの足のような文字を青いマーブル模様の見返しの本に書き込んでいる姿を思い浮かべるのが好きだ。ヤガン語の迷宮の中で、彼が福音書の抽象概念を表わす言葉を見つけることに絶望したことを、われわれは知っている。また彼がインディオの迷信に我慢できず、けっしてそれを理解しようとしなかったことも知っている。あまりにも近くで彼の仲間が殺されたのだ。インディオたちは彼の偏狭を見抜き、もっとも奥深いところにある彼らの信念を明かすことはしなかった。

ブリッジズのジレンマはよくあるものである。「原始的」言語の中に道徳観念を表わす言葉が見出せないとき、多くの人はそのような概念は存在しないものと見なす。しかし「良い」とか「美しい」といった西洋思想におけるもっとも本質的な概念は、具体的な事物に根ざしていないかぎり意味をなさない。初めて言葉を使った者はまず周囲にある素材に名前をつけ、それから抽象的な概念を示唆するためにそれを暗喩に変換した。ヤガン語、そしておそらくあらゆる言語は航行システムのような展開をする。事物に名前をつけることは位置を定めることである。それらを並べたり比較したりすることで、話し手はそれが次にどうなるかということを示す。ブリッジズがヤガン語の暗喩の領域にまで踏み込んでいたなら、彼の仕事はけっして完了することがなかっただろう。この辞書に残されたものだけでも、彼らの知性を充分推し測ることができる。

「単調さ」という言葉を「男友だちがいないこと」と定義する人々を、われわれはどうとらえたらよいのだろうか。また「意気消沈」という言葉を、カニがもっとも傷つけられやすい季節、つまり古い殻を脱皮して新しい殻ができるのを待っている時期と結びつけるような人々を、どう考えたらよいのだろうか。あるいはジャッカスペンギンから「怠惰な」という言葉を引っぱり出し、「不貞の」という言葉に、ひらひらと飛ぶ小さなタカが獲物の上でじっとホバリングしているさまを当てはめる人々とは、いったいいかなる人々なのだろうか。

ここにいくつかヤガン語の同義語を挙げてみよう。

みぞれ——魚のうろこ
ニシンの群れ——粘液
目の前の小道に落ちて行く手をふさぐからみ合った木の枝——しゃっくり

燃料——燃えるもの——癌

季節はずれのムラサキイガイ——皺くちゃの皮膚——老年

ヤガン語の連想には私の理解を超えるものがある。

オットセイ——殺された人の親類

はじめは意味がよくわからなかったが、徐々に明確になってきたものもある。

雪解け——傷痕——教えること

この言葉の思考過程は以下のようになっている。

雪はかさぶたが傷を覆うように地面を覆っている。雪がところどころ溶けると、そこに滑らかで平らな面が残る（つまり傷痕だ）。雪解けは春の訪れを告げるものである。春になると人々は移動を始め、レッスンも始まる。

もう一例。

湿原——致命傷、あるいは致命的な傷を負うこと

フエゴ島の湿原は水のじくじくとしみ出る柔らかいコケのじゅうたんである。その色はところどころが赤く汚れたくすんだ黄色で、ちょうど化膿して血と膿《うみ》の出た傷口の色と同じだ。傷を負って横たわった人間のように、湿原は谷底に広がっている。

ヤガン語では動詞が重要な位置を占めている。筋肉のあらゆる動き、自然や人間のあらゆる動きをとらえるために、ヤガン族はドラマティックな動詞を使った。イーヤという動詞は「カヌーをひらひらした海草につなぐ」ということを意味する。オーカンは「水にたゆたうカヌーで眠る」ことだ（これは小屋の中や浜辺で、または妻のかたわらで眠るということとは全然違う）。ウコーモナは「とくにどれとめざすことなく魚の群れにモリを投げること」、ウェイナは「壊れた骨やナイフの刃のようにだらしないこと、または簡単に動くこと」「浮浪者や迷子のようにさまよい歩くこと」「眼球や骨のようにくっついてはいるが動くこと」「揺れること、移動すること、旅をすること」、あるいはたんに「存在すること、あること」となっている。

動詞に比べれば、ほかの品詞は舞台の脇でうなだれているようなものだ。名詞はもとになる動詞に寄り掛かっている。「骨格」という言葉は「かじりつくす」という語から

派生している。アイアピは「漁に備えて特殊なモリをカヌーに持ち込むこと」、アイアプクスはとらえた動物、すなわち「ラッコ」である。

ヤガン族は生まれながらの放浪者だったが、遠くに行くことはまれだった。民族誌学者のマーティン・ガシンデ神父は次のように記している。「彼らは落ち着きのない渡り鳥のようなものだ。移動しているときにのみ、彼らは幸福と心の平安を感じるのである」また彼らの言葉には船乗り特有の時間と空間に対する執着が現われている。というのも、五つまで数えることもできなかったにもかかわらず、彼らは高い精度で基本方位を定義し、季節の変化から正確な時を知っていたからである。たとえば次のようなものがある。

イウーアン――若いカニの季節（親が腹に子を抱えているとき）
クーイウーア――子を巣立たせる季節（「噛むのをやめる」という動詞から）
ハクーレウム――樹皮がゆるみ樹液が上がってくる
セカナ――カヌーづくりの季節、シギが鳴き交わす季節（セクセクという音はシギの声と、カヌー職人がブナの樹皮を幹から剝がすときの音を真似たものである）

トーマス・ブリッジズはヤガという地名からヤガンという言葉をつくり出した。インディオ自身は自分たちのことをヤマナと呼んでいる。動詞として使われる場合、ヤマナには「生きる、息をする、幸福である、病気から回復する、正気である」などの意味がある。名詞として使われる場合には動物に対しての「人間」という意味になる。接尾語がついて手という意味になると、ヤマナは人間の手、つまり死をもたらす爪に対して、友情の中で差し延べられる手ということになる。

ヤガン族の精神的土壌をかたちづくっている暗喩的な連想の積み重なりは、彼らを打ち壊しがたいきずなで故国に結びつけていた。部族の土地はけっして居心地のよいところではなかったが、改良の余地のないパラダイスだったのだ。逆に外の世界は地獄であり、その住人はけだもの同然であった。

あの年の十一月、おそらく白人を虐殺したジェミー・バトンは、伝道師たちを暗黒世界からの使者だと思ったに違いない。のちに彼が良心の呵責を示したとき、ピンク色の肌をした人々もまた自分と同じ人間だったということを、彼は思い出したことだろう。

65

トーマス・ブリッジズの息子ルーカス・ブリッジズは、自伝『最果ての地』の中で、一八九八年から九九年にかけてベルギーの南極探検に同行したアメリカ人医師フレデリック・A・クックが、父トーマス・ブリッジズの原稿からいかに多くの盗作をしたかを述べている。クックはトーマスの原稿を、自分が書いたような顔をして出版した。彼はリップヴァンウィンクル国から来た虚言癖の旅行家だった。牛乳配達から出発した彼はマッキンリー初登頂を主張し、北極ではロバート・ピアリーを出し抜いたと主張した。彼はでっち上げの石油株を売った罪で刑に服したあと、一九四〇年、ニューロシェルで死んだ。

トーマス・ブリッジズの編纂《へんさん》した辞書の原稿は、第二次大戦中にドイツで紛失したが、ウル遺跡の発掘で知られるレオナルド・ウリー卿によって発見され、彼の家族の手で大英博物館に寄付された。

ルーカス・ブリッジズはオナ族を友人に持った初めての白人だった。オナ族は、「赤豚」のような輩が仲間を虐殺しているときでも、彼のことだけは信頼していた。『最果ての地』は私が少年の頃愛読した本のひとつである。その中でルーカスは、スピオンコップ山から見た聖なるカミ湖の様子や、のちにインディオの助けを借りて、ビアモンテにある一家の別の農場とアルベルトンを結ぶ道を伐り拓いていったときの様子などを記している。

私はかねがね、その道を歩いてみたいと思っていた。

66

しかしクラリータ・グッドールは私にその道を歩かせたくないようだった。カミ湖へは約二十五マイルの道のりだったが、河川が氾濫し、橋が落ちていたのである。「足を痛めてしまいますよ」と彼女が言った。「さもなければ迷って、捜索隊を派遣することになるでしょう。ふだんは馬で一日の距離ですが、今は馬がないのです」

それもこれもビーバーが原因だった。フエゴ島の長官はカナダからビーバーを持ち込んだ。おかげでかつてはなんの障害もなかった渓谷を、ビーバーがダムをつくってせき止めてしまったのだ。しかし、私はやはりその道を歩いてみたかった。

翌朝早く、私はクラリータに起こされた。彼女が台所で紅茶をいれている音が聞こえた。彼女は私にパンをひと塊と黒すぐりのジャムを手渡し、魔法びんにコーヒーを入れてくれた。それから灯油に浸した棒を取り出して耐水製の袋に入れた。もし私が川に落ちても、少なくとも火だけは確保できるわけだ。「気をつけてね」と彼女は言った。ピンクの長い部屋着を着て、薄明かりの中、玄関に立ち、静かなちょっと悲しげな微笑みを浮かべながら、彼女はゆっくりと手を振っていた。

薄膜のような霧が入江にかかっていた。胸の赤いガチョウの一家が水面に波を立て、最初の門のところではもっとたくさんのガチョウが水たまりのそばにいた。山へ続く道を私はたどっていった。前方にはアルベルトン山が木々に覆われて黒々とあり、霞のかかった太陽が山の端から顔をのぞかせていた。川のこちら側は森を焼き払ってできた起伏のある草原で、黒焦げの木があちこちに突っ立っていた。

道は上り下りを繰り返した。窪地のでこぼこしたところには丸太の歩道が敷かれてあった。最後の柵の向こうに枯れ木に囲まれた黒い水たまりがあり、そこから道は大きな樹木のあいだを曲がりくねって上っていた。

川が見える前に、峡谷の底でとどろく水の音が聞こえてきた。道は蛇のようにくねりながら崖を下っていた。森を伐り拓いたところでは、ルーカス・ブリッジズの古い羊の柵が朽ち果てていた。橋はなかった。が、川の上流百ヤードのあたりで川幅が広くなり、つるつるした茶色の石が顔を出していた。私は若木を二本切り取り、枝を払った。そしてブーツとズボンを脱ぎ、左の棒で一歩一歩を確かめながら、右の棒でからだを安定させつつ、ゆっくりと水に入っていった。いちばん深いところでは、水は腰のあたりで渦巻いていた。私は対岸の陽だまりで充分にからだを乾かした。足は寒さのために真っ赤になっていた。一羽のヤマガモが上流に向かって飛んでいった。私はカモの頭が縞模様であること、そしてか細い翼をめまぐるしく動かしていることに気がついた。

道はほどなく森の中で消えた。私は磁石で方位を確かめ、ふたつ目の川をめざして北へ向かった。川はもはや川ではなくなっていた。そこは黄色いミズゴケの生えた沼地だった。沼の縁に沿って、大なたを力いっぱいふるったように、若木が鋭い斜めの断面を見せて倒れていた。ここはビーバーの王国なのだ。ビーバーのせいで川はこの始末だった。

三時間歩いたのち、私はスピオンコップ山の肩にたどり着いた。行く手にバルデス渓谷があった。その半円形の谷は、淡いブルーのカミ湖まで北へ十二マイル続いていた。

太陽がかげり、翼の先がヒューと風を切る音がした。二羽のコンドルが私めがけて急降下した。通り過ぎざまに、私は彼らの赤い眼を見た。二羽は山の鞍部の下で身をひるがえして背中の灰色を見せた。それから渓谷の頂上に向かって弧を描きながら滑るように上昇し、旋回しながらさらに昇っていった。そこでは風が崖に向かって吹きつけ、やがて二羽のコンドルは霞んだ空のふたつのしみになった。

ふたつのしみはだんだん大きくなってきた。コンドルが戻ってきたのだ。彼らは風にさからい、的をねらう戦闘機のように舞い降りてきた。黒い頭のまわりを白い襟羽が取り巻き、翼はびくともしない。尾は下向きに広がって空気ブレーキの役割を果たし、爪をぐっと出していた。二羽のコンドルは私めがけて四回急降下をかけた。やがて私たちは互いに興味を失った。

その午後、私はついに川に落ちた。ビーバーのダムを渡っているときに足を置いた丸太が、しっかりしているように見えて、実は浮いていたのである。おかげで私は真っ黒い泥の中につんのめり、そこから抜け出すのにえらく骨を折った。夜になる前に道路にたどり着かねばならない。

道がふたたび現われ、暗い森に真っすぐな回廊が通っていた。私は真新しいグアナコの足跡を追った。前方に、倒れた木の上を跳び越していくグアナコの姿が見え隠れし、やがて私は彼に追いついた。それは一頭の雄のグアナコだった。毛皮は泥にまみれ、胸は傷だらけである。彼は闘い、そして敗れたのだろう。今や彼もあわれなさすらい人だった。

やがて森がひらけ、川は牛の放牧地のあいだをゆるやかにくねっていった。道をたどりながら、私は川を二十回は渡ったに違いない。何回目かに川を越えたとき、ブーツの跡が見えた。やっと道路か、でなければ牧夫小屋にたどり着ける、そう思った私は突然うきうきと幸福な気分になった。だがやがてそれも見えなくなり、川は片岩の切り立つ渓谷へどうっと落ち込んでいた。私は森に踏みこんだが、陽の光は衰えはじめ、暗がりの中で枯れ木を乗り越えていくのは安全とは言えなかった。

私は平らな場所に寝袋を広げた。それから灯油をしみ込ませた棒を取り出して地面に積み上げ、その半分くらいをコケと小枝で覆った。火が燃え上がった。湿った枝でさえ燃えて、炎は木から垂れ下がる緑色のカーテンのような地衣類を明るく照らした。寝袋の中は湿り気があり、暖かだった。雨雲が月を隠しつつあった。

しばらくしてエンジンの音が聞こえたので、私は身を起こした。ヘッドライトのまぶしい光が木々を通して見えた。私は道路から十分のところにいたのだ。しかし私はもうどうでもいいくらいに眠たかった。私は眠った。嵐が来ても、なお私は眠りつづけた。

翌日の午後、雨に濡れ、うんざりしてビアモンテ農場の客間に腰をおろした私は、からだじゅうがこわばって動くこともできなかった。二日間、私はソファに横になり、読書をして過ごした。ビートルおじさん以外の家族は、全員放牧地に出かけていて留守だった。私たちは空飛ぶ円盤の話をした。あるとき食堂で、それが肖像画のそばに浮かんでいるのを見たことがある、と彼が言った。
ビアモンテから、私はフエゴ島の半分を占めるチリ領土を通ってポルベニルへ行き、そこからプンタアレナスへ向かうフェリーに乗った。

67

アルマス広場では式典の真っ最中だった。ドン・ホセ・メネンデスがプンタアレナスに足を踏み入れて百年になる。裕福なメネンデス一族が、彼の銅像の除幕式のために南部へ来ていた。女たちは黒い服に真珠、毛皮、エナメルの靴を身につけていた。男たちは引きつったような表情を浮かべていたが、それは広げ過ぎた土地を守っていかなければならないことが原因だった。チリ国内の彼らの所有地は農地改革のために消えてしまった。今でも彼らはアルゼンチン側の領土にしがみついていたが、イギリス人の管理人と従順な牧夫のいた古き良き時代はとうに過ぎ去っていた。

ドン・ホセのブロンズの頭は砲弾のように禿げていた。その胸像は以前はサングレゴリオにあるメネンデス家のエスタンシアに飾られていたが、アジェンデ[*1]政権になって、牧夫らがそれを離れ家に押し込んでしまった。広場での再奉献式は自由企業の復活を象徴するものだったが、メネンデス家が何かを取り戻す見込みはなかった。口先だけの讃辞が弔いの鐘のように一本調子で響いていた。

街路樹のチリ松が風にそよいだ。広場の周囲には大聖堂やホテル、現在はおもに高官のクラブとして使われているかつての富豪の邸宅が並んでいた。マゼランの彫像が、「瀕死のガリア人」を模して彫られたひと組のひれ伏すインディオの像を踏みつけて、意気揚々としていた。

式典にはお偉方が顔を連ねていた。地方長官を兼ねている赤ら顔の空軍大将が、銅の幕を引こうと身構えると、楽団がスーザのマーチで風の音をかき消した。スペインの代理大使が落ち着き払ったまなざしでぼんやりと見つめている。アメリカ大使は愛想がよさそうだった。そしてブラスバンドが演奏するとかならず集まってくる群集は、式場の周囲を石のような表情でうろついていた。プンタアレナスは左翼の街だった。彼らはサルバドル・アジェンデを自分たちの代表に選ぶ人々だった。

一ブロック先には、モリッツ・ブラウンが一九〇二年にドン・ホセの娘と結婚したさい、ヨーロッパからばらばらに分解して運び込んだという豪邸があった。陰うつな黒い糸杉の茂みの上にマンサード屋根が突き出ている。屋敷はなんとか没収を免れ、衛生的な大理石の彫像やボタンどめのソファが置かれた室内には、エドワード七世時代の家庭的な安らぎが残っていた。

召使いたちは夜のレセプションのために食堂の準備をしていた。午後の太陽がベルベ

*1 サルバドル・アジェンデ。チリ社会党所属。一九七〇年から七三年までチリ大統領。ピノチェト将軍によるクーデターで一九七三年九月十一日死亡。

ットのカーテン越しに差し込み、花道のように長い真っ白なダマスク織りのテーブル掛けに反射して、コルドバ革の壁や、ピカソの父ルイス・ブラスコの手になる色っぽいガチョウの絵に光を投げかけていた。

式典のあと、年配の客は、白と黒のお仕着せを着たメイドにスコーンと薄いお茶のサービスを受けながら、ウィンターガーデンでくつろいだ。話題がインディオのことに転じた。一族の中の「イギリス人」が言った。「この島のインディオ虐殺に関しては、いささか大げさに言われすぎたきらいがある。知ってのとおり、彼らはきわめて程度の低いインディオだった。つまりアステカ族やインカ族とは違うということだ。文化も何もない。概してお粗末な連中だったのだ」

68

プンタアレナスのサレジオ会は、リオグランデのものよりも大きな博物館を所有していた。最悪の展示物は、ガラスのケースに収められた、気の短そうな若いイタリア人神父の写真と処理済みのラッコの毛皮、それにこの両者がいかにして出会ったかという解説文だった。

一八八九年九月九日、海峡に住むアラカルフ族三人がピストーネ神父を訪れ、現在当博物館に保管されているラッコの毛皮を差し出した。神父が毛皮を調べているすきに、ひとりのインディオが大なたを振り上げ、神父の左顎めがけて激しく打ちおろした。残るふたりのインディオも襲いかかってきた。神父はこれらホモ・シルウェストリスの生ける標本と格闘したが、受けた傷は深かった。数日間苦しんだのち、彼は死亡した。

神父を殺したインディオは、養子としてサレジオ会から親身の世話を受けながら、伝道所で七か月間暮らしていた者たちである。こうした中で彼らを罪に走らせたのは、先祖返り、野心、嫉妬などであった。彼らは凶行ののち逃走したが、いつの頃か伝道所に舞い戻り、われわれの宗教に触れたのちは、文明に目覚めてりっぱなキリスト教徒になった。

石膏に着色を施した等身大のインディオ像が、マホガニー製の展示ケースの中に立っている。作者はこの像に類人猿風の容貌を与えており、ドーソン島の伝道教会から持ってきた聖母像のとろりとした穏やかさとは好対照をなしていた。もっとも悲しい展示物は、二冊の練習帳とほがらかな表情を浮かべた少年の写真だった。少年は次のような言葉を書き残していた。

救い主はこの地におわし、我、それを知らず。

汝、額に汗してパンを食べん。

というわけで、サレジオ会は『創世記』第三章一九節の重要性を知っていた。人々が狩りをやめ、家に住み、日々の仕事に精を出すようになったとき、黄金の時代は終わりを告げたのである。

69

そのイギリス人は私を競馬に連れていった。雲ひとつない夏の日だった。マゼラン海峡は波静かに青く、サルミエント山のふたつの冠雪を仰ぐことができた。観客席は真新しく白ペンキが塗られ、将軍や海軍大将や若い将校たちで満杯だった。

イギリス人はスエードのブーツをはき、ツイードの縁なし帽をかぶっていた。

「競馬日和じゃないか、え？　これ以上の競馬大会はないよ。さあ僕と一緒に来たまえ。さあ一緒に。貴賓席に入ろう」

「僕、正装してませんから」

「正装してないのは知ってるさ。気にすることはない。皆、心の広い人たちばかりだ。来たまえ。君を地方長官に紹介しなきゃな」

しかし地方長官は気づかなかった。彼はハイランド・フライヤー号、およびハイランド・プリンセス号の馬主と話をするのに忙しかったのである。そこでわれわれは海を見ていた海軍の艦長に話しかけた。

「スペイン女王に関するものなのですが聞いたことがありますか」とイギリス人は会話を盛り上げようとして質問した。「なにもありませんかな、スペイン女王に関するものなのですが。では、思い出してみましょう……

　喜びのひと時
　苦しみの九か月
　楽しみの三か月
　それからまた繰り返す……」

「スペイン王室のことをおっしゃっているのですか？」艦長は頭を傾けた。

イギリス人は、自分はオックスフォードで歴史を学んだ、と言った。

70

老婦人は銀のティーポットからお茶を注ぎ、嵐がドーソン島をかき消すのを見つめた。

金の塊をつないだ三連の首飾りが、老婦人の首を幾重にも飾っていた。それは彼女が、雇い人に金を払って敷地内の小川からさらってこさせたものだった。もうすぐ嵐は海峡のこちら側にやって来るだろう。

「ええ、それは見事な終わり方でしたわ」と彼女が言った。「もちろん私たち、以前から噂は聞いていました。でも何も起こらなかったんです。飛行機が街の上を旋回するのが見えましたの。朝のうち、少し撃ち合いがありましたけど、お昼までにマルクス主義者は全員検挙されましてね。見事な幕切れでしたわ」

彼女の農場はマガジャネス州の名所のひとつだった。彼女の父親はスコットランドにも地所を持っていた。彼らはライチョウ狩りの季節をそこで過ごし、十月の終わりに船出するのが習慣だった。

一九七三年、政府は立ちのきにさいして、二週間の猶予を彼女に与えた。七十年間所有してきた土地に対してたったの二週間。二十二日目に手紙が来た。十五日以内に出るようにと書かれた無作法な数行の文面。その二週間ほど彼女が働いたことはかつてなかった。彼女は屋敷を丸裸にした。何もかも、あらゆるものを彼女は持ち出した。電灯のスイッチや大理石の風呂の縁飾りさえも。それらは故郷から運ばせたものだった。しかし雇い人たちに物をやるつもりはなかった。彼らは何ひとつもらえなかった。

当然、雇い人は彼女を中傷した。いちばんひどかったのは彼女が三十年間雇っていた男である。いつもよく仕えてくれた男だった。まさしく、いつも礼儀正しい男だった。男が病気になれば看護もしてやった。その男の態度が変わりはじめたのは、マルクス主義者がやって来てからのことだ。彼はほかの者たちが牛を積み込むのをやめさせようとした。牛は売却済みだったから、自分たちのためには別のものを手に入れなければならなかったのだ。そこで彼は暖房用のオイルを、彼女のものであるオイル、彼女が金を払ったオイルを売り払った。

ひどい話だった。彼らは彼女の犬を盗み、人を殺すよう訓練した。その冬、彼らはナイフをつくって過ごした。そして待った。睡眠中にあいつらを殺せという命令が下るのをただ待っていた。そして彼らの時代が来たときに、彼らがしたことは何だったか？あらゆるものを打ち壊した！屋敷の鉛管類を壊した！野菜畑を無茶苦茶にした！花畑を無茶苦茶にした！野菜に用はなかったのだ。いったい彼らをどう扱えばよかったのだろう。

彼らはミルクをもらっていないと不平を言った。彼女がミルクをくれないので結核を患ったと言った。そこで彼女がミルクをやると、彼らはそれを下水に流した。彼らは新鮮なミルクが嫌いだった。缶詰のミルクしか飲まなかったのだ！乳牛の群れを手に入れたときに彼らは何をした？全部ビフテキにしてしまった！腹いっぱいそれを食った！牛の乳しぼりに頭を悩ますこともなかった。一日の半分は、飲みすぎで立つこともできないほどだった。

そして例の雄牛のこと……。ああ、あの雄牛。その雄牛のことを笑うべきか悲しむべきかはわからない。政府はニュージーランド産のこの入選牛を買った。その必要はまったくなかったのに！　隣のアルゼンチンにはいやというほど優良な雄牛がいたのである。しかしアルゼンチンの牛を買うわけにはいかなかった。面目をつぶさずに買うことは……。そういうわけで政府はニュージーランドからサンチアゴへ、さらにプンタアレナスへとその雄牛を空輸し、それをいわゆるモデル農場に贈呈した――そこでどのような会話が交わされたのかは神のみぞ知るところだ。その後雄牛はどれくらい生き延びられたか？　食われるまでにどのくらいの時間があったのか？　三日である！　破壊につぐ破壊。それだけが彼らの望みだった。そしてあとには何も残らなかった。

彼女は家具類を農場から、彼女が五十年間所有していた街なかの屋敷へと運んだ。それはプンタアレナスでもっとも美しい屋敷だったから、当然彼らはそこを欲しがった。ブロンソビッチという党のボスが、三回にわたって屋敷を訪れた。彼を押しとどめるものは何ひとつなかった。この時代、個人の財産に敬意を払うということなどまったくなかったのである。彼は言った。党がこの屋敷を本部に欲しがっている、と。彼女は答えた。「私の死体を踏み越えて来るがいいわ！」

二度目に来たとき、彼は自分の妻を伴っていた。そして食器棚の匂いをかぎ、ベッドの具合まで試してみる始末だった。最後の訪問では、彼はアカのチンピラどもと客間に立ち、こう言った。「何もかもイギリス風だな。ここにひとりで住んでるってわけだ。あんた、ひとりっきりで暮らしていて恐くはないのかい？」

そのとおりだった。だがそれをこの男に言うつもりはなかった。彼女は怯えていた。

そこで彼女はこの屋敷をチリ人の友人に売った。もちろん、ただ同然で。ペソにはなんの価値もなかったからである。しかし彼らが屋敷を手に入れることはできなかった。いずれにせよ彼女からは。屋敷が売られたと聞いて、ブロンソビッチの妻が何をしたか見当がつくだろうか。彼女は次のような問い合わせを送ってきた。「カバーのかけられた家具一式に彼女はいくら要求しましたか？」

　その朝、ブロンソビッチは自分の店で逮捕された。警官はブロンソビッチを自宅に引き立てて行き、頭の毛を剃り落とし、ドーソン島へ追放した。そこで彼の友人たちが彼を釈放するよう地方長官に請願した。「驚いたね」と地方長官は言った。「君たち、彼の筆跡がわかるかね？」彼らは「はい」と答え、そこで地方長官が、ブロンソビッチの書いた殺人リストに彼らの名前が載っているのを見せると、彼らは言った。「このままにしておこう」

　嵐がやって来た。滝のような雨が花の咲き乱れる庭を打ちのめした。新しい家は小さかったが暖かかった。緑色のじゅうたんとチッペンデール風の家具がその家に似合っていた。

「私はどこにも行きませんよ」と老婦人が言った。「私の家はここなんですもの。彼らはまっ先に私を殺すべきでしたわ。それに、どこへ行けばいいんですの？」

71

プンタアレナス、カシージャ百八十二番地に、緑色に塗られた鉄の門がある。門にはふたつ重ねたMの字と、一対のラファエロ前派風のユリが描かれ、そこからは、真紅のバラや黄色い花をつけた月桂樹など、祖母の時代の植物が今なお生い茂る庭へと通じていた。その家には勾配のきつい切り妻とゴシック風の窓があった。また道路側には四角の、そして裏手には八角形の塔があった。隣人たちは、「ミルワード老人は教会にするかお城にするか迷っているんだよ」とか、「あの人はこういう家に住んで、なるべく早く天国に行こうと考えてるんじゃないかな」などと噂したという。

その家は現在医者の持ちものになっていた。医者の妻は、私を厳格な英国国教会風の陰うつな廊下に招き入れた。塔からは街が見渡せた——聖ジェイムズ教会の白い尖塔。スラヴのハンカチの色に塗られた金属製の家々。銀行の建物と桟橋のそばの倉庫。太陽の光が西からそっと差し込み、カーフェリーの真紅のへさきをとらえていた。彼方にはドーソン島の黒い影と、フロワード岬に落ち込む断崖が見えた。

祖母のいとこ、チャーリー・ミルワードは塔の上に望遠鏡を据えつけていた。歳をとり、病気になってからは、よくマゼラン海峡に焦点を合わせていたという。そうでないときは机の前に坐り、記憶の糸をたぐり寄せては、船で海を行くことの喜びにひたっていた。

72

一八七〇年秋のある風の強い日、一隻の汽艇がマージー川のロックフェリー桟橋を離れ、コンウェイ号に向かってポンポンと景気よく進んでいった。元英王室軍艦のコンウェイ号は、今は商船の練習船として水路内に停泊していた。汽艇には十二歳の少年と、やせてはいたが温かみの感じられる聖職者のふたりが乗っていた。聖職者の顔には、インドでの伝道活動のせいか深い皺が刻まれていた。少年は「小柄だが体格がよく、気むずかしそうではあるが感じが悪いというほどではなかった」。また少年のしし鼻は、「こつこつ勉強せよ」という意味の「砥石に鼻をこすりつけよ」ということわざを、文字通り解釈したがためであった。

ヘンリー・ミルワード牧師は、どんなにスリッパで打っても息子の乱暴な性格を直すことができないと悟り、彼を海へ送り出すことにしたのである。

「ひとつ約束して欲しい」黒と白の砲門が近づいたとき、父親が言った。「二度と盗みはせんと約束してくれ」

「約束する」

チャーリーは約束を守った。父親がその約束を取りつけたことは正しかった。というのも、もうひとりの兄弟の手癖がいささか悪かったからである。

チャーリーは索具をよじ登り、手を振って別れを告げたのだが、そこへデイリーという名のいじめっ子がやって来てチャーリーがマストから降りるのを邪魔し、ジャックナイフと銀の鉛筆ケースを彼からせしめた。チャーリーはデイリーの腕の入れ墨をけっして忘れなかった。

二年後、基礎訓練を終えた彼は、バルフォア＝ウィリアムソン商会に入り、海へ出た。初めての船はロックバイホール号といい、アメリカ西海岸に石炭と鉄道線路を運び、帰りはチリ硝石を積んだ。チャーリーは初航海の様子を二冊の本に書き残している。一冊は航海日誌で、記載事項は航海者らしく簡潔明瞭、しばしばその筆跡は震えている。「硝石六百四十袋を積み込む」「真横にバードセイ島」「水夫のレイノルズ、舵輪に叩きつけられて寝込む」、あるいはホーン岬を回ったときの唯一のコメントだが、「針路を南西から北北西に変更」など。

残る一冊は、晩年にプンタアレナスで書かれたさまざまな海の物語で、出版はされていない。物語の中には混乱したり重複したりしているものもある。からだの具合が悪くて完成できなかったのかもしれない。あるいは誰かに止められたのか。しかし、私はこの本をすばらしいと思うのだ。

船のこと、水夫のこと、海のこと、港のこと、彼は思い出せるものすべてを紙に書きとどめた。鉄道の旅。英国北部の陰うつな港町――「リバプールもミドルズブラも人々の精神を高揚させるところではない」。濡れた舗道の丸石や安宿の南京虫。酔っ払って船に戻る乗組員。熱帯の海では船首にまたがった。帆は垂れ下がり、白い船首波が暗い海を切り裂いた。はたまた緑色の波が甲板を打ちつける中、上下に揺れる帆桁に上がり、びっしょり濡れた、あるいはカチカチに凍った帆布を引っ張った。バルパライソの北方沖では、ある晩目を覚ますと船が転覆しかかっていて、仲間に「眠ってな。気むずかし屋のおばかさん。そうすりゃ溺れたってわからない」と言われたりもした。ポンプにかかりっきりの三十六時間と、ポンプが水をすっかり汲み出したときの男たちの歓声。

食べ物は何にもましてチャーリーの心をとらえたようだった。「色のついた水の中の大理石のようなエンドウ豆」とか「ゾウムシのわいたビスケット。最初はゾウムシだったが、やがて蛆がわいた」とか「肉というよりマホガニーと言った方が近いような」塩漬け肉、などと書いている。ダンディファンク、クラッカーハッシュ、ドッグズボディ、スランガリオン——それらは給仕が、ビスケット、エンドウ豆、糖蜜、塩漬け肉などからつくった料理の名前である。そしてたらふく食べたあとにできるできもの。年老いた船室係やチリの港町にいたドイツ人のケーキ職人といった、特別にうまい食べ物をくれた友人たちのことも、感謝の気持ちを込めて思い出していた。給仕たちが船長の物置に忍び込んで、缶詰のロブスターやタンやサーモンやジャムを枕カバーに詰めて帰ってきたこと。しかしながらチャーリーは父との約束のために、それらの物を食べることができなかったこと。船長が盗みを見つけ、クリスマスのプディングがおあずけになって、どれだけ悲しかったかということ。それでもコックがこっそりと干しぶどう入りプディングを持ってきてくれたこと。そして船長が不意に現われ、びっくりしたチャーリーがシャツの下に自分のプラムダフを押し込んでメインヤードによじ登り、腹をやけどしてしまったこと……。

サンフランシスコのバーバリー海岸には、腹をすかせた水夫たちに食事を出し、麻薬をやらせ、水夫の足りない船に彼らを送り込む下宿屋があった。サミー・ウィンはその中でもいちばんたちの悪い男だった。彼はオーストリアの軍艦から三人の海軍士官候補生を脱走させたのだが、報奨金が脱走幇助《ほうじょ》の謝礼より多いことがわかると、彼らを軍事裁判へ、死刑の待つ法廷へと送り返した。

尻の軽いカリフォルニア女たち。軽犯罪担当のいい加減な判事。ビール街のギャングたち——彼らがスペイン産のワインを樽からボートに流し込んでいるあいだ、チャーリーは波止場で、見張りの男と一緒にパンプキンパイを食べていた。燕尾服にホワイトタイというでたちで船を急襲した愚連隊のボス。この紳士が船を離れるのを見送り、おかげで手に入れることのできた銀時計。

口から糊を吐き出すアーシンという中国人の洗濯係。豪華な絹で身を飾り、線香をたき、頭のまわりで道具をブンブン回しながら太陽に向かっておじぎをする中国人水夫。チリ硝石の積み出し港。ピスコ商人[*1]。クジラの肋骨と麻袋でできた掘っ建て小屋。這うように崖を下る小型電気機関車《ミュール・トレイン》。足を滑らせ、六百フィート下の浜に転落したどじなラバ《ミュール》。

ポーカーに勝ったおかげで殴られ、あざだらけになった有能な水兵のランバート。沈没寸前の船から去っていったねずみ。サメだらけの海で行なわれた競泳。そして給仕たちが、いちばんいいサメ針を使って十八フィートの怪物を釣り上げたときのこと。航海士がペンキ塗りたてを理由にその怪物を船に上げさせなかったので、給仕らはそれを船尾に吊り下げた。チャーリーはロープを伝い降りて、そいつの心臓を切り取った。「私は今までいろいろと変わった動物にまたがったことがあるが、ナイフを突き刺すのにこれほど骨を折ったことはなかった」

メルボルンで最後の羊毛を、ラングーンで最後の米を、イキケで最後のチリ硝石を、彼は船に積み込んだ。船はゆっくりと出港し、乗組員全員がそろって「故郷へ向けて！」を歌った。船長が「船室係！　全員にラム酒だ！」と叫んだ。老船長のジョーディーは白と黒のチェックのズボンと緑色のフロックコートに身を包み、海上では柔らかい白の帽子、港では硬い白の帽子をかぶった。そしてチャーリーも船を降りた。

さて次の話は、彼の見習い時代に起きた出来事である。

73

右舷に吹きつける強い風にすべての帆を張って、船はホーン岬の付近を順調に進んで

＊1　ペルー産のブランデー。

いた。日曜の朝だった。私（チャーリー・ミルワード）が大工のチップスを伴ってメインハッチを昇り降りしていると、彼が言った。「家で待ってる女たちが両手で引っ張ってるんだね」

　これは老水夫のアイデアである。どの船にも一本のロープがあり、その一端は船首にしっかりとつながれ、反対の端は家で待っている女たちが握っているというのだ。追い風のとき、水夫は女たちがロープを強く引っ張っているのだと言う。だが向かい風のときには、ある者はロープに結び目ができるか、もつれるかして、それが邪魔をしているのだと言い、ある者は女たちが兵士といちゃついていて、水夫のことを忘れているのだと言う。

　ちょうどそのとき、四個のベルが鳴った。午前十時、私が舵を取る番だった。私は思うように舵を取ることができずにいた。風向きが北へ二、三ポイントずれると、縦帆にとらえられていた風がいくらか横帆に回った。船が左舷にぐっとかしいだときも、大工のチップスは昇り降りを続けていた。メインのローヤルステースルは風をまったく受けておらず、帆《ほ》脚索《あしづな》は垂れてデッキの上に輪をつくっていた。船が揺れ、バランスを失った大工はうっかり帆脚索の上に足を置いた。次に船が風上側にかしぐと、帆はふたたび風をはらんだ。帆脚索はヴァイオリンの弦のようにピンと張って、チップスの足をとらえた。彼は海に放り出された。

　私はチップスが流されていくのを見た。私は一瞬舵輪を放し、救命ブイを投げた。われわれは下手《したて》舵《かじ》を取って船を風上に向け、トガンスルとローヤルスルの動索を解き放った。数人が救命ボートをおろす一方で、残りの者はカイト（小さい帆をこう呼ぶ）をおろした。十分もたたないうちに、救命ボートは一生懸命泳いでいるチップスに向かって漕ぎ進んでいた。

「人が落ちたぞ」という叫び声に、非番の乗組員全員が甲板に集まっていた。最初に救命ボートに乗り込んだのは見習いのウォルター・ペイトンだった。第二航海士のスペンスはペイトンがあまり泳げないことを知っていたので、彼にボートから出るように命じ、代わりにやはり見習いのフィリップ・エディが跳び乗った。しかしウォルター・ペイトンにボートを降りるつもりはなかった。彼はへさきの方からこっそりボートに入り、スペンスが気づく前に、ボートは海面におろされていた。ボートが船尾を回っていったとき、ふたことみこと注意する声が聞こえた。やがてボートは荒れる波間に姿を消した。

救命帯を着用した乗組員を乗せてボートが船を離れたのは、十時十五分だった。しばらくのあいだわれわれは帆を縮めるのに忙しかった。船長はミズンマストに登り、ボートを監視していた。乗組員は風に向かって長い距離を漕がねばならなかったため、ボートが船の近くまで戻ってきたのは十一時半を回った頃だった。しかし船からは、チップスを救助できたかどうかわからなかった。

船長は、ボートの吊り柱を風下にもっていき、船上に上げるため、「上手舵《うわてかじ》」を命じて船を下手《したて》回しにした。われわれ全員にスペンスが立ち上がって手を振っているのが見えた。チップスを助けたという意味なのか、あるいはわれわれがまだ気づいていないと思っていたのか、それは永遠の謎である。ともかくその運命の一瞬に、スペンスはボートから目を離した。ボートは横波をくらい、転覆した。ボートは太綱二本の距離もないところまで来ていたのだ。乗組員は全員海に投げ出され、泳いでいた。

われわれはふたたび下手舵《したてかじ》を取って船首を風上に向けた。二隻目の救命ボートを出そうと急いだが、帆船で二隻の救命ボートを出すということは非常にまれな事態だった。一隻はつねに準備が整っていたが、それ以外のボートは枕木の上にさかさまに置かれており、そればかりか中には物がびっしり詰まっていたのである。一方には船長専用の鶏が、もう一方には食料のキャベツが入っていた。しかもボートが波にさらわれないよう、消火バケツや台までがそこに詰め込まれていた。

男たちはまず左舷のボートをひっくり返した。ところがボートをひっくり返したとたんに大きな波が船を襲い、ふたりが足を滑らせた。ボートはドーンと落下して、底に穴があいてしまった。一方、私は双眼鏡で海に落ちた乗組員を見張っていた。ひっくり返ったボートに何人かよじ登っていて、残りの者を助けているのが見えた。するとエディと有能な船員のひとりがボートを離れ、船に向かって泳ぎはじめた。ふたりは双眼鏡なしでもわかるくらいの近さにまでやって来た。しかし船はふたりの泳ぐ速度よりも速く流されていた。彼らはやむなく引き返した。

右舷のボートをひっくり返したあと、それを吊り上げ、海面におろすためには、メインマストの後支索に滑車を取り付けなければならなかった。後支索に革帯をつけた男がへたくそだったのか、それとも慌てていたのか、私にはわからない。いずれにしても革帯は何度も滑り、そのたびにボートが落下した。そうしているあいだにも船は風下へどんどん流され、ボートも、必死で竜骨にしがみついている哀れな男たちの姿も、視界から消えてしまった。ただその場所は、旋回している海鳥によって知ることができた。アホウドリ、ハイイロミズナギドリ、オオフルマカモメなどがボートの上をぐるぐると飛び回っていたのである。

フリン率いる二隻目のボートが船を出発した。そのボートが船尾の下を通過したのは、午後も一時近くになっていた。乗組員は風に向かってさらに長い距離を漕がねばならなかった。救命帯が動作の妨げになっていた。そして船は風下に流されつづけていたから、帰りはいっそう長い距離を漕がなくてはならなかった。

出発して二十分、ボートが視界から消えたあとは、五人の仲間がひっくり返ったボートの竜骨に必死でしがみついていることを知りつつも、われわれはただひたすら待つしかなかった。船長は一度、さらにもう一度と間切ったが、最後には船首を風上に向け、その位置を保つことに決めた。こうしてわれわれは戻るボートに目を凝らしながら、その場にじっとしていた。

三時三十分、ボートが帰ってきた。ボートは船尾の下を回ったが、風が出て波が立っていたから、船に横づけするまでにはさらに時間がかかった。そのあいだに、われわれは最悪の事態が起こったことを知った。無言のまま、われわれは滑車を固定し、ボートを吊り上げた。二、三人、頭のあたりから血を流している者がおり、帽子が脱げかかっていた。船が元の針路に戻ってから、彼らに事情を聞いた。話の要点は次のとおりである。

彼らはボートを見つけた。私がチップスに投げてやった救命ブイと、五つの救命帯のうちの三つは回収することができ、また海面には残るふたつの救命帯も見えたが、人の姿はまったくなかったという。海鳥が攻撃をしかけてきたため、彼らはボートの足掛けを使って戦わなければならなかった。鳥は頭の上をかすめ、かぶっていた帽子を突っつき落とした。血を流していた男たちは、アホウドリの鋭いくちばしでやられたのである。救命帯を調べてみると、ひもはすべてほどかれていることがわかった。彼らはそこで何が起こったのかを知った。海鳥は、海に浮いていた男たちの目玉を求めて集まっていたのだった。哀れな男たちは助けの来ないことがわかると、みずからひもをほどき、海に沈んだ。鳥と戦っても勝つ見込みがないと悟ったのだ。救命ブイは、第二の事故の起こる前に、大工チップスが救助されていたことを物語っていた。彼らがその使命を果たしていたことを知って、われわれはさらに悲しみを深くした。

六時間三十分後に、私は舵から解放された。今まででもっとも長い服務時間だった。

私は何か食べる物はないかと船室に降りた。しかしそこで、ウォルターとフィリップのベッドのシーツが引き剝がされ、タンスの上にズボンが、床の上に長靴が、「人が落ちたぞ」という叫び声を聞いて飛び出していったときそのままの状態で散らばっているのを見ると、気が動転してしまった。私は腹が減っていたことも忘れ、ただ泣きじゃくった。船長は三等航海士に、私を彼の船室に連れていき、そこで眠らせるようにと言った。「あんな空っぽのベッドがあるところにいたらこいつは気が狂ってしまうよ」

74

一八七七年、チャーリーはオレゴン州ポートランド行きのフルマストのバーク船チャイルダーズ号に、二等航海士として乗り組んだ。チャイルダーズ号はひどい船だった。船長は自分の母親を口ぎたなくののしり、乗組員は反乱を起こし、アバディーン生まれの航海士は斧でチャーリーに向かってくる始末。航海は一度でたくさんだった。彼はチャイルダーズ号を去り、ニュージーランド海運に入社した。彼はそこで二十年を過ごしたのだが、そのあいだに船は貨物船から客船へ、帆船から蒸気船へと変わっていった。

一八八〇年代後半のある夜、チャーリーはアルドゲイトにあるトルコ風呂の第一蒸し風呂室にいた。そばには黒い頰ひげを生やした大男がいて、帆布張りの椅子でいびきをかいている。顔に見覚えはなかったが、腕の入れ墨はまさしくかつてのいじめっ子デイリーのものだった。チャーリーはそっとうしろに回り、椅子をひっくり返し、男の背中に真っ赤な手形を残して逃げた。デイリーはうなり声を上げ、係員がふたりを取り押さえるまで、風呂じゅう裸でチャーリーを追いかけ回した。チャーリーはなんとかこの騒ぎをおさめ、「なつかしいボロ船コンウェイ号」のことを喋り出した。ふたりはそろってトルコ風呂を出ると、劇場へ行き、それから「クリテリオン」で食事をした。

「確かに」とチャーリーは書いている。「われわれは夜を行く船のようなものである」ゆっくりと、チャーリーは昇進していった。というのも、彼はそう頭が切れるという方でもなかったし、彼の発言がつねに上官の気を引くというわけでもなかったからである。一八八八年には、彼は大きな冷凍室付きの郵便蒸気船の二等航海士になっていた。この船がリオに寄港したとき、ブラジル皇帝ドン・ペドロ二世は船に乗ってもよいかと当局の役人にたずねた。

はしごのいちばん上まで来ると、皇帝はそこにいた大勢のポルトガル人やブラジル人にキスをさせるため、もったいぶった様子で手を差し出し、それが終わるとその手を秘書にふかせた。一回ごとに秘書は新しいハンカチを用意し、次の人に差し出される前に皇帝の手をぬぐった。まぎれもなく健康を考慮してのことだった。……しかし船長は「手にキスをする」という習慣に不慣れだった。船長はあたたかい手でしっかりと皇帝の手を握り、心をこめてゆすりながらこう言った。「陛下を私の船にお迎えできましたことは、この上ない喜びでございます」皇帝はびっくりしたどころではなかった。おそらく彼は幼少の頃から、こんな風に握手されたことなど一度もなかったのだろう。「おい、おまえ、逃げられてよかったな」とでも言うように皇帝は自分の手を見つめ、それを秘書にぬぐわせたのである。

チャーリーは皇帝を船底の冷凍室に案内し、皇帝にとっては初めての冷凍キジ肉を見せた。ドン・ペドロ皇帝は秘書に「リオにもさっそく冷凍室をつくらねばならぬな」と言ったが、チャーリーによれば、皇帝はそれをつくる前に、「怖るべき忘恩の徒、フォンセーカ将軍」の手によって退位させられてしまったという。

75

チャーリーは素人演芸が大好きだった。そこで一等航海士に昇進すると、芝居やジェスチャー、活人画、ポテト運びレースなど、十週間にもおよぶ航海の退屈さをまぎらわすためにあらゆることを命じた。

それらの気晴らしの中には異常と呼んでよいものもあった。

私は英国郵便船トンガリロ号の一等航海士だった。船がケープタウンに入ったとき、ひとりの教授がカラハリ砂漠のブッシュマン三人——老夫婦とその息子——を伴って乗船した。彼らは非常に小さく、いちばん背の高い息子ですら四フィート六インチしかなかった。彼らに名前があるのかどうかはわからなかったが、われわれは彼らをアンドルー・ラウンドアバウト、ミセス・ラウンドアバウト、ヤング・アンドルー・ラウンドアバウトと呼ぶことにした。

老夫婦は実際かなりの歳だった。医師は瞳孔の周囲の白い輪から判断して、父親は百歳を超えているに違いないと言った。ラウンドアバウト本人は百十五歳だと主張したが、推測の域を出ていない。彼らはオランダ語をひと言も喋れなかったからである。息子だけは喋れたかもしれないが、両親がわれわれに理解可能な言葉を喋ることはなかった。

老人は奇妙を姿をしていた。頭髪は一本もなく、顔は猿のようにしなびて皺くちゃだった。しかし妻や息子を完全に服従させていることから、若い頃は相当の暴君だったであろうことが推測できた。

われわれはブッシュマンについて講義してくれるよう教授に頼んだ。すると教授は、踊りなら彼らもやるのではないか、と言った。誰もがその催しに出席したがり、八時半には、ホールは夜会服の紳士淑女と乱れた制服姿の船長や航海士らでびっしり埋まっていた。踊りは、老人がはじく弓の弦《つる》のビュンビュンという音に、ミセス・ラウンドアバウトとヤング・アンドルーが奇怪な扮装で跳ね回るという形で始まった。ラウンドアバウト老人はあっという間に調子に乗り、すごい勢いで弦をバンバン、ビシビシとかき鳴らした。やがて弓から弦をはずすとそれをむちのようにふるい、妻や息子が完璧にスキップをするまで彼らを打った。われわれはふたりの踊るスピードが彼の満足のいくところまでいっていなかったのだろうと想像したのだが、一、二分もすると教授は踊りをやめさせ、講義をはじめた。

教授はさまざまな人種の頭蓋骨――ヨーロッパ人、アジア人、アメリカ先住民、中国人、黒人、オーストラリア黒人、そして最後にブッシュマンのもの――を見せた。教授は、頭蓋骨を計測した結果、ブッシュマンは多くの点で最下等の人類とは言えない、もっとも低いのはオーストラリア黒人だ、と述べた。

講義は実に興味深いものであったが、私はラウンドアバウト老人が非常に落ち着かない様子なのに気づいた。やがて彼はテーブルの下にもぐり込み、聴衆の足のあいだを這いながらドアへ向かった。ホールから出ると、彼は立ち上がって走った。私は彼を連れ戻そうとしたが、彼は激しく抵抗した。私は彼を椅子に坐らせたが、そこにじっとさせておくのにえらく骨を折った。

その後、私は通訳をとおしてヤング・アンドルーに質問した。「君のお父さんが講義の途中で逃げ出したのには、何かわけがあるのですか?」すると彼は次のように答えた。

「父はこのような集まりには何度も参加しているんです。だから殺しの時がいつ来るのか、よく知っていたんです。父が走り出したとき、父はその瞬間が近いことを感じていました。父が走ったのは、あの場で父がいちばん年寄りだったからです。つまり、いちばん最初に殺されると思ったからなんです」

76

一八九〇年、チャーリーはジェネッタ・ラザフォードというニュージーランド女性と結婚、航海のあいまに息子をふたり、娘をひとりつくった。ジェネッタは哀れだった。彼女は孤独とイギリスの気候のせいですっかりやつれていた。彼の結婚観は、私がスクラップブックの中で見つけた「この自由」というタイトルの一文におそらく表われている。

種をまき、そして立ち去るのが男の務めであり、子を宿すのが女の務めである。女は受け取ったものをいつくしみ、からだの中でそのものとひとつになろうとする。女の肉体にとってこの機能は栄光であり、女の精神にとってこれは重荷である。男は通り過ぎていくだけのテント生活者であり、馬に乗ったアラブ人であり、周囲の平原である。女は壁をめぐらした町に住む。女は家に住み、財産を貯え、それとともにとどまり、そこから離れることはない。

一八九六年には、ジェネッタの健康はもはやイギリスにいては持ちこたえられない状態となっていた。彼女は子供たちを連れてケープタウンに移った。一八九七年三月三日、彼女はこの地で結核性股関節炎のために死亡した。チャーリーは子供を連れ戻し、シュローズベリーに住む未婚の妹のところに預けた。

77

六か月後、彼は初めて船の指揮官となった。船の名はマタウラ号。七千五百八十四トンの単スクリュー貨客船で、クライド川であらたに建造されたものだった。マタウラ号は二万梱《こり》の羊毛と同量の冷凍肉を運んだ。そして横揺れを抑え、しけ《ヽヽ》のときの操舵性を獲得するために、マストには数枚の帆が取り付けられていたが、無線はなかった。

航海は何ごともなく、乗客は陽気に騒いでいた。乗客というのはコラプラ杯《カップ》帰りのニュージーランド射撃チームの一行だった。ウェリントンに彼らが着いたその夜、市長はドリルホールで夜会を開いた。チャーリーは下痢をし、しかも夜会服を失くしていたので、乗客たちが彼にスピーチを求めるまでは、人のうしろにこっそり坐っていた。

「市長閣下、紳士諸君。これら勇敢なニュージーランドの戦士たちをその故郷へ送り届けよという神意のもと、その役をおおせつかったことに感謝したいと思います」とだけ言って、彼は腰をおろした。

ちびで皺くちゃのフランス人以外、誰も拍手をしなかった。フランス人は言った。

「船長《カピテン》、今夜のいちばんいいスピーチでしたよ」

「簡潔は機知の精髄、ならばね」チャーリーは言った。

アンリ・グリエンという名のこのフランス人は翌朝船に来て、ただで本国まで乗せていってはくれまいかと頼み込んだ。その見返りに、イギリス海軍に売り込もうと考えている潜水服の特許権を半分ゆずるというのである。それは銅の蒸気管の原理を応用したものだった。シドニー・ヘッドの沖でこれを初めて試したデンマークの潜水夫は、引っ張り上げたときには死んでいたとはいうものの、誰でもまったく安全に六十尋《ひろ》*1の深さにまで潜れる装置なのだという。

「どうして自分で潜ってみないのだね」

「ばかな」とアンリ。「もし私が潜ってまずいことになったら、そこで起こったことを誰が報告するんです」

チャーリーは乗客名簿に彼の名を書き込んだ。潜水服のためというよりは、楽しみが増えると思ったからだ。

「霊魂と交信したんです」とある朝アンリは告げた。「この船は沈むでしょう。でも乗員は全員助かります」

「まったくだ、アンリ。御親切にどうも」

このときチャーリーは、船を降りたある女性からも、この船が沈む夢を見たと言われていたのである。

出航の三十分前、チャーリーの友人である蒸気船ワイカト号のクラウチャー船長が船を訪れ、年季契約で働いてくれる男はいないかと言った。

「男がひとり欲しいんだ。ズボンをはいてるやつなら誰でもいい。誰かいないか。私が説得する」

「もしよければ、あいつはどうだ」とチャーリーは、船室をモップがけしていた例のフランス人を指さした。「アンリ、荷物をまとめてワイカト号に行け」

「いやです」

「わからないのか？　ワイカト号で本国まで送ってやろうといってるんだぞ」

「いやです」

チャーリーは彼の襟首をつかんではしごの下まで引き立てていき、尻を蹴り上げ、荷物を桟橋に放り出させた。アンリはこの強制上陸に対して抗議するべく飛んでいったが、あいにく軽罪判事が昼食中だったため、ふたたび桟橋に駆け戻った。マタウラ号がクイーンズ・ワーフを出航するとき、アンリはブリッジの横の係船柱の上に乗って叫んだ。

「船長《カピテン》忘れないで。東方に禍いありですよ」

チャーリーは甲板にばらの石炭が置いてあるのを見て、甲板長に言った。

＊1　一尋は約一・八メートル。六十尋は約百メートル。

「甲板長、投げつけろ。あいつをはたき落とせるかやってみろ」

甲板長がひと塊の石炭を投げ、「まんまと彼をはたき落とした」。しかしアンリはなおも走って岸壁のいちばん端の係船柱の上に立ち、叫んだ。

「忘れないで、東方に禍いありです」

「もう一度投げろ、甲板長」

今度は失敗した。彼らが最後に見たものは、係船柱の上に立ったまま手を振りつづけるちっぽけな彼の姿だった。

78

次の日曜日、船長、乗客、乗組員は広間での礼拝を終えようとしていた。機関長が最後の讃美歌を演奏しているときだった。バンという音と同時に船体が振動し、突然エンジンが止まった。大勢の人間が床に放り出された。

チャーリーはブリッジに突進し、機関長もすぐに来た。

「エンジンがやられた……だめだ、動かない……」

「そんなばかな。なんとしてでも動かすんだ」

しかし機関長は肩をすくめると、船室に引っ込んで酒を飲みはじめた。チャーリーは自分の持ち場を離れ、損傷を調べるため、船底に降りた。機関室は「ひどいありさま」

だった。ポンプはピストンロッドの頭部からはずれ、ロッキングレバーとピストンロッドはひん曲がり、ポンプ先端と連結部はすべて壊れていた。設計上なんらかのミスがあったのは確かだが、貿易査問委員会においてさえ、そこで起こったことを解明できなかった。見たところ循環水は漏れていなかった。ポンプは「周知のように圧縮不可能」な水という固体の上でつぶれていたのである。

二等機関士は機関長ほど運命論者ではなかった。彼は曲がった部品をいくつか真っすぐに直し、ゆっくりとだがエンジンを回転させることに成功した。チャーリーは横帆を張り、マタウラ号は三週間をかけて、風浪叫ぶ南緯四十度海域を四ノットという速度でノロノロと進んだ。

船はホーン岬を回れという指令を受けていたが、途中でエンジンが止まれば南大西洋に流される危険がある。そこでチャーリーは、世界でもっとも強い風の吹きつける海岸沿いに、西側からマゼラン海峡に進入することを決定した。ピラル岬、つまりデソラシオン島の北端から海峡の中に入れば、彼らが助かる見込みは充分にあったのである。

一月十二日朝八時、チャーリーは職務に復帰していた機関長を呼びつけた。彼は船の風下に海岸が迫っていることを説明し、ポンプの鎖を締めつけた方がいいかどうかをたずねた。機関長は答えた。「いいえ。私の見たかぎりでは、船はあと二十四時間はもつでしょう」

十一時四十五分、霧と雨を伴った猛烈な北西の風が吹きつける中、チャーリーは半マイル先にジャッジズ岩を確認した。船は計算した位置から南へ十二マイルずれていた。そこでチャーリーはピラル岬の沖にあるアウターアポスル岩を回るため、船首をもろに風上に向けさせた。だが強風が船を押し戻し、その岩が間近に迫ってきたときには、さすがのチャーリーもこの危機を乗り切ることができないのではないかと危ぶんだという。

午後二時、機関長が甲板に上がってきて言った。「鎖がゆるんできました。エンジンを止めなければ」

「止めるわけにはいかない」チャーリーは叫んだ。

「あと二十分はもちそうですが、それ以上は無理です」

チャーリーは航海士たちに命令を下した。「船があと二十分もつというなら、三十分はいけるかもしれん。アウターアポスル岩の内側に入れば追い風になる。そうすればエンジンがいかれる前にピラル岬を回れるはずだ。危険なのは百も承知だ。しかし二十六フィート以下の岩なら、この海域では壊れているに違いない。ほかに道はないのだ」

彼は強引に進み、岩の内側に入った。十分後、船尾が尖った小さな岩にぶつかって破損した。彼は船体から板金が剝がれていくのを感じ、船の損傷がひどいことを知った。彼は笛を吹いて防水隔壁を閉じるよう合図した。ところが機関長は扉を閉じるためのスパナを別の場所にしまい込んでいた。海水が機関室になだれ込み、あっという間にエンジンがいかれた。

デソラシオン島の海岸線には小規模なフィヨルドが刻み込まれている。双眼鏡を覗いていたチャーリーは、崖に裂け目があるのを見つけた。彼はそこを海図に載っているアザラシ湾だと思った。帆はまだ機能しており、舵をきかせられるだけの速度は出ていた。チャーリーはその裂け目に進入していった。湾が目の前に開けると、そこは波の静かな入江になっていて、正面に浜辺があった。彼は考えた。「船をあそこにもっていこう。そうすればまだ助かる見込みがあるだろう」しかし船尾は完全に浸水し、船は舵に反応しなかった。船は斜めに流され、水路の壁に突き刺さる格好になってしまった。

そこはアザラシ湾ではなかった（現在の海図ではこの湾はマタウラ湾、そして先ほどの岩はミルワード岩となっている）。乗客乗員はボートに乗り移って入江に入り、その夜は大風の吠えすさぶ中をボートで明かした。夜が明けると、一等航海士は難破船から食料を取ってくるため、一団を率いて出発したが、やがて手ぶらで帰ってきた。チャーリーはみずから出かけねばならなくなった。彼は羊十一頭、ウサギ二百匹、小麦粉二百五十キログラムを手に戻った。

「船長、どうやってこれを取ってきたのですか？」一等航海士がたずねた。

「君が取ってこられなかった理由はだ」とチャーリーは言った。「君が臆病だからだ」

それ以後、船長と航海士たちの関係がこじれる。

翌朝彼らは外海へ出てみたが、あい変わらず大風が吹きつのって男たちの手はまめだらけになり、その日岬を回るのは無理と思われた。彼らはマタウラ湾に引き返し、ブリキのバケツで羊とウサギをゆではじめた。チャーリーと給仕長が食料の貯えを調べていると、給仕たちがこっそり滑り込ませていたジャムが二ケース出てきた。

「いったいぜんたい、こんな状況でジャムを何に使おうって言うんだ」

「しかしジャムよりほかにいいものがありましたでしょうか?」

「給仕長」チャーリーは声を低くして言った。「ジャムロールでもつくったらどうだ」

雨が激しく降っていたので、給仕長に防水布をかけてやらなければならなかった。さもないと、ケーキの生地がゆるんでしまったことだろう。

乗客の中にふたりの婦人がいた。彼女たちは難破船に衣裳箱を置いてきたので、チャーリーはラムウールのズボン下と船員用の毛糸のジャケットを提供する羽目になった。翌朝もボートで岬を回ろうと試みたが、失敗に終わった。けんけんごうごうたる会議の席で、チャーリーはもう一度だけ挑戦してみよう、と言った。デソラシオン島の沿岸を南下し、アブラ水道からマゼラン海峡に入ろうというのだ。航海士たちは自殺行為だと言った。

ふたたび海は荒れ狂っていた。チャーリーは御婦人のペティコートを使って、南下しているという合図を送った。彼は帆を縮め、嵐が来る前に海岸とジャッジズ岩のあいだを通過した。航海士たちはあとを追ってこなかった。チャーリーのボートに乗っていた外科医は、ボートが一艘また一艘と転覆している、と報告した。チャーリーは彼らをその運命に委ねることにして前進を続けた。ボートは腰かけのところまで波をかぶっていた。

チャーリーはチャイルズ島の風下にある波の穏やかな浜辺にボートを止めた。彼は、適当な場所が見つかりしだいそこでお茶を飲むことを婦人たちに約束していたのである。ところが乗組員が薪を集めるために上陸したとたん、急に風向きが変わり、白波が湾に向かって押し寄せてきた。船長も乗組員も服を脱いでボートを浜から押し出さねばならなくなった。「その寒かったこと。全員裸のこのありさまを見たら、猫だって大笑いしたことだろう。われわれはロブスターのように真っ赤になって、歯をガチガチ震わせていた」

乗組員が裸同士、あいだに帆をはさんでお互いにこすりながらからだを乾かしているあいだ、婦人たちはボートの底で防水布の下に隠れていた。突然、下から叫び声があがった。「やめて！　誰かがお母様の頭の上に坐ってるわ。息ができないの」

翌日の正午には、ボートはマゼラン海峡に入っていた。皆、全能の神に無事を感謝し、スープ、缶詰のサケ、ゆでた羊とウサギ、「ろくでもない中身の」ゆでたジャムロール、そしてコーヒーという昼食をとった。午後には、アメリカのスクーナーが海峡を風に向かって間切ってくるのに出会った。スクーナーの船長は御婦人方をサンフランシスコまで送り届けようと言ったが、彼女たちはその申し出を断わった。チャーリーは二枚の毛布で三角の帆をつくった。ボートはフロワード岬めざして海峡を疾走した。

フロワード岬を回ると、風はふたたび向かい風となった。乗組員は交替でオールを握り、プンタアレナスまでの最後の行程を漕ぎ進んだ。三日目の午後、チャイナ相互会社の蒸気船ハイソン号がボートを救出。彼らは午後六時三十分、埠頭に着いた。チャーリーは乗客をホテル・コスモスに落ち着かせ、ドイツ人の支配人に、金額は問わないから彼らの望む物はなんでも持っていくようにと言った。さらにチリ海軍に要請して、遭難者捜索のためにタグボート、ヤーニェス号を出動させた。また引揚げ業者と夜遅くまで話し合ったが、話をまとめるには至らなかった。

ホテルに戻ると、チャーリーは御婦人方の部屋に顔を出した。

「あなたがたの御無事を祝おうと思ってうかがったのですが」

しかし、彼女たちは起き上がろうとしなかった。

「握手をしたくありませんか？」

するとゆっくり、シーツの中から片手が伸びた。チャーリーはいぶかしく思ってその手を引っ張った。このときの模様を、彼は日記に記している。

いやはや、なんとむきだしの腕が出てきたのである。ホテルの主人は乗客に何も与えておらず、婦人たちは濡れた服を脱いだあと、そのままシーツにもぐり込んでいたのだ。

「船長さん、お願い」と年配の婦人は言った。「どうかもめ事は起こさないで。このままでも暖かくて、気持ちがいいのですから」

「私は断固として文句を言いますよ」

チャーリーは支配人の寝室がどこにあるのかわかっていたから、行って乱暴にたたき起こした。

「よくもあの御婦人たちを寝間着もなしでベッドに追いやったもんだな？」

「あっちへ行け！　カミさんと一緒にベッドに入ってるんだ。よくもやったな、だと？　早々に立ち去れ！」

「おまえがどこにいようと、誰といようと私の知ったこっちゃない。だがすぐに言うことを聞かないんなら、これからおまえらがどうなるか言ってやろう。今、ドアの中に足を踏み入れた。三十まで数えよう。もし寝間着を渡さなかったら、心苦しいが私の義務だからしようがない。おまえとおまえのカミさんを裸にひんむいてやるからそう思え。イチ、ニッ、サン、シッ……」

チャーリーが二十五を数えたところで支配人は観念し、婦人用のナイトガウン二着をドア越しに手渡した。彼は意気揚々とそれを乗客に届け、それから人生最良の眠りをむさぼるために自室へ引きあげた。

翌朝、引揚げ業者は、ロイズ保険に二十パーセント、自分たちに八十パーセントというところまで条件を引き下げた。チャーリーはこれを拒絶した。すると正午には、彼にも五パーセント出そうと言ってきた。

「承知した」と彼は言った。「つまり七十五パーセントがあんた方のもので、二十五パーセントが保険業者のものというわけだな」

ボス格のドン・ホセ・メネンデスがやって来てこう言った。「船長、あんた大ばかだ。なんで五パーセント取らないんだね」

「私は保険会社のために働いているんだ。保険会社が私に金を払うだろう」

「それでも船長、わしは同じ事を言いたいね。いつかあんたにもわかるだろう」

79

チャーリーがピラル岬を回ってマゼラン海峡に進入することに失敗したその三百五年前、ディザイア号のジョン・デイヴィス船長もその岬から海峡に入ろうとしていた。

　明日は十月十一日という日、南の海岸線にデセアド岬（ピラル岬）を見た（北側の海岸は危険な岩や浅瀬だらけである）。この岬は船から風下へ二尋《ひろ》*1と離れていなかった。船主がその岬を回ることはできないのではないかと案じていると、船長が彼に言った。ほかに助かる方法がないのはごぞんじでしょう。あの岬の内側に入らなかったら、正午までにわれわれはおだぶつですよ。ですから帆をゆるめ、神の御加護に身を委ねましょう。

船主は高潔な精神の持ち主だったがゆえに、毅然とした態度ですばやく決断を下し、帆を定めた。帆走は一時間半もなかっただろうが、フォースルの下縁綱《したべりづな》はちぎれ、ごく小さな穴を固定するのがやっとという状態だった。波は船尾甲板の上を洗いつづけ、風がすさまじい勢いで帆に吹きつけていた。われわれは帆が引きちぎられるのではないか、船が転覆するのではないかと思った。そのうえまったく困ったことに、船はどんどん風下に流されて岬を回ることも不可能なのではないかと思われ、またはね返った波にぶつかるほど岸に近づいていたから、われわれは目前に迫った終局に恐れおののいた。

風と海が荒れ狂うこのような死と隣り合わせの危機のさなかに、船主は数本の帆《ほ》脚索《あしづな》を動かした。するとこれがよかったのか、あるいは潮流のせいか、はたまた偉大な神の力によるものか（われわれは神の力と確信している）、船は速度を上げ、岬と乗り上げるのではないかと思われた岩のそばをすばやくすり抜けたのだった。岬とその岩とのあいだには小さな湾があったので、船は岸からいくらか離れた。船が岬に近づいたときには死を覚悟したわれわれだったが、善良なる神、慈悲深き父なる神はわれらを救ってくださった。船は一艇身そこそこの距離を置いて岬を回り込んだ。岬を回避するとすぐに帆をかかげた。これもみな神がわれわれを守ってくださ

＊1　約三・六メートル。

ったおかげである。崖のあいだを勢いよく走っていくと、やがて貿易風が吹き始めた。われわれは帆をおろし、オールを使った。三人の乗組員が舵を取ることもできない中、海峡を六時間かけて五百二十五尋[*1]進むと、そこに大西洋に通じる海が展けていた。

これはアルバート・ヘイスティングス・マーカム編集の『ジョン・デイヴィスの航海とその業績』（一八八〇年）一一五～一一六ページからの引用である。

80

チャーリーの部下たちは溺れてはいなかった。マストは失くなっていたものの、ボートは転覆を免れていたのだった。彼らはマタウラ湾に漕ぎ帰り、天候の回復を待ってピラル岬を回り、そこでヤーニェス号に出会った。

チャーリーはイギリスに帰って当局の取り調べを受ける前に、難破船の引揚げ作業をするため、二か月間デソラシオン島にとどまった。職を失うことは覚悟の上だった。ニュージーランド海運は、難破船の船長に二度のチャンスを与えることはしなかった。しかしすでに南米の怪しい磁気はチャーリーをとらえ、彼の頭の中はどうやったら金もうけができるかということでいっぱいだった。

最初の計画は、ブルーと白のエナメル塗料を塗った広告板をマゼラン海峡にずらりと並べて、イギリスやアメリカの製品を宣伝するというものだった。しかしそれは蒸気船の乗客に見せるためではなかった。彼の意図は、一般大衆の注意を「広告狂が美しい風景を冒瀆《ぼうとく》している」という事実に向けさせるため、国際的な新聞や雑誌にイラスト入りの記事を書くことだった。

この計画を後援してくれる人物を、彼は見つけることができなかった。

ある春の朝、チャーリーは予告もなくリーデンホール街にある海運会社の前で辻馬車を降りた。舗道にはアンリ、例のフランス人が立っていた。

「ねえ船長《カピテン》、私の言ったこと正しかったですか？　東方に禍いありましたか？」

チャーリーは無視して階段を駆け上がった。

「あの男はどれくらいあそこに立ってたんだ」彼はポーター頭のモーティマーにたずねた。

「十分ほどでございます」

「今日のことを聞いてるんじゃない。何日ぐらいうろついていたかとたずねているんだ」

「今朝からでございます。私も初めてあの男を見たのです」

チャーリーはアンリの首根っこをつかまえ、揺さぶった。

＊1　約九百四十五メートル。

「どうして私が今日イギリスに帰ってくるとわかったのだ」

「東方に禍ありというお告げを聞いたときと同じ——霊感です」

私はこれに解釈を与えようとは思わない、とチャーリーは書いている。


ただ起こったことを述べるだけである。私は支店長との会見を終えて、会社をあとにした。会見は数分で終わり、首になった——二十年間勤めたあげくの首。私の船のエンジンがいかれたという理由でだ。


チャーリーはまたロンドン海難救助協会のローリー氏にも報告書を提出し、ホテル・コスモスに支払った三ポンドを払い戻してくれるよう頼んだ。

「船長、私はあなたがホテルの支払いを済ませるのに充分なものを、難破船から得たと思いますが」

今にしてやっと、チャーリーはホセ・メネンデスの言葉を理解した。


やろうと思えば二千ポンド儲けることもできたが、私は不正は行なわなかった——私はもう少しでローリー氏にそう言うところであった。だがこの種の誠実さを人に言うのは無駄なことだと思った。彼はこの言葉の意味をわかろうとはしなかっただろう。

81

チャーリーはその夏じゅう、シュローズベリーでくさっていたが、八月になって『ワイドワールドマガジン』のウィリアム・フィッツジェラルド氏から手紙を受け取った。手紙にはロンドンまでの一等車の汽車賃を支払うとあった。雑誌社につくと、彼は周囲を見回して招待状をくれた人物を捜し、それから編集長と書かれたドアを叩き、中に入った。部屋の中では、アンリ・グリエンがぱりっとした背広姿でゆっくり歩き回っており、若い男が秘書に口述筆記をさせていた。

「やあ、アンリ。どうしてた？」

「私、あなた知りません」

若い男が椅子から飛び上がった。

「いったいどういうことなんですか。ノックもなしに人の部屋に入ってきて、この方をアンリなどと呼んだりして。この人はルイ・ド・ルージュモンですよ」

「落ち着けよ、お若いの。私に招待状をくれた人物はいなかった。私は二回ノックした。それからこのアンリ・グリエンを、私は正しい名で呼んだ。それから君のことだが、私に来るように言ったのなら、もっと違った迎え方があってもよさそうなものじゃないか。

もっとも礼儀をすこしはわきまえてるっていうのなら、おはようくらいは言ってやるがね」

チャーリーはドアに向かった。するとアンリがチャーリーの首に抱きついてキスをした。

「ああ！　若い船長《カピテン》じゃありませんか。すみません、あなたとわからなかったのです。顎ひげ剃り落としましたね」

チャーリーはそれでもいら立ちを抑えきれず、大またで立ち去ろうとした。アンリは彼のあとを追った。

「今行ってもらっちゃ困りますよ、ド・ルージュモンさん」編集長が言った。「金曜に載せる英国学術協会についてのあなたの談話を書かなきゃならないんですから」

「談話なんて私の知ったこっちゃない。私はこの若い船長と一緒に行きます」

ふたりとも強い酒は好みではなかった。そこでストランド街のＡＢＣ食堂へ行った。フィッツジェラルド編集長がアンリ・グリエンの名前を耳にしたのは、このときが初めてだった。

82

アンリ・グリエンは、ヌーシャテル湖畔、グラセに住む短気で無精なスイス人小作農のせがれだった。十六のときに、彼は先祖伝来のこやし車からおさらばし、老女優ファニー・ケンブルのもとへ走った。老女優はアンリを召使いとして雇い、それからの七年間を、彼はフットライトとドーランの世界で過ごす。彼に俳優の才能は認められなかった。そこで一八七〇年、演劇で失敗するよりはと、西オーストラリア長官ウィリアム・クリーヴァー・ロビンソン卿の召使い頭になった。長官の趣味は音楽と詩だった。長官の友人の中に、純潔に関する論文を著したフランス人学者のルイ・ド・ルージュモンがいた。

やがてアンリは長官のもとを去り、放浪生活に入る。まず真珠採りの船にコックとして乗り込んだが、その船は難破した。ホテルの皿洗いをやり、ゴールドラッシュにわく町では、路上写真師にもなった。一八八二年、彼は美しく若い妻をめとり、四人の子供をもうけた。それから写真を利用した風景画家になり、怪しげな鉱山株のセールスマンになり、シドニーのレストランのウェイターになった。常連客のひとりにケンブリッジ湾の探検者がおり、アンリはその男の日記を借りて書き写した。それからアンリは、例のデンマーク人を窒息させた潜水服の実験に入った。

アンリはオーストラリアから、警察から、そして妻子の扶養義務から逃げ出し、ニュージーランドのウェリントンへ行った。そこで霊能者たちと親しくなったのだが、彼らはアンリが優れた霊能力を持っていることを見抜いた。彼があるジャーナリストに自分の身の上話を語ると、ジャーナリストは、それはベストセラー小説になると言った。しかしアンリはこの提案を聞き入れなかった。このときすでに、彼の中では夢と現実がひとつに溶け合っていたのである。ある夏の夜のこと、彼はブラックタイを借り、ドリルホールへ向かってのろくさ歩いていた。そしてそこで彼はチャールズ・アマースト・ミルワード船長に出会ったのである。

あの出会いのあと、アンリはワイカト号に乗ってイギリスへ行った。ワイカト号のことも、彼は同じように呪ったらしい（ほどなくワイカト号のプロペラシャフトは喜望峰沖で破損、船はアガラス海流に引き込まれて南へ流され、四か月間漂流した。これは蒸気船としては史上もっとも長い漂流である。コンラッドはこの事件を短篇「フォーク」に書いた）。春も終わる頃、彼はみすぼらしい身なりで、しかし保守党下院議員の手紙を持って『ワイドワールドマガジン』の編集室に現われた。手紙にはこうあった。「この人物は、もし事実なら世界をびっくりさせるようなネタを持っています」

アンリはフィッツジェラルド編集長に、自分はド・ルージュモンというパリの裕福な商人の息子だと語った。少年の頃、母親にスイスに連れていかれ、そこで地質学と曲芸レスリングの才能を伸ばした。そしてフランスでの兵役を免れるために、東方へ旅に出た。バタビアからオランダの真珠採取船に乗って出発したのだが、そのスクーナーは沈没し、自分ひとりが助かった。サンゴ礁に打ち上げられた私、ド・ルージュモンはカメ乗りを楽しみ、真珠貝の家をつくり、カヌーをつくった（それはロビンソン・クルーソーのカヌーと同じく、あまりにも重すぎて浜に引きずっていくことができなかった）。

その後いろいろな経験を経て、オーストラリアのケンブリッジ湾にたどり着き、ヤンバという名の漆黒の女性と結婚した。そしてアボリジニに混じってヤムイモ、ヘビ、オオボクトウの幼虫を食べ（しかし人肉は食べなかった）、彼らとともに移住と狩りと戦いとコロボリー踊りをしながら、そこで三十年を過ごした。自分はレスリングのおかげで一族の英雄となり、族長の地位についた。ヤンバが死んで初めて自分は白人の世界に戻った。キンバリーでは数人の金鉱夫に出会った。

フィッツジェラルド編集長はインチキを嗅ぎわける能力には自信があった。彼はド・ルージュモンが「バス旅行の話をするように」自分のことを喋るのを聞き、彼の話は真実であると確信した。その夏、ジャーナリストと速記者が雇われ、出版に向けて協力した。問題の証人、ミルワード船長は固く口を閉ざしていた。この前アンリ・グリエンにさからったときに何が起こったか、彼は知っていたからである。

『ルイ・ド・ルージュモンの冒険』の第一回分は七月に出た。雑誌は飛ぶように売れた。単行本も印刷中だった。記事の配信価格をめぐって外電が世界じゅうを飛び交った。社交界の女主人たちはこのフランス人をしきりに招待したがった。マダム・タッソーは彼の顔をろう型に取り、英国学術協会は、ブリストルでの定例会議で講演をふたつやってくれないかと申し出た。

最初の講演では、聴衆は退屈した。そこで二回目の講演では、彼はヤンバとの結婚生活における人肉食いの風習を詳しく述べて、場を盛り上げようとした。しかしその日、彼の名声は失墜した。『デイリークロニクル』が事実をすっぱ抜き、ド・ルージュモンを詐欺師呼ばわりする論説を掲載したのである。非難はさらに続き、学者連中のコーラスがそれに加わった。大英帝国が最盛期にあったその秋、ド・ルージュモンの詐欺事件はオムドゥルマンの戦い[*1]やファショダ事件[*2]、そしてドレフュス裁判[*3]の再開とともに、新聞の見出しをにぎわした。『デイリークロニクル』はグラセにいた彼の年老いた母親を捜し出し、十月二十一日には、シドニー市ニュータウン在住のアンリ・グリエン夫人なる女性が、ド・ルージュモンは週二十シリング五ペンスで自分が世話をしてやっていた男と同一人物であると認めた。

この放浪の男は厚かましいほど平然として攻撃に耐え、やがてアンリ・グリエンに戻ってショービジネスを再開した。ロンドン演芸場では数匹のカメを輸入し、舞台上にゴム製の水槽を組み立てたが、気候、もしくは乗り手のどちらかがカメによくない影響をおよぼしたため、カメはすっかり元気を失くしてしまった。その後アンリは『この世でもっとも偉大な嘘つき』という自作のショーを、ダーバンとメルボルンに持っていった。観客は騒ぎ、彼を黙らせた。

一九二一年六月九日、ルイ・レッドモンド——その当時、彼はこう呼ばれていた——は、ケンジントン救貧院内の医務室で死んだ。

83

ジャーナリストたちがド・ルージュモンの正体を暴露していた頃、チャーリーはプンタアレナスに戻っていた。彼のなかで放埒はまだ燃え尽きてはいなかった。

チャーリーのその後の人生がどんなものだったかは、時間と距離のせいで霞がかかっている。セピア色の写真、紫色のカーボン紙、とても古い遺品や記憶などから、私はそれを再構築しなくてはならなかった。最初に浮かんでくるのはエネルギッシュな開拓者のイメージ、そして新たに生やした自信満々のカイゼルひげである。サウスジョージア島でのゾウアザラシ狩り。ロイズ保険のための海難救助。ミロドン洞窟をダイナマイトで爆破するドイツ人の砂金採りを助け、ドイツ人リオンと一緒に鋳物工場を経営し、ドルトムントやゲッピンゲンから輸入した水力タービンや旋盤を査察した。共同経営者のリオンは几帳面な男で、チャーリーが顧客とお喋りしているあいだも営業にいそしんだ。パナマはまだ開通しておらず、商売は繁盛した。

その次に浮かんでくるのは大英帝国最南の地の領事、プンタアレナスに住む老人、そ

＊1　一八九八年スーダンのオムドゥルマンで、イギリス軍がスーダンのダルウィーシュ軍を破った。
＊2　一八九八年スーダン南部ファショダで、アフリカ大陸の植民地化をすすめるイギリスとフランスの両勢力が衝突した。
＊3　一八九四年フランスで、陸軍参謀本部大尉アルフレッド・ドレフュスに対する冤罪事件が起きた。一八九八年彼の無罪を訴える運動が再燃し、社会問題化していく。

して銀行の重役という顔である。チャーリーは腰痛に身をこわばらせ、「本国のニュースにうんざりさせられ」ながらも、順調に金を儲けた（といってもけっして充分というわけではなかったが）。ブリティッシュクラブの古い会員は、今でもチャーリーのことを憶えている。スポーツ版画やエドワード七世の石版画が掲げられ、深い海の緑に塗装された天井の高い部屋に、私は坐った。ウイスキーグラスやビリヤードのたてるカチンカチンという音を聞いていると、ボタンのついた柔皮のソファに腰をおろし、悪い方の足を伸ばして海の話に夢中になっているチャーリーの姿を想い描くことができた。

私はこの時期の彼の手紙に、タイタニック号の災難がもとでヨットを走らせる意欲を失くさないようにといった内容の、私の祖父宛ての手紙を見つけた。大型の鳥ダーウィンレアの発送に関する、ウォルター・ロスチャイルド閣下宛ての覚え書きもあった。そして領事館の便箋に書かれた、ある死んだスコットランド人の雇い主に宛てた報告。「ここに来て以来、彼はイギリス人の名を辱めてきた……彼は自分の洗面器を便器代わりにしていた。彼の部屋はどんな動物にとっても侮辱だろう。箱の中にはからのウイスキー瓶が十五本入っていた。残念だが、真実を言うのがいちばんなので」

これらの手紙には徐々に絶望の気配が忍び込んでくる。彼が計画したことは何ひとつ思いどおりに運ばなかったのだ。フエゴ島で石油採掘のためのボーリングをしたが、そのボーリング機械は壊れた。ウエメウレス渓谷の土地は多大の利益を約束してくれるはずだったが、そこは羊泥棒やピューマや不法占拠者やあくどい土地横領者の棲《すか》み処だった。「アルゼンチンでは土地に関して実にやっかいな問題がある。アルゼンチン政府は、私の所有する羊や建物をあるユダヤ人に譲り渡してしまった。その男は私の羊や建物を、すべて自分の物だとありがたくも誓ってくれたのだ」すべてを失うよりはと、チャーリーはブラウン＝メネンデス一家に助けを求めた。彼らは即座にチャーリーの取り分を十五パーセントにまで値切った。

一九一三年、チャーリーは、イギリスで学業を終えたばかりの息子を南米に呼び寄せた。息子を鍛えようともくろんだのである。息子ハリー・ミルワードは雪に閉じ込められたウエメウレス渓谷で長いひと冬を耐えたものの、農場も管理人も、そしてこの点に関しては父親も大嫌いになった。手紙が次のような終わり方をしていても驚くにはあたらない。「ではさようなら、おまえ。忘れないでくれ。おまえは神のどのような恩恵からもはるかに遠いところにいるが、それでも神はおまえの近くにいる。愛するおまえの父親は……」ハリーのその後の経歴はありふれたものである。戦争に行き、遊び人の仲間に加わり、三回結婚し、最後はイギリスのあるゴルフクラブで秘書の職についた。

私はチャーリーのアルバムに新築中の家の写真を見つけた。それはマゼラン海峡に移されたヴィクトリア朝様式の牧師館だった。彼は地所の半分を聖ジェイムズ英国国教会に寄付し、教区委員、および筆頭寄付者になった。誇らしげに、彼はアレクサンドラ女王から賜った聖水盤の包みを解いた。誇らしげに、彼は教会の献堂式のために来たフォークランドの主教を迎えた。しかしこの教会もまたもめごとの原因になった。彼は自分の歌声をソロで聞かせたいがために、聞かせどころのない讃美歌を選んだ牧師に文句を言ったのである。信徒が『我とともに住め』や『たびたびの危険』や『たびたびの悲しみ』を歌ってもいいはずだ、とチャーリーは主張した。ケイター牧師は、ミルワード船長は陰で酒を飲んでいる、と言いふらした。

戦争が、ブエノスアイレスの病院で腸の手術をしていたチャーリーのすきを突いて始まった。すぐにも戦争は彼の上にのしかかってきた。クラドック提督の署名——それは今もブリティッシュクラブの緑色の掲示板に貼ってある——は、この最南の地の領事がクラドックの元気な姿を見た最後の市民であったことを思い出させる。チャーリーはグッドホープ号の船上でクラドックとともに食事をした。その二時間後、イギリス艦隊はプンタアレナスを出航し、コロネル沖でドイツ軍と悲惨な遭遇をする。彼は備忘録に、クラドック提督がチャーチルの命令を雄々しく、しかしうんざりした様子で受諾したことを書きとどめている。「私はこれからフォン・シュペーを捜しに行く。彼を見つけたら、私の部下は殺《や》られるだろう」

チャーリーは戦争を憎んだ。「大勢の人々が理由もわからずに互いの喉を切り合う」彼は戦争の狂気に身を落とすようなことはしなかった。そればかりか共同経営者のドイツ人と手を切ることもしなかった。「リオンは戦争に加担している輩《やから》とは違う。それどころか彼は愛すべき善良で正直な白人なのだ」とチャーリーは書いている。こうしたことからイギリス人たちはチャーリーを嫌い、あの領事は政治的に信用できない、と噂し合った。一通の匿名の手紙が『ブエノスアイレス・ヘラルド』に舞い込んでいる。その手紙は英国領事について述べられており、「領事はその職を喜んで遂行している」とあった。

戦時中のもうひとつの遺品に、彼の忠実な働きに対してイギリス海軍が贈った金時計がある。スターディ提督はフォン・シュペーの小艦隊をフォークランド諸島沖で沈めたが、現場から逃走したドレスデン号は、プンタアレナス在住のドイツ人に食料の補給を受けながら、樹木でカモフラージュして、ビーグル水道の西の端に隠れていた（イギリス人は街にいる犬の数がだんだん減っていくのに気づき、ドイツの水兵は犬の味のするソーセージを食っていると冗談を言い合った）。チャーリーはドレスデン号の居場所をつきとめ、ロンドンに打電した。しかし海軍は、チャーリーの忠告に従うどころか、まるで正反対の行動を取ったのである。

理由は簡単だった。「本物のイギリス人」が、領事はドイツのスパイだと海軍に信じ込ませ、領事を解任させようとしたからである。海軍はあやまちに気づき、チャーリーにわびを入れた。時計は彼に加えられた中傷に対する償いというわけだった。それは届くのに時間がかかった。彼は書いている。「その時計がどうなってるのかを知る前に、私は墓に入っているだろう」

この時代における三つ目の見ものは、餌のボウルを前にした犬たちを描いた、セシル・アルディンの色刷り版画である。その版画は探検家アーネスト・シャクルトン卿[*1]の姿を思い出させる。シャクルトン卿はチャーリーの居間をゆっくりと歩きながら、『マゼラン・タイムズ』の編集者チャールズ・リエスコを相手に、エレファント島に閉じ込められた部下たちの苦境を長々と演説して聞かせていた。「深く窪んだ灰色の目」「慎み深さによって和らげられた偉大さ」「わが民族最良の人物」などなど、『マゼランタイムズ』に載った記事だけからではそこでなにがあったかはわかるまい。

シャクルトンが重要なところを強調するためにリボルバーを振り回しているあいだ、チャーリーは袖椅子に坐って眠ったふりをしていた。一発目の弾はヒューとチャーリーの耳をかすめ、壁に当たった。彼は起き上がって客から武器を取り上げ、それをマントルピースの上に置いた。シャクルトンはすっかりしょげて謝り、弾が一発残っているのだが、とつぶやいた。チャーリーは袖椅子に坐り直した。だがシャクルトンの話は拳銃なしでは語れない。二発目の弾はまたもやチャーリーをそれてくれたが、版画に命中した。弾痕は右下のへりのところに今も残っている。

領事を退職したチャーリーの生活は、新しい方向へと向かった。彼はイサベルという名の若いスコットランド女性と知り合った。彼女はサンタクルスの牧場で働いたのち、プンタアレナスで一文無しになって立ち往生していたのだ。チャーリーはその女性の世話をし、スコットランドへ帰る運賃を払ってやった。彼女が行ってしまうと、チャーリーはまたひとりぼっちになった。ふたりは文通した。チャーリーの書いた手紙の中に、結婚の申し込みがあった。

イサベルは戻り、ふたりは結婚生活を始めた。一九一九年、チャーリーは自分の資産を三万ポンドと算定し、隠居して子供たち全員に分け与えても充分な額とふんだ。そこで彼はフランス人のレスコルネスと彼の共同経営者セニョール・コルテスに、支払いは経営が戦後の落ち込みから回復するまで延ばしてもよいという条件で、ミルワード財団を売却した。一家は荷造りをし、イギリス行きの船に乗り、ペイントン近くの田舎の邸宅「エルムズ邸」を買い取った。

船乗りチャーリーは海から故郷に帰ってきた。疲れを知らない開拓者チャーリーは消えた。彼は庭じゅうに木を植え、タウントンのフラワーショーで賞を取り、若い妻とともにイギリスの田舎で歳をとっていった。息子にものを教え、ふたりの娘と遊んでやった。娘のひとりは美人になりそうだった。もうひとりの娘はチャーリーの率直な性格を受け継いでいるようだった――このような平和な情景が長続きしなかったことを告げるのは、とてもつらい。

パナマ運河が開通した。プンタアレナスはふたたび通過する必要のない町になっていた。羊毛の価格が暴落した。サンタクルスで革命が起こった。そして鋳物工場がつぶれた。

ふたり、あるいはそれ以上の「本物のイギリス人」が、悪意をもって新しい経営者を

＊1（315ページ）アイルランド生まれの探検家。一九一四年南極をめざす航海の途上で氷塊にはばまれ座礁。約一年八か月にわたる漂流の末、隊員全員が奇跡的に生還。優れたリーダーとして称えられる。

けしかけた。彼らは少しでも甘い汁を吸おうと借金を重ね、ミルワードの名前を使って小切手を切り、そのあげく逃亡した。

チャーリーは破産した。

彼は子供たちにキスをした。それからイサベルにキスをした。彼はイギリスの緑の野に永遠の別れを告げた。そしてプンタアレナス行きの、三等船室の片道切符を買った。一等船室に乗っていた友人たちは、チャーリーが悲しげに海を見つめているのを見た。彼らは切符の差額を払おうと申し出たが、チャーリーにもプライドがあった。今回の船旅では、甲板でゲームに興じることもなかった。彼は羊飼いと一緒にごろ寝する方を選んだ。

イサベルはエルムズ邸を売り払い、チャーリーのあとを追った。そうしてふたりはそれからの六年間、事態の収拾に追われた。写真には、巨大な頬ひげを生やし、目を痛め、ホンブルク帽をかぶって背を丸めている老人の姿が写っている。チャーリーは片足を引きずりながら鋳物工場に通い、男たちにがみがみ文句を言い、彼らが笑うと自分も笑った。イサベルは帳簿をつけた。彼女は帳簿つけをそれから四十年近くも続ける。彼女がせっせと節約していなかったら、彼らは永遠に立ち直れなかっただろう。そうやってひとつ、またひとつとふたりは負債を返していった。

私が想い描くチャーリーの最後の姿は、一九二八年頃の、塔に登って望遠鏡を覗いている姿である。彼は、イギリスの学校に戻る息子を乗せた蒸気船の最後の姿をとらえようと目をこらしていた。船が東に進み、夜の闇に吸い込まれていったとき、彼は言った。
「二度とあの子に会うこともあるまい」

84

プンタアレナスにいたある日曜日、私は聖ジェイムズ教会の朝の礼拝に出た。私はチャーリーの席に坐った。ステッキを置くための真鍮の金具がネジでとめられていたことから、その席がチャーリーのものとわかった。バプティスト派のアメリカ人牧師が礼拝を取りしきっていた。牧師はベランサノ海峡橋を建設するさいの技術的困難について説明し、それから急に「神に至る橋」の話になり、最後は「汝、その橋になれ！」と割れ鐘のような声を上げて締めくくった。牧師はわれわれにピノチェトのために祈るよう言ったが、われわれはどのような精神で祈りを捧げればよいのかわからなかった。信徒の中に、ブラック・ボブ・マクドナルドというスコットランド出身の歳とった羊飼いがいた。彼は「赤豚」のもとで働いていたことがあった。「立派な人だった！」と彼は言った。

私は、ダーウィンレアの戦闘行動について研究するためにここに来たという、アメリカ人の女性鳥類学者にも会った。彼女が言うには、二羽の雄が首をからませ、ぐるぐると回る。先に目をまわした方が負けなのだそうだ。

85

あるイギリス人が、エアタクシーでフエゴ島のポルベニルへ行き、チャーリーと同年輩の男がやっていた古い農場を訪れてはどうかとすすめてくれた。

そのホッブズ氏が所有していたという田舎家は、フラミンゴの湖と海峡に面した入江とのあいだの、平らな土地に建っていた。屋敷は一見、紳士の狩猟用別荘のようで、柔らかい黄土色の羽目板張りの壁に白い張り出し窓があり、上にはテラコッタの屋根が乗っていた。白いツルバラが、小さな庭を取り囲んでいる防風林を越えて生い茂っていた。イギリス人好みの花が数種類、イギリス人が去って久しい今も咲きつづけていた。

農地改革以来、この土地はユーゴスラヴィアの未亡人の所有物となっていた。彼女は家に雇い人をひとり置き、そこを荒れるにまかせていた。けれどもヤニ松の床やカーブした階段の手すりは健在で、ウィリアム・モリスがデザインした壁紙は、まだその一部が踊り場の壁にくっついていた。

写真で見るホッブズ氏はがっしりした体格で、髪の毛は波打ち、血色がよく、イギリス人らしい率直な顔つきをしていた。彼は自分の農場を、彼がこの地にやって来たときにここで狩りをしていたオナ族にちなんで、「偉大な人々《ヘンテ・グランデ》」と呼んだ。今でも農場には、ホッブズ氏のすぐれた工芸に対する好みの痕跡が刻まれている――犬小屋、羊の柵の装飾、豚小屋さえもが家と同じ色に塗られていた。チャーリーが一九〇〇年にここにいたときから、それはたいして変わっていないはずである。

チャーリーが訪れるひと月ほど前、チリの軍艦エラスリス号がフエゴ島の北岸を調査し、一艘のボートを上陸させた。乗組員のうち、ふたりの水兵が迷い子になった。彼らはインディオに殺され、身ぐるみ剥がされた。

翌朝調査隊が出発したが、水兵のばらばら死体を発見するまでには数日がかかった。船長は軍隊を送り込んで人殺しどもをこらしめようとしたが、事態を予測していたオナ族は、すでに山中に逃げていた。

「教えてくれ、ホッブズ」とチャーリーは言った。「あのインディオたちをどうするつもりだ？　彼らは水兵をふたり殺している。やつらはいい気になって、また誰かを殺《や》るだろう。君の屋敷は手頃だし、奥さんや子供、乳母や召使いもいる。ありがたくも今度は君のところに、やつらの目が向くと思うんだ」

「どうしたらいいのか、私にもよくわからない」ホッブズは言った。「今ではインディオを殺せば、政府は非常に意地の悪い態度を取るようになっている。たとえ、自衛のためでもだ。ここは待って、ことの成り行きを見守った方がいいだろう」

チャーリーは数か月後、フエゴ島に戻ってきた。するとホッブズはイギリスから輸入した豚を見ないかと言った。豚小屋のてっぺんに、真新しい人間の頭蓋骨があった。

「エラスリス号の水兵をインディオが殺したときのこと、憶えてるか？」とホッブズは言った。

「憶えてるとも。そのことでどうするつもりなのかと君に聞いたくらいだ」

「私は、待って様子を見ようと言った。それがこれだ。その結果なんだ」

チャーリーはことの次第を話してくれるようホッブズに頼んだ。しかし彼は口をつぐんだままだった。二日後の夜、夕食のあと喫煙室にいると、突然ホッブズが口を開いた。

「インディオのことをたずねていたな。本当はそんなに話すことはないんだ。インディオはだんだん家の近くまで来るようになっていた。まずやつらは羊を一頭盗んでいった。次にはもっと大胆になり、三十頭、四十頭と盗んだ。羊飼いのひとりは、馬を全速力で走らせてかろうじて逃げることができた。そこで私は決断したんだ。やるべきときが来た、とね。

私はスパイを送って、インディオの人数と野営地の正確な場所を調べさせた。男が十三人に女と子供がいるという報告を受けた。ある日、そこに女たちがいないときを見はからって、私は味方につけたインディオを、全部で八人だったが、集めてこう言った。『これからグアナコ狩りに行く』彼らには古い銃やリボルバーで武装させた。われわれはかなりの集団で出発したんだが、少しずつ雇い人たちを家に帰したので、オナ族の野営地近くまで来たときには、インディオたちと私、それに雇い人はひとりだけだった。

われわれはオナ族の野営地を見つけた。そこで私は味方のインディオに、グアナコがどこにいるか野蛮人どもにたずねてこいと命じた。やつらは私の手下が武器を持って近づいてきたのを見て、矢を放った。味方のインディオはこんな歓迎を受けたものだから、ライフルをぶっ放して応酬し、敵をひとり殺した。その後も、もちろん容赦はしなかった。われわれは彼らをさんざん叩いた。見ると死人の中に、例のエラスリス号の水兵を殺した男がいた。豚小屋に乗っかっている頭蓋骨はそいつのものなんだ。

　私は地域の判事として、政府に報告書を提出しなくてはならなかった。そこで味方のインディオが野蛮なインディオと戦ったと書いた。何人かが死亡し、その中におたずね者の人殺しもいたというわけだよ」

86

　エアタクシーのパイロットは、ドーソン島に貨物輸送をしているというユーゴスラヴィア人に私を紹介した。男は私をドーソン島まで乗せていってくれた。私は、アジェンデ政権下の大臣連中が収容されているという強制収容所を覗いてみたかったのだが、兵士は私を飛行機から降ろさなかった。

　チャーリーは、もっと以前にこの島に収容されていた人々の話を書き残している。

　サレジオ会はドーソン島に伝道所をつくり、誰かれなくインディオをとらえて送り込むようチリ政府に依頼した。サレジオ会は間もなく大勢のインディオを集め、文明教育の手ほどきを始めた。これはどっちにしてもインディオにはそぐわず、食べ物と寝ぐらを与えられはしたものの、彼らは今までの放浪生活をしきりに恋しがった。

私がこの話を書いている現時点までに、はやり病が発生して、人口は四十人近くにまで減少している。彼らはさまざまな困難に直面し、逃亡を試み、反抗的になり、働くことを拒んだ。それから突然、彼らは従順に、おとなしくなった。神父たちはこの徴候を見逃しはしなかった。インディオが午前中はいつも疲れており、仕事中によく居眠りをすることに気がついたのだ。神父たちはインディオに罠をしかけ、彼らが夜、小屋に引き取ったあとで、森に入って行くことを突き止めた。神父は跡をつけようとした。しかしインディオはいつもそれに気がつき、何時間もただ森の中をあてもなくうろついては小屋に帰ってくるのだった。

このような状態が数か月も続いた。サレジオ会は謎の正体に少しも近づくことができなかった。あるとき神父のひとりが島の離れた場所に遠出し、帰る途中で道に迷ってしまった。夜も更けてきたため、彼は横になって休んだ。すると、木々のあいだから人の声が聞こえてきた。彼は声の方へ這っていき、そこで姿を消していたインディオを見つけた。彼はそこにひと晩じゅういた。そしてインディオが昼間の労働のため伝道所に戻ったあとで、隠れ場所から出た。彼がそこで木の枝の下に見つけたものは、美しく彫り上げられた一艘のカヌー、堅木の幹をくり抜いた丸木舟だった。丸木舟は非常に薄く仕上げられていたから、ひどく大きかったにもかかわらず、重すぎて持ち運べないというほどではなかった。インディオはそれを四百ヤードほど先の浜まで引っ張っていこうとしていたのである。神父は、彼らが波打際のすぐ近くまで道を切り開いていることを知った。

神父はこのニュースを持って伝道所へ帰ってきた。神父たちは会議で意見を戦わせ、厳しく監視をするとともに、ときどきカヌーを見にいって、彼らがそれをどんな風に扱っているのかを調べることにした。何も知らないインディオたちは、何日もかけてカヌーを浜辺に引っ張っていった。気の長い仕事だった。夏の夜は短く、ひと晩で数ヤードしか移動させることができなかった。

神父たちは、インディオがクリスマスの過ぎるのを待っているのだろうと考えた。というのも彼らに特別食が配られることになっていたからだ。そんなわけでインディオが伝道所でクリスマスの祝いを楽しんでいる最中、サレジオ会はのこぎりと新聞紙を持たせて、男をふたり差し向けた。彼らは新聞紙を地面に広げ、その上でカヌーを真っぷたつに切断した。おがくずはきれいに持ち去られた。哀れな野蛮人たちは食料をすべて積み込むまで、何も気づかなかった。

長い長い数か月の時を待って、偉大な夜がやってきた。彼らは全員カヌーのまわりに集まっていた。彼らはカヌーを水際まで引っ張ろうとした。カヌーはふたつに割れた。

これは、私がこの哀れなインディオについて聞いた中で、もっとも意地の悪い仕打ちである。憎き監獄から自分たちを解放してくれるはずのカヌーが、使い物にならなくなっていたのだ。もし神父たちがカヌーを見つけてすぐに破壊していたなら、罪深さも半減していたことだろう。カヌーに食料を積み込ませ、浜に引きずりおろすところまで彼らに作業させたということが、もっとも残酷なこととして私を打ちのめした。

私は、そのあとインディオたちがどうしたのかをたずねた。彼らは伝道所の小屋に戻り、何事もなかったように生活を続けたという。

87

私にはもうひとつだけパタゴニアでやらなければならない事があった。それは失くした毛皮の代わりになるものを見つけることだった。

プエルトナタレスの町は光にあふれていたが、はるか彼方のラストホープ湾には、紫色の雲が積み重なっていた。家々の屋根は錆が出てかさぶたのようになっており、風にカタカタと音をたてていた。庭にはナナカマドが茂り、その実が赤い火となって葉を黒く見せていた。ほとんどの庭では一面にギシギシやチャービルが生えていた。

雨粒が舗道を叩いた。老女たちは広い道路沿いに黒いしみとなって、雨宿りの場所を求めて小走りに走った。私は猫と海の匂いのする店に避難した。店の女主人は腰かけて、油に浸した毛糸でソックスを編んでいる。女主人の周囲には、ひもに通したムラサキイガイのくん製やキャベツ、乾燥アオサの塊、チューバのようにとぐろを巻いたケルプの束などがあった。

プエルトナタレスは、食肉工場が開かれて以来、共産主義者の町になっていた。イギリス人は第一次大戦中に、湾沿い四マイルにわたって食肉工場を建てた。湾は岸近くまで深い水深を保っていた。イギリス人は労働者を運ぶための鉄道も敷いた。その後町がさびれると、市民はエンジンを塗装し、広場に置いた――その記念碑はふたとおりの意味に取れた。

畜殺のシーズンは三か月間続くのが恒例だった。チリ人労働者は初めて機械化された畜殺の味を知った。それは彼らの抱いていた地獄観に似ていた。多量の血に床は赤く染まり、湯気が立つほどだった。たくさんの動物が跳ね回り、その後硬直した。たくさんの白い死体から、腸や胃や脳みそや心臓や肺や肝臓や舌があふれ出した。それらは男たちをいささか狂気に走らせた。

一九一九年の畜殺期間中に、何人かの過激派がプンタアレナスから来た。彼らは言った。ロシアの兄弟たちは経営者を殺し、今は幸せに暮らしている、と。一月のある日、イギリス人の副支配人はふたりの男に塗装の仕事を依頼したが、出来ばえがよくないからと支払いを断わった。その日の午後、男たちは副支配人の胸を銃で撃った。それにつられてほかの労働者たちも自制心を失った。彼らは鉄道を乗っ取り、運転士にもっと馬力を出せと言った。それ以上無理とわかると、その運転士も撃ち殺した。三人の騎銃兵をリンチにかけ、商店に押し入り、放火した。

マガジャネス知事は、船で軍隊と判事を送り込んだ。そして騒動の中心人物二十八人を連れ去り、食肉工場では、過激派が来る以前と同じように作業が続けられた。

ホテル・コロニアルで、私は主人の妻に騒動のことをたずねた。

「あまりにも昔のことだわ」と彼女は言った。

「では、アントニオ・ソートという名の男を憶えてませんか？　彼はアルゼンチンでストライキのリーダーをしていたんですが、ここのシネ・リベルタッドで働いていたはずなんです」

「ソート？　そんな名前は知らないわね。ソート？　ちょっと待って、それホセ・マシアスのことかしら。彼はストライキに加わっていました。リーダーたちも一緒に」

「ここに住んでるのですか？」

「住んでました」

「会えるでしょうか？」

「彼は銃で自殺しましたわ」

88

ホセ・マシアスは自分の理髪店で、理髪用の椅子に坐り、鏡の方を向いて自分を撃った。

生きているホセを最後に見たのは女学生だった。彼女は八時半に、幅の広い白襟のついた黒い服を着て、ボリエ通りを歩いていた。彼女の影がすぐ横の壁の波板に沿ってひょこひょこと動いていた。とりわけ冷たいブルーに塗装されたその家の窓を、彼女は覗きこんだ。そして床屋が白いブラインド越しに彼女のことをじろじろと見るのを――いつもの朝のように――見た。彼女はぶるっと身震いし、先を急いだ。

正午、料理係のコンチータ・マリンは、床屋の昼食をつくるため荒れた町はずれの自宅を出て、バケアーノ通りを歩いていた。角の店で彼女は野菜を買い、レストラン・ロサ・デ・フランシアに立ち寄り、そこで自分のために肉入りパイをふたつ買った。白いブラインドが降ろされているのを見たとき、彼女は何か悪いことが起こったことを知った。

床屋は几帳面な性格で、いつも出かけるときはマリンに前もって言っていたのである。彼女は返事がないことを予想しつつも、ドアを叩いた。彼女は隣人にたずねたが、彼らも床屋を見かけてはいなかった。

コンチータ・マリンはバスケットを下に置き、柵を抜けてそろそろと庭へ入り、台所の窓の壊れた止め金をはずして、家の中にもぐり込んだ。

床屋は古いウィンチェスター銃で右のこめかみを撃っていた。反射作用がまだ機能していたため、彼は二発目の弾を撃った。その弾ははずれ、カレンダーのパタゴニア氷河の写真に当たった。椅子は左に回転し、からだは床の上に斜めにずり落ちていた。魚のようにうつろな眼が天井を向いていた。ブルーのリノリウムの上は血の海。血はインディオ特有の彼の硬い髪の毛にもこびりついていた。

マシアスは細かいところまで彼らしい気くばりをして、死の準備をしていた。顔を剃り、口ひげをきれいに刈った。マテ茶を飲み、底にたまった緑色の沈殿物をゴミバケツに捨てた。靴を磨き、ブエノスアイレスでつくった縞柄のいちばんいいウールのスーツを着た。

理髪室は白く、がらんとしていた。鏡の前には白っぽい木製のキャビネットがふたつ並び、中にはポマードやヘアオイルが入っていた。洗面器の上には棚があり、ひげ剃りブラシやハサミやカミソリが置いてあった。ヘアスプレイの瓶が二本、ノズルを内側に、赤いゴムの押さえを外側にして、向かい合うように並べられていた。

発砲の衝撃が、彼が最後に構成したこのシンメトリーを台無しにしていた。

マシアスはしまり屋だという風評が立っていたが、やることはすべて間違いないとも言われていた。遺書はなく、金もほとんど残していなかったが、三軒の家を人に貸していた。借家人は家主に対してまったく不平を持っていなかった。健康には注意深く、がんこな菜食主義者で、ハーブティーを飲んだ。朝早く起き出して、人が歩く前に道路を掃除するのが習慣となっていた。隣人らは彼のことを「アルゼンチン人《エル・アルヘンティーノ》」と呼んだ。それは彼の孤独癖や、シャープな服のラインや、マテ茶を飲む習慣や、以前踊った激しく、かつ優雅なタンゴのせいだった。

もともと彼はチロエ島南部の出身だったが、子供の頃島を離れた。彼はパタゴニアの牧場で働く羊毛刈り職人の一団の徒弟になった。そして一九二一年の牧夫による暴動に巻き込まれ、リーダーたちと仲よくなって、一緒にチリへ逃げてきたらしい。プエルトナタレスに落ち着いた彼は床屋を始めたわけだが、この仕事は羊毛刈りに似ているとはいえ、それよりは高級だった。彼は結婚し、娘をひとりもうけた。しかし妻は彼のもとを去り、バルパライソの機械工と重婚した。何年かが過ぎて、彼は革命から足を洗い、エホバの証人の信者になっていた。

彼が銃で自殺したのは月曜日だった。日曜日、道行く人はマシアスが自転車に乗っているのを見た。健康のためでしょう、と彼らは言った。ベレーをかぶり、レインコートをひるがえしながら、この老人は風に向かって身をかがめ、通りから通りへとジグザグに進んだ。それから湾に沿ってペダルをこぎつづけ、やがて広大な風景の中に吸い込まれていった。

町の人々はこの自殺について、おもに三通りの解釈をしていた。クーデター以後被害妄想が彼に取りついていたというもの。あるいは世界の終末が日曜日に来ると計算し、それがあっけない結末となった月曜の朝、みずからを撃ったというもの。三つ目の解釈は、動脈硬化症に死の原因があるというものだった。彼が次のように言うのを聞いた人たちがいた。「自分がそれにやられる前に終わりにするよ」

コンチータ・マリンは飾り気のない、活発な、豊かな胸をした女性で、息子がふたりいたが夫はいなかった。彼女の恋人たちはセーターに魚のウロコをくっつけ、海から上がるとすぐにやって来た。私がコンチータをたずねたその朝、彼女はピンクのジャンパーを着てジャラジャラ音のするイヤリングをぶら下げ、尋常でない量のグリーンのアイシャドウを塗っていた。プラスチックのカーラーが幾つか、もつれた彼女の黒い髪になんとか秩序を与えようとしていた。

しかり、彼女は床屋のことを気に入っていた。彼は非常に几帳面で、非常に控え目だった。それから非常に風変わりでもあった！　知的だったわ、と彼女は言った。「彼が庭にあお向けになり、星を見つめている姿を想像してみて」

彼女は色とりどりのクレヨンで描かれたデッサン画を指さした。

「セニョール・マシアスが私のためにこの絵を書いてくれたの。これが太陽、赤ね。これが月で黄色でしょ。地球もある、緑色。それでこれが有名なすい星《コメータ》……」

彼女が指さしたのは、画用紙の上の隅から広がっているオレンジ色の縞だった。

「これが意味していることは……コメータ……コ……オウ……テク。つまり、セニョール・マシアスが言うには、このすい星は私たちが罪を犯したことで、私たちを殺すために神様から送られてきたものだそうよ。でもやがて飛んでいってしまったわ」

「マシアスは政治に関係していましたか？」と私が聞いた。

「彼は社会主義者でしたわ。社会主義者だったと思います」

「社会主義者の友人がいたんですか？」

「友だちはいませんでした。でも社会主義関係の本を読んでいました。とってもたくさん！　マシアスはそれを台所で私に読んでくれたんです。でも、私には理解できませんでしたけど」

「どんな本でした？」

「憶えてません。読んでくれてるあいだ、耳を傾けているのが大変でね。ただひとつだけ名前を憶えています……あ、そうそう、有名な著述家。北側の著述家で、まさに社会主義者の！」

「元大統領のアジェンデ？」

「いえ、いえ。セニョール・マシアスはセニョール・アジェンデを全然好いてませんでした。マシアスは、あの人は男色家だと言っていました。政府全部が男色だって。政府の役人が男色とはね！　考えてもみて！　まったく。その著述家の名前は確かMではじまって……そうマルクス！　マルクスでおかしくありません？」

「マルクスというのはあり得ます」

「マルクスでしたわ！　上出来《ブエノ》。セニョール・マシアスは、このセニョール・マルクスが彼の著作の中で述べていることはすべて本当だと言いました。けれども別の人たちがマルクスの言ったことを変えたのだそうです。彼は、曲解だ、真実を曲解している、と言っていました」

コンチータ・マリンはセニョール・マルクスの名を憶えていたことを喜んだ。「セニョール・マシアスの遺書をご覧になりたい?」と彼女は言って、長毛のダックスフントが描かれた色刷り版画を見せてくれた。マシアスはその版画に次のような添え書きをしていた。「人類の唯一の友(人類になんのうらみも持っていない)」裏側には次のようなことが書かれてあった。

真の伝道師は権力を身につけ、使徒パウロのように専心する
救済のない社会学はない
福音伝道者なしの政治経済学はない
救いのない改革はない
転向のない文化はない
寛容なくして進歩はない
新たな誕生なくして新たな社会秩序は生まれない
新たな創造なくして新たな組織は生まれない
神の言葉なくして民主主義はあり得ない

キリストなしの文明は存在しない
われらの主が命じることを、われらは行なう用意ができているだろうか
（彼自身の願望であろうか？）

そう、とコンチータ・マリンは言った。床屋は病気でした。とても重い病気。マシアスは動脈硬化でした。でもそれ以外にも何かありました。いつも心の中に何かが巣食っていたようです。いいえ、アルゼンチンでのストライキのことはなにも話してくれませんでした。とても無口な人。でもときどき、首のつけ根のところにある傷あとのことが気になりましてね。弾傷です。きれいに貫通したに違いありません。考えてもみて！彼はいつもその傷を隠していました。いつでも硬いカラーとタイをしていました。一度彼が病気になったとき、傷を隠そうとしたので、私も気がついたのです。

床屋の娘エルザは、くすんだ肌と色あせた髪の、打ちひしがれた未婚女性だった。彼女はヤグルマギクの色に塗られたふた間の家に住み、洋服の仕立てをして生計を立てていた。彼女はその年父親に一度だけ会っていたが、お互いのために話しかけることはしなかった。父は若い頃冒険家でしたの、と彼女は言った。「ええセニョール。かなりの《ムイ・ビ》悪党《カロ》でした」子供の頃、父親がギターに合わせて歌っていたのを憶えているという。「でも、悲しい歌ばかり。父は、悲しい人だったんです。教育もなく、何も学ばなかったことが悲しかったのです。たくさん本を読みましたが、理解してはいませんでした」

そして自分自身の苦しみばかりか、父親の苦しみをも飲み込んだような面持ちで、父親のことを不幸な人《インフエリス》、と言った。

エルザは一枚の写真を私に見せてくれた。うしろになでつけられたもじゃもじゃの髪。苦渋に満ちた彫りの深い顔立ち。恐怖におののく眼。襟先のとがったブエノスアイレス製のスーツに、糊のきいた高いカラーとボウタイ。私が傷あとのことをたずねると、彼女はあっけにとられて言った。「どうしてあの人はそんなことを言ったのかしら?」

広場の薬屋はマシアスの古いなじみ客だった。薬屋が、アルゼンチンでストライキをやっていた頃の床屋を知っているという老牧夫を紹介してくれた。この老人は、アイスクリームパーラーを営んでいる未亡人と一緒に暮らしていた。老人の目は白内障のために白く濁り、青い静脈がまぶたに浮き出ていた。手は関節炎のせいでこぶができていた。彼は薪ストーブに身をかがめるようにして坐っていた。老人の保護者は疑い深そうな目つきで私をじろじろと見た。彼女の腕はアイスクリームミックスで肘までピンクに染まっていた。

老人は最初は饒舌だった。彼は、リオコイレでビーニャス・イバラに降伏したスト参加者たちとともに行動していた。「軍隊は誰でも殺していいという許可を得ていたんだ」彼は断固たる調子で言った。まるで軍隊以外は考えられないといった感じだった。しかし私がリーダーたちのことをたずね、マシアスの名前を出すと、彼の話はすっかり支離滅裂になってしまった。

「反逆者だ！」老人は興奮した口調で言った。「飲み屋のおやじ！　理髪師！　軽業師！　絵かき！」そしてゴホゴホと咳き込み、ぜいぜいと息を切らした。女はアイスクリームミックスにまみれた手と腕を洗い、老人のそばに来て背中を軽く叩いた。

「どうかセニョール、お帰りください。もう歳なんですから。この人をわずらわさないでいただきたいの」

ホセ・マシアスに友人はいなかったかもしれないが、話し相手のなじみ客はいた。それらの客の中に、バウティスタ・ディアス・ローという男がいた。マシアスとこの男は同い年、そしてチロエ島の同じ地区の出身だった。風変わりな話題で互いに口角泡を飛ばすことに飽きたときには、彼らはチロエ島の思い出にふけることができた。

バウティスタの先祖はスペイン人、インディオ、そしてイギリス人だった。彼の母方の祖父はウィリアム・ロー船長という、私掠船の船長兼アザラシ狩りの漁師だった。フィツロイやダーウィンをビーグル水道に案内したのは彼である。ひ孫のバウティスタは背丈の低い、がっしりした男だった。はがねのようなからだで、いつも愉快そうに笑っている。残忍な性格はイギリス人《サングレ・ブリタニカ》の血のせいだとうそぶいていた。

七十年間にわたる殴り合いのせいで、バウティスタの鼻はぺしゃんこになっていた。いまだに誰とでも飲んで、相手を酔いつぶすことができた。そして飲みながら、より大きな正義についての自分の考えを吹聴し、自分の人生をことさら大げさに話すのだった。とはいえ何枚かの写真が次のようなことを証明している——十六の歳で、誰も手なずけることのできなかった種馬を手なずけた。プロのボクサーでありストライキのリーダーだった。組合のチンピラどもとけんかをし、彼らに命を狙われたがうまくかわした。そんな人生航路の中で、彼はある理論に到達する。すなわち人は一度は人を殺す、あるいは殺そうと企てる。そう運命づけられているのだ。

「唯一合法的な武器は拳骨だよ。へっ！　俺にたてついたやつは全員地面の下で眠ってるぜ。ここにいるのは神じゃなくて権利だ」

資本家と労働者双方の敵ということで、彼はラストホープ湾の先に引っ込み、未開地を切り開いて牧場をつくった。その場所で、青い板葺きの手づくりの家に住んでいるバウティスタに、私は会うことができた。そうしてわれわれは奇抜なエメラルドグリーンの台所に坐り、ふたりの牧夫とひとりのアザラシ狩りとともに、飲んだり笑ったりしてひと晩を過ごした。

二週間ごとに、彼は赤いカッター船を操ってプエルトナタレスに出る。そこで食料を買い込み、妻のところに一泊か二泊した。妻は五人の息子の面倒をみるために街に残っていて、荒くれ者の夫が少し離れたところにいてくれるのを喜んでいた。

「飲んだくれの息子が五人！　ひどいもんだ《ケ・バルバリダ》！　飲んだくれの息子を五人も持たなきゃならんとは、この俺が何をしたって言うんだ。あいつらの母親はあいつらが働いてると言っとるが、俺に言わせりゃ飲んだくれだ」

私は床屋の自殺のことをバウティスタにたずねた。バウティスタは拳骨をテーブルに打ちつけた。

「ホセ・マシアスは聖書を読んどった。聖書ってのは、人の気を狂わせる書物だ。問題はだ、何が彼に聖書を読ませたかだ」

私はバウティスタに、マシアスが加担したストライキのことで私が知っているかぎりのことを、そして彼が首の傷あとを明らかに恥と考えていたことを話した。リーダーたちが、発砲している軍隊の前に労働者を置き去りにして逃げたときの様子を話し、マシアスの首を傷つけた銃弾はこのことと関係あるだろうかと問うた。

バウティスタは注意深く耳を傾け、そして言った。「俺は、マシアスの自殺は女が原因とみているんだ。あの男はあの歳になってもすこぶる女好きだった。その上嫉妬深いときてる。自分の女にはほかのやつと口もきかせなかった。ほかの女とさえもだ。そう、もちろん、そんな女たちは皆彼を捨てた。だからあいつは宗教マニアになったんだ。しかし、あんたがストライキのことを持ち出すとは妙だね。俺の知ってるやつらであのストライキを切り抜けてきたものは全員、何かに取りつかれたみたいになってる。ひょっとしたら老いぼれマシアスは借りを返すつもりで、自分を撃ったのかもしれんな」

私はプエルトナタレスに戻り、知っていることを洗い直してみた。ホセ・マシアスは引き金を引く前に、シャツの前ボタンをはずし、首を鏡にさらしていた。

89

ホテル・コロニアルのバーでは、教師と引退した羊飼いがランチタイムのブランデーを飲んでいるところだった。ふたりは静かに政府機関のことを嘆いていた。羊飼いはミロドン洞窟をよく知っていた。彼は私に、まずセニョール・エベルハルトをたずねろとすすめた。洞窟を発見したのがエベルハルトの祖父だったからである。

私は食肉工場の煙突をめざして町を抜け、湾に沿って歩いた。赤い小さな漁船が停泊場所でふいに向きを変えた。男がひとり、海草をシャベルですくって荷車に積んでいる。彼はまるで狂人にでも出会ったかのように、妙なしぐさをした。それからトラックが停まり、私をかなりの道のり運んだ。

プエルトコンスエロに着いたときにはもう暗くなっていた。白いカモハクチョウの艦隊が岸辺近くを泳いでいる。大きなドイツ風の家の破風が松の植え込みの上に見えたが、窓はよろい戸が閉められ、戸にはかんぬきがおろされていた。ちょうどそのとき発電機の動き出す音がして、半マイルほど先に灯がともるのが見えた。

私が庭に入っていくと、シェパードが吠え立てた。連中が鎖でつながれているのをありがたく思った。ワシのような顔をした、長身白髪の、上品な身のこなしの男が玄関に出てきた。私はスペイン語で緊張気味に、チャーリー・ミルワードのこと、そしてオオナマケモノのことを説明した。

「ということは」と彼は英語で言った。「君は盗っ人の身内ということになるわけだな。入りたまえ」

男は私を一九二〇年代調の、ドイツ風の白いがらんとした家の中に招き入れた。室内にはミース・ファン・デル・ローエがデザインしたガラスのテーブルとスチールパイプの椅子があった。食事をしながら、彼は祖父ヘルマン・エベルハルトについて語った。われわれは話の断片をつなぎ合わせて物語をつくっていった。

90

ヘルマン・エベルハルトはすこぶる食欲旺盛な、元気のいい少年だった。ヘルマンの父親はプロシア軍の大佐で、選挙侯に仕えるためローテンブルク・オブ・デア・タウバーをあとにしたのである。父親はヘルマンを陸軍士官学校に入れたが、ある夏の朝、彼はそこを抜け出した。彼に言わせれば、川に泳ぎに行くつもりだったのだ。彼は川の土手に替えの洋服ひとそろえを残したまま、五年間行方をくらました——ネブラスカの養豚農場、アリューシャン列島の捕鯨基地、そして北京。

北京でドイツ陸軍当局はヘルマンをつかまえ、船で本国に送還した。ヘルマンの父親はみずからを息子の軍法会議の判事に指名させ、脱走の罪により二十年間の重労働という判決を下した。ヘルマンの友人たちは父親の裁断が偏りすぎていると訴え、十八か月に減刑させた。ヘルマンはこの刑を務め上げた。

彼はドイツに永久におさらばした。彼はフォークランド諸島に行き、そこで水先案内人として働いた。ある年ブエノスアイレスの英国大使が、ダッドレー伯爵のヨット「マルチェーサ号」を海峡経由でバルパライソまで運ぶよう、彼に頼んだ。金のことなど考えもせずに、ヘルマンはこんなヨットに乗れて幸せだと言った。彼がヨットを降りようとしたとき、ダッドレー卿はヘルマンの手に一通の封筒を押しつけ、これを開けてはいけないよと言った。封筒には千ポンドの小切手が入っていた——あの頃、卿《ロード》は神様《ロード》だったのである。

小切手は高額すぎてとても使いきれるものではなかった。やがてヘルマン・エベルハルトは牧羊場の経営に着手した。一八九三年、新しい放牧地を探していた彼は、海軍を脱走したふたりのイギリス人とともにラストホープ湾まで船を漕いで来た。プエルトコンスエロまで来ると、彼は言った。「ここなら何かできそうだ」

一八九五年二月、エベルハルトは開拓地の背後の山に洞窟が大きく口を開けているのを知り、そこを調査することにした。彼に随行したのは義理の兄弟であるエルネスト・フォン・ハインツ、グリーンシールドなる人物、クロンダイク・ハンスというスウェーデン人、それに犬が一匹だった。彼らは人間の頭蓋骨と、地面になかば埋もれた一枚の毛皮を見つけた。毛皮は長さ約四フィート、幅はその半分だった。片面には剛毛が生え、表面には塩がふいていた。反対の面には白い小さな骨が埋もれていた。グリーンシールドは、これは小石のくっついた牛の皮だと言った。エベルハルトはここらに牛はいないと言い、未知の海洋哺乳動物の毛皮ではないかと考えた。彼は毛皮を木に吊るし、雨で塩が洗い流されるようにした。

一年後、スウェーデンの探検家オットー・ノルデンスキョルド博士が洞窟を訪れ、新たな毛皮を発見した——あるいはエベルハルトの見つけた毛皮をちょっぴり切り取ったのかもしれない。彼はさらに巨大な哺乳動物の眼窩、爪、非常に大きな人間の大腿骨、そしていくつかの石器を発見した。彼は発見物をウプサラ博物館のアインナー・レーンベルク博士に送った。博士はそれらを見て当惑し、興奮もしたが、これっぽっちの情報では発表のしようもなかった。

プエルトコンスエロで珍獣発見の噂に、次にやって来たのはラプラタ博物館のフランシスコ・モレノ博士だった。彼は一八九七年の十一月に訪れたのだが、半分の大きさになったエベルハルトの毛皮がまだ木にぶら下がっていることを除けば、何ひとつめぼしい物を見つけることはできなかった。エベルハルトは毛皮をモレノ博士にゆずった。博士は旅行中に見つけたほかの遺物と一緒に、毛皮をラプラタに送った。

その荷が着いたひと月後、モレノ博士の同僚でありライバルであった南米古生物学者の長老フロレンティーノ・アメギーノが、センセーショナルな論文を発表した。そのタイトルはこうである。「ミロドン・リスタイに関する最初の小論——アルゼンチンにおける古代大化石貧歯類の現存する標本について」

しかし当初は背景的知識もわずかなものだった。

91

ミロドンとは地上性のオオナマケモノのことで、雄牛より大きい南米特有の種である。一七八九年、バルトロ一メ・デ・ムーニョス博士なる人物が、ミロドンの仲間でさらに巨大なメガテリウムの骨を、ブエノスアイレスからマドリードのスペイン王室珍品コレクションに送った。スペイン国王は、生死を問わず、標本をもうひとつ送るよう命じた。その骨格はキュヴィエをはじめとする当時の博物学者たちを驚かせた。ゲーテはこの話をあるエッセイにまとめたが、それは「進化論」を予見させるものである。動物学者たちは背の高さが十五フィートにも達する、この太古の哺乳動物の姿を想像した。昆虫を常食とし、木にさかさまにぶら下がる普通のナマケモノの、これはいわばキングサイズ版とでもいうべきものだった。キュヴィエはこの動物をメガテリウムと命名し、自然が「不完全でグロテスクなもの」をつくって楽しもうとしたのに違いないと述べた。

ダーウィンは、バイアブランカ近くのプンタアルタの浜で「九つの巨大な四足獣」のひとつとしてミロドンの骨格を発見し、王立医科大学のリチャード・オーエン博士のもとに送った。オーエンは、オオナマケモノが大洪水の起こる前に大木によじ登ったのだという考えに笑った。そしてこの鈍重な動物にミロドン・ダルウィニという名をつけ、その姿を再構築した。ミロドン・ダルウィニは後足と尻尾を三脚のように使って立ち上がり、木には登らず、爪で枝を引っかけたと考えられた。またキリンのように長く伸びる舌をもち、それで木の葉や地虫をからめ取った。

十九世紀を通じて、ミロドンの骨はパタゴニアの崖のあちこちで次々と発見された。科学者は、骨格とともに無数の骨の山が見つかることに当惑させられていたが、ラプラタ博物館のアメギーノは、これらがアルマジロの背甲に似たよろい板だと解釈した。

ここで重要なことは、絶滅したこの動物が、現存する動物、そして想像上の動物と共存していたことである。何人かの動物学者は、インディオの伝説や旅人の話から、ある巨大な哺乳動物が氷河期の危機を切り抜け、南アンデス地方で生きながらえていると考えた。候補は五つあった。

(a)　イエミスチェ。悪鬼の一種である。

(b)　スーあるいはスクラス。さかのぼること一五五八年、パタゴニアの川の土手で生存していたことが報告されている。この生き物は、ライオンに似てはいるが「どこか人間らしさのある」頭をもち、耳から耳まで短い顎ひげを生やし、硬い毛で覆われた尻尾があって、生まれた子供の良い隠れ場所になっていた。スーは狩りをしたが、それは肉のためだけではなく、毛皮をとって寒さをしのぐためでもあった。

(c)　ヤクワルーあるいは「ウォータータイガー」(しばしばスーと混同される)。イギリス人でイエズス会員のトーマス・フォークナーが、十八世紀にパラナで目撃。この動物は獰猛で、渦巻く水中に棲み、牛を食べたあとは水面に肺や腹わたが浮かんだという（おそらくワニの一種、カイマンであろう）。「ウォータータイガー」は、ジョージ・チェイワース・マスターズの回想録『パタゴニアの人々との親交』にも登場する。この著者は、テウエルチェ族のガイドが「ピューマより大きな黄色のけだもの」がいることを理由に、センゲル川を渡るのを拒否したときの模様を書いている。

(d) エレンガッセン。一八七九年、パタゴニアのある族長がモレノ博士に語った。この怪物は人間に似た頭とよろいに覆われた背甲を持ち、巣に近づく者に石を投げたという。これをやっつける唯一の方法は、腹の裂け目を射抜くことだった。

(e) 未知の動物群に関する五番目の、そしてもっとも信頼できる報告は、一八八〇年代後半に、のちのサンタクルス州知事ラモン・リスタが「オオセンザンコウに似た」巨大な動物を銃で撃った、というものである。

フロレンティーノ・アメギーノがミロドン・リスタイに関する小論文をものにした頃の背景的知識とは、この程度のものである。何年もかけて、アメギーノは、弟のカルロスがインディオから聞いたというイエミスチェの話を記者たちに語っていた。最初記者連中は、この話を原住民の恐怖の神話、一貫性のない神学体系から生まれた想像の産物にすぎないと考えた。しかし彼らは、この動物が実在する哺乳動物であることを信じるに足る、新たな、そして驚くべき事実を聞かされるのである。

アメギーノはこう語った。一八九五年、ホンペンという名のテウエルチェ族がセンゲル川を渡ろうとしたときのこと、川の流れが速く、馬は水に入ろうとしなかった。そこでホンペンは馬を降り、馬をなだめつつ手綱を引きながら、ゆっくり川に入っていった。しかし馬はいななき、後足で立ち上がり、砂漠に逃げてしまった。そのときホンペンは、イエミスチェが自分に向かって近づいて来るのを見た。

ホンペンは落ち着いてその動物をにらみ、「インディオが用いれば脅威的な威力を発揮する」という石の付いた投げ縄ボラ・ペルディーダを使った。彼は動物をうまくからめとり、死体から皮を剝いだ。そして友人である白人の探検家カルロスに、小さな皮の断片を一枚やった。

カルロスはその皮をアメギーノに送った。アメギーノがその皮に手を触れ、白い小骨を見た瞬間、彼は「イエミスチェと古代ミロドンが同一のものである」ことを直観した。この発見は、ラモン・リスタ州知事が銃で撃った動物の存在を立証することにもなった。そこでアメギーノはこの動物に、暗殺されたこの元州知事の名を取って、ネオミロドン・リスタイと命名したのである。

「で、骨格はどうしました？」と記者がたずねた。

「骨格に関してはカルロスが調べている最中です。近いうちに手に入れば、と思っていませんか」

「いいえ。私はこの動物が南極大陸から氷山に乗って流れてきたものとは考えておりません。

はい。私は公共事業大臣にミロドン狩りのための多額の予算を申請しました。

はい。テウエルチェ族はよく木の葉や枝で隠した落とし穴をつくって、ミロドンをとっていました。

いいえ。テウエルチェ族がミロドン狩りをしたことに疑いは持っておりません。容易には傷つかない外皮と攻撃的な習性にもかかわらず、最後にはミロドンは人間に捕われるでしょう。

いいえ。私は、モレノ博士がエベルハルトの洞窟で発見した物に興味はありません。もしモレノ博士がミロドンの皮を手に入れたと思ったなら、どうしてそれを科学者の目に触れさせなかったのでしょうか？

アメギーノの記者会見はさらに国際的なセンセーションを引き起こした。大英博物館は皮の標本をちょっぴり切り取ってくれないかとアメギーノにせがんだ。ドイツはこの動物の死体の写真を欲しがった。そしてアルゼンチンじゅうから、この動物を目撃したという報告が寄せられた。パラナのある牧場主は「ウォータータイガー」に牧夫を奪われたと言った。彼は聞いた。パシッ、パシッと木の枝の裂ける音。「チャプ、チャプ、チャプ」と動物の泳ぐ音。「ウォーッ」という咆哮《ほうこう》……。

モレノ博士はラプラタに戻り、エベルハルトからもらった皮をロンドンに送った。彼は安全を期してそれを大英博物館に預けた。皮は今もそこにある。一八九九年一月十七日に行なわれた英国王立協会での講演で、モレノはそれがミロドンであることは知っていたと述べ、さらに、ミロドンは絶滅して久しいが、ニュージーランドのモアの羽の場合と同様、条件がよかったために皮が残ったのだと言った。

古生物の保存を研究しているアーサー・スミス・ウッドワード博士はこの説に半信半疑だった。彼はモアの羽を調べ、またセントピーターズバーグでは、パラスから来た毛のついたサイの皮や、ヤクティアから来た氷漬けのマンモスを調べた。彼はこれらを比較検討した結果、ミロドンの毛皮が「きわめて新しく」、血の塊も非常に赤味が強いことから、モレノ博士の説には反するかもしれないが、「この動物は最近殺されたものだと言ってさしつかえない」という結論を下した。

ヘスケス・プリチャードなる男のミロドン探しのために『デイリーエクスプレス』が資金援助をしたことに対して、イギリス内で疑問視する声が高まったのは事実である。というのもプリチャードはミロドンのかけらすら発見しなかったのだから。しかし彼の著書『パタゴニアの奥地へ』を読むと、これがコナン・ドイルの『失われた世界』のネタ本になったらしいことがわかる。

一方、例の洞窟では、ふたりの考古学者が掘削を試みていた。スウェーデン人のエアランド・ノルデンスキヨルドはかなり合理的な方法をとった。彼は異なる三つの地層を発見した。いちばん上の地層には人間の居住の跡が見られた。真ん中の地層には、アケボノウマを含む数種類の絶滅した動物の骨があった。しかしミロドンの化石があったのはいちばん下の地層だけだった。

次に洞窟を掘削したのはラプラタのハウタール博士で、この男は層位学の原則すら知らないのではないかと思われるような、いい加減な学者だった。彼は完全に残っていたナマケモノの糞の層を掘り返し、木の葉や草と混ぜこぜにしたのだ。それは今も洞窟の床を一メートルの厚さで覆っている。彼はまた洞窟の奥を仕切っている石の壁のことも指摘した。この洞窟はミロドンの檻だったのだ、と彼は発表した。大昔の人々はミロドンを家畜化し、冬の食料として檻に飼っていたのだ。彼は、この動物の名前をネオミロドン・リスタイからグリプトテリウム・ドメスティカムに変えようと思う、と言った。

エアランド・ノルデンスキヨルドの遠征隊の中に、ドイツ人の砂金採りアルバート・コンラッドがいた。考古学者たちが引き上げると、彼は洞窟の入口にブリキの掘っ建て小屋を建て、ダイナマイトを仕掛けて地層を粉々にしはじめた。チャーリーも手伝いにかけつけ、たくさんの皮や骨や爪を持ち去ったが、それらはこの当時結構な金で売れた。チャーリーはこれらの収集物を大英博物館に送った。そしてアーサー・スミス・ウッドワード博士と値段のことでさんざん押し問答をしたあげく、それを四百ポンドで売った（博士は、ウォルター・ロスチャイルドが高い金を払っていることをチャーリーがかぎつけ、それで値段を釣り上げようとしたのだと考えた）。

私の祖母が結婚したのがちょうどその頃で、チャーリーは結婚のプレゼントとしてあの小さな毛皮を贈ったのではないかと私は思う。

ミロドンにまつわるこの一件では、アメギーノの行動がいちばん腑に落ちない。彼はホンペンから入手した皮を一度も公開しなかった。考えられることは、アメギーノが同僚モレノの荷をのぞいて皮を見たものの、それを盗む勇気はなかったということだ。ひとつだけ確かなことがある。アメギーノの論文は、そこで論じた動物と同じくらい珍しいものとなった。

現在では、放射性炭素で年代を測定した結果、ミロドンは一万年前まで生息し、それ以後は絶滅したというのが通説になっている。

92

翌朝、私はどしゃ降りの雨の中をエベルハルトと歩いた。エベルハルトは毛皮で裏打ちをしたでっかいコートを着て、コサック帽の下から鋭い目つきで嵐をにらんでいた。彼は、好きな作家はモンゴルの探検者スヴェン・ヘディンだ、と言った。

モンゴル――パタゴニア。ザナドゥ。そして水夫。

エベルハルトのドイツ風の納屋は荒れ果てていた。彼は土地改革でほとんどの地所を失い、その事実を冷静に受け止めていた。若い頃は、エクスプロタドーラ社に年季奉公人として勤めていた。

「まるでイギリスの優秀な軍隊という感じで統率されてた。毎朝、二か国語で命令が下されるんだ。何語かわかるかい?」

「英語とスペイン語ですか?」と私。

「違う」

「英語とドイツ語?」私は困惑した。

「いいや」

「スペイン語と、ええと……」

「違う。英語とゲール語さ」

「エクスプロタドーラ社の総支配人はレスリー・グリーアといってね」彼は話を続けた。「こいつが暴君、すごい暴君だったんだ。だが彼は優秀な管理者で、彼の居場所は誰もが知っていた。あるとき彼が重役連中にさからった。連中は彼をクビにしたよ。重役たちはイエスマンを望んでいたんだね。そういう男ばかりを雇っていた。そして会社の利益が減少しはじめたかなと思うと、彼らは技術者を呼びつけた。技術者は大学の学位だのなんだの持っていたから、支配人にあれこれ命令してこき使った。技術者は支配人の出した命令を撤回し、支配人は技術者の出した命令を撤回し、結局あのいまいましい大連隊は自分の重みでつぶれちまったんだ」

「そうだ、グリーアさんのことを話そう。彼がブエノスアイレスに出かけていって、ハーリンガムかどっかのクラブ会館で昼食を食べたとしよう。食堂はいっぱい。でも彼はふたりのイギリス紳士に声をかける。『あなたがたのテーブルに坐ってもよろしいでしょうか?』『どうぞ』とイギリス人は答える。『自己紹介しましょう』と彼は言う。『フエゴ島の株式会社エクスプロタドーラの総支配人、レスリー・グリーアと申します』イギリス人も言う。『私は、神です。で、この隣にいるのが私の友人で仲間のイエス・キリストです』」

私は砂金採りのアルバート・コンラッドを知っているかとたずねた。

「アルバート・コンラッドはこの眼で見たさ。そうだよ！　一九二〇年代にラバを連れてこのあたりまで来たのを憶えてる。知ってるかい、アルバート・コンラッドって男はミロドンを売ったために、チリではえらく評判を落としたんだ。それで彼は国境を越え、リオデラスブエルタスに住みついた。そしてラバを連れてプンタアレナスまで下って来たわけだ。俺の父親が声をかけた。『へい、アルバート。ラバたちに何を積んでるんだ?　石か?』『石じゃない。ここにあるのは金だ』とアルバートは言った。でも、それは石だった。普通の石だったよ」

一九三〇年代のあるとき、ひとりのガウチョが馬でリオデラスブエルタスに向かう途中、アルバート・コンラッドの小屋のそばを通った。ドアの蝶番がキーキーときしむ音が聞こえた。アルバートはモーゼル銃の上に倒れていた。彼は冬のあいだずっとそこに倒れていたのだ。小屋の中は灰色の石ころであふれんばかりだった。

93

私はプエルトコンスエロから洞窟までの四マイルの道のりを歩いた。雨が降っていたにもかかわらず、太陽の光が雲の下から差し込み、藪の上でキラキラと光っていた。幅四百フィートの洞窟の入口が、灰色の礫岩質の崖にぽっかりと開いていた。大きな岩が洞窟の床に崩れ落ち、それが入口付近に山のように積み上がっていた。

洞窟の内部は砂漠のように乾いていた。天井から毛が生えたように白い鍾乳石がぶら下がり、側面は塩の結晶が付着してきらきら輝いていた。突き当たりの壁は、動物たちがなめてつるつるになっていた。洞窟をふたつに分けている真っすぐな岩の壁は、天井の裂け目から落ちてきたものだった。入口のそばに聖母マリアの小さな祭壇があった。

私はナマケモノたちがうろつき回っている洞窟の情景を想い描こうとした。しかし戦時中のイギリスの、停電でまっ暗になった寝室で見た、牙を生やした怪物の姿をぬぐい去ることができなかった。床は一面糞に覆われていた。ナマケモノの糞、巨大な黒い皮のような糞、消化不良の草の山。まるで先週やったばかり、といった様子だった。

昔アルバート・コンラッドがダイナマイトであけた穴に手を入れ、中を探ってみた。皮がまだ残っていないかと思って。何も見つからなかった。

「ともかく」と私は考えた。「皮がなくても、糞はどっさりあるわけだ」

そうしてある場所を突っついていたら、とてもなじみのある赤茶けた剛毛の房が出てきた。私はそおっとその毛を引っ張り出し、封筒に滑り込ませると、腰をおろした。ひどく嬉しかった。このばかげた旅の目的を、私は達成したのだ。するとそのとき、「マリア、マリア、マリア……」と歌う女の声がきこえた。

とうとう私も気が狂ったか……。

私は床に転がっている岩の向こうに目をこらした。そこには聖母マリアの祭壇に向かって立つ七人の黒衣の姿があった。

サンタマリア修道会の修道女たちが、珍しく遠足に来ていたのだ。修道院長はにっこり微笑んで言った。「こんなところにひとりでいて恐くありませんか」

私はこの洞窟で眠るつもりだったのだが、もっとよいことを思いついた。修道女たちは私を車に乗せ、エクスプロタドーラの古い牧場のひとつに連れていってくれた。

94

男は死にかけていた。まぶたが腫れ上がり、ひどく重くなっていたので、それが眼にかぶさらないよう力を入れていなければならなかった。鼻はやせてくちばしのようになり、臭い息はひと呼吸ごとに大きな音をたてた。吐くような咳が廊下を通して聞こえた。ほかの者たちは、彼の近づく音が聞こえるとよそへ行った。

彼は札入れから皺くちゃになった自分の写真を取り出した。遠い昔、兵役期間中に休暇をもらって、バルパライソのヤシの生い茂る公園に行ったときのものだった。写真に写っている少年を見ても、この男だとはわからない。気取った笑顔、胴をしぼった上着に幅広のズボン、陽の光にキラキラと輝く手入れのよい黒髪。

彼は二十年間この牧場で働き、そして今、死が間近に迫っていた。彼は支配人のサンダースを憶えていた。サンダースは死に、海に葬られた。彼はサンダースが好きではなかった。サンダースは厳しい男、独裁者だった。しかし彼が死んでこの牧場の景気は悪くなった。事態はマルクス主義者が来て悪化し、革命政権ができてさらに悪化した。彼は咳の合い間に、不明瞭な言葉で喋った。

「労働者は」と彼は言った。「このマルクス運動の償いをするべきだった。だがわしはこのまま続くとは思っとらん」

私は死に瀕した男を残して立ち去った。そして船に乗るため、プンタアレナスに向かった。

95

白いコンクリート造りのレジデンシャル・リッツホテルは、海軍クラブと浜とのあいだに、半ブロックを占領して建っていた。そのホテルは、しみひとつない白いダマスク織りのテーブルクロスが自慢だった。

　サンチアゴから来たという婦人下着のセールスマンは、五時に夜間外出禁止令が解かれるのを待ちわびて、ホテルのホールを行ったり来たりしていた。それより早く散歩に出かけていたら、警備隊に撃たれたかもしれない。彼はポケットを石で膨らませて朝食に戻ってきた。食堂の壁はどぎついブルーだった。床もブルーのプラスチックタイルで覆われていたので、テーブルクロスは海に浮かぶ氷山のようだった。

　セールスマンは腰をおろし、ポケットの石を全部出して、それに話しかけたり笑ったりしながら遊びはじめた。彼は、厨房で働いていた太っちょで鼻声のチリ人の娘に、コーヒーとトーストを注文した。男は大柄で、不健康そうに見えた。肉のひだが首のうしろに盛り上がっている。ベージュ色のツイードのスーツに、手編みのロールカラーのセーターを着ていた。

　男は私の方を見ると、ピンクの腫れた歯茎を見せて笑った。それからふいに笑いを引っ込め、目を落としてふたたび石ころで遊びはじめた。

「今朝の雲はまたなんてきれいなバラ色なんだ！」

　彼は突然大声を上げて沈黙を破った。

「質問してもよろしいでしょうか。この現象はどうして起こるのですか？　寒くなったからだ、と聞いたことがあるのですが」

「おそらくそうでしょう」と私。

「私は浜を歩いてきたのですが、そこで創造主が空を彩っていくさまを見つめていました。炎の二輪戦車がハクチョウの弓なりになった首に変わっていくのを目のあたりにしました。美しかった！　創造主の御業《みわざ》です！　絵に描くか写真に撮るかできたらと思いましたが、僕は画家じゃないし、カメラも持っていなかった」

娘が男の朝食を運んできた。彼は石ころをどかして、コーヒーカップと皿を置く場所をつくった。

「だんな、もしかして世界的な詩《ポエシア・ムンディアル》にお詳しいのでは？」彼は喋りつづけた。

「少しは」と私。

彼は額に皺を寄せて精神を集中し、荘重な詩の一節をゆっくりと大仰に朗唱してみせた。そして一節が終わるごとに、こぶしを握りしめ、それをゆっくりとテーブルの上に置いた。給仕の娘はコーヒーポットを持ってずっと立っていた。彼女はそれをテーブルに置くと、エプロンに顔を埋め、笑いながら厨房へ駆け戻った。

「これは何でしょう？」

「わかりません」

「ゴンゴラの『孤独』です」と彼は言って、ふたたび朗唱を始めた。行間から感情の最後の断片を引き出そうと懸命に努力し、両手を横に広げ、指を開いた。

「午後の五時《ア・ラス・シンコ・デ・ラ・タルデ》だった。

午後のちょうど五時《エラン・ラス・シンコ・エ・プント・デ・ラ・タルデ》だった……」

「ロルカですね」私は言った。

「フェデリコ・ガルシーア・ロルカ」と、彼はまるで祈ることに疲れたかのようにつぶやいた。「『イグナシオ・サンチェス・メヒーアスへの哀歌』です。あなたは友だちだ。スペイン文学についてまったくの無知というわけではないようですな。では、これはどうです?」

彼は頭をぐっとうしろに反らして、さらに詩を叫んだ。

「知りません」

「ベネズエラの国歌です」

同じ日、私はまたこの男に会った。霧雨の降る通りを、白と黒のチェックの縁なし帽をかぶり、婦人下着のサンプルの入ったカバンを持ち、肩を落としてとぼとぼと歩いていた。ピンクのコルセットとブラジャーをつけたマネキンたちが、うつろな青いプラスチック製の目で店のウインドウから見つめている。下着の店を経営しているのはインド人だった。

その夜、彼の靴底のクレープソールが耳障りな音をたてて、私を何度も起こした。彼は朝の五時に出かけたが、何回か戻ってきたようだ。朝食のときに厨房のドアの前を通ると、娘たちが笑いが止まらなくてどうしようもなくなっているのが見えた。

彼は張りついたような顔に望みのない微笑みを浮かべ、テーブルクロスのあいだに立っていた。どのテーブルにも、そしてありとあらゆる場所に、石ころが並べられていた。

「みんな私の友だちだ」と彼はかすれた、けれども感情の昂ぶった声で言った。「見てください！　クジラです。すばらしい！　神が天才であることの証《あかし》だ。脇腹にモリを打ち込まれたクジラ。ここが口でここが尾なんです」

「じゃ、これは？」

「先史時代のある動物の頭。それからこれが猿」

「これは？」

「これも先史時代の動物で、たぶん恐竜。そしてこれが」と言って、彼は窪みのついた黄色っぽい石を示した。「原始人の頭です。眼。わかります？　ここが鼻。そしてここが顎。見てください。額が後退しているでしょ。知能の劣っている証拠です」

「そうですね」と私。

「それから、これ」と彼は灰色の丸石を拾い上げた。「これが私のお気に入りなんですが、ある向きにするとネズミイルカ。さかさまにすれば聖母マリア。すばらしい！　ありふれた石にも神の意志が現われているのです」

　リッツホテルの支配人は九時前に起こされるのを迷惑がっていた。しかしほかの客は朝食を要求しており、テーブルを片づけなければならなかった。朝のうち、私は荷物を置きに部屋に戻った。男はすでに病院に連れていかれたあとだった。

「エス・ロコ」と支配人が言った。「気が触れてるんです」

96

プンタアレナスにひとりの男がいる。彼は松林を夢見、ドイツ歌曲を口ずさみ、毎朝起きると黒い海峡を眺める。彼は海の香りのする工場へ車で行く。彼のまわりは真紅のカニだらけ、ごそごそ這っているが、やがて湯気を立てはじめる。殻やハサミの割れる音が聞こえ、うまそうな白い身がぴっちりと缶に詰められていく。以前にも工場の流れ作業に従事した経験があるので、仕事は手早かった。彼は憶えているだろうか。これとは別の、物の焼ける匂いを？　これとは別の、つぶやくような歌声を？　そしてカニのハサミのように投げ捨てられた毛髪の山を？

ワルター・ラウフは、「移動式ガス焼却炉」の発明者であり管理者だったという。

97

一週間待って、ようやく船の汽笛が体育館（コンクリート製のパルテノン神殿だ）の向こうから響いてくるのが聞こえ、桟橋では、汽船会社の周辺をうろついていた港湾労働者が、黒い縁なし帽をピンクの岸壁にくっきりと際だたせながら、船荷の木枠を運びはじめた。その一週間というもの、出札係は船はどこなのかと客に聞かれるたびに肩をすくめていた。船は沈んだのかもしれない、だが俺は知らん、知ったこっちゃないと言わんばかりに、肩をすくめ、額のできものをいじくっていた。しかし今や出札係は汗だくで切符を売りさばき、手振り身振りも盛大に、大声を上げて命令を下しているのだった。私たちは一列になって税関の緑色の小屋を通過し、錆の出た船体の脇をタラップに向かってぞろぞろと歩いた。チリ人の出稼ぎ労働者たちは、まるで四百年も待たされたような顔をして、そこに並んでいた。

船は元蒸気船のヴィレデハイフォン号だった。三等船室はアジアの監獄の様相を呈しており、閉めきられた隔壁は浸水を食い止めるというよりは、苦力《クーリー》が逃げるのを防ぐためのもののように見えた。チリ人の出稼ぎ労働者は大部屋でゴロ寝していた。部屋の床には潰されたゴキブリがかさぶたのように貼りつき、彼らが船酔いにかかって吐く前から、室内にはムラサキイガイのシチューの匂いが漂っていた。一等船室の送風機は接続されていなかった。私たちは鏡板をはめ込んだバーで、カオリン鉱山の社員らと共に酒を飲んだ。船は、ある真夜中に、大海原の真っただ中に浮かぶ男ばかりのその白い鉱山の島に立ち寄ることになっていた。船がゆっくりと港を出るあいだ、チリのビジネスマンがあちこちキーを間違えながら、白いピアノでラ・メールを演奏した。

船長はあかぬけした人物で、釘で打ちつけたかのような揺るぎのない自信に満ちていた。彼は私たちよりもよい食事をとっていた。われわれのテーブルからカーネーションを片付け、豚の足を運んできた給仕の顔に、ずる賢そうな表情が見てとれた。やがて船は三角波の立つ海域に入り、大きな音とともに上下に揺れはじめた。

翌朝、黒いウミツバメが波間を切っているのを、また霧をとおして、断崖に滝が幾筋か流れ落ちているのを見た。サンチアゴから来た例の婦人下着のセールスマンはすでに退院しており、上甲板をゆっくりと歩きながら、唇をかんだり詩をつぶやいたりしていた。フォークランド諸島から来たという少年がいた。少年はアザラシの皮の帽子をかぶり、歯が奇妙に尖っていた。「そろそろアルゼンチンが占領しに来てもいい頃だ」[*1]と彼は言った。「島では近親結婚がすごく多いんだよ」そう言って彼は笑い、ポケットから石をひとつ取り出した。「見て、あのおじさんがくれたんだよ。血の色の石だ！」船が太平洋に出たときも、ビジネスマンがラ・メールを弾いていた。たぶん、彼の弾ける唯一の曲だったのだろう。

＊1　一九八二年イギリスとアルゼンチンとのあいだでフォークランド紛争が勃発。チャトウィンが訪れたのはその数年前。

参考文献

パタゴニア先史時代の動物
George Gaylord Simpson, *Attending Marvels*, New York, 1934. および、ニューヨークのアメリカ自然史博物館発行の同著者による論文。ミロドンの歴史については、大英自然史博物館のティム・カーラント氏が収集した文書や新聞の切り抜きなども参考にした。

ネグロ川
W. H. Hudson, *Idle Days in Patagonia*, London, 1893.（邦訳は、ウィリアム・ヘンリ・ハドソン『パタゴニア流浪の日々』柏原俊三訳、山洋社）

アラウカニア王国とパタゴニア王国
Orélie-Antoine de Tounens, *Son avènement au trône et sa captivité au Chili*, Paris, 1865.
Armando Braun Menéndez, *El Reino de Araucanía y Patagonia*, Buenos Aires, 5th ed., 1967.

Leo Magne, *L'extraordinarie aventure d'Antoine de Tounens*, Paris, 1950.

ウェールズ人

John E. Bauer, 'The Welsh in Patagonia', in *Hispanic American Review*, vol. 34, no. 4, 1954.

トレベリンでのジョン・エバンズに関する記述は、A. F. Tschiffeley のもう一冊の本、*This Way Southward*, New York, 1940. に載っている。

ブッチ・キャシディ

Alan Swallow, ed., *The Wild Bunch*, Denver, 1966.

Lula Parker Betenson, *Butch Cassidy My Brother*, Provo, Utah, 1975.

ブッチ・キャシディがデイビース夫人に宛てた手紙はユタ州歴史協会に保管されており、許可を得て転載させていただいた。ユタ州マニラ在住のアウトロー史研究家ケリー・ロス・ボレン氏の助力なしにこの章を書くことはできなかっただろう。

パタゴニアの無法者たち

Asencio Abeijón, *Memorias de un Carrero Patagónico*, 2 vols, 1973–5, Buenos Aires.

シーザーの都市

Manuel Rojas, *La Cuidad de los Césares*, Santiago, 1936.

パタゴニアの巨人

Helen Wallis, 'The Patagonian Giants', in *Byron's Circumnavigation*, Hakluyt Society, London, 1964.

R. T. Gould, 'There were Giants in those Days', in *Enigmas*, London, 1946.

「パタゴニア」という言葉の起源を特定するにあたっては、ブエノスアイレス在住のジョーン・セント・ジョージ・サウンダースとエミリオ・ゴンザレス・ディアス教授に深く感謝する。

革命

Osvaldo Bayer, *Los Vengadores de la Patagonia Trágica*, 3 vols., Buenos Aires, 1972-4.

José María Borrero, *La Patagonia Trágica*, reprinted, Buenos Aires, 1967.

プンタアレナスで発行された『マゼラン・タイムズ』のコピー。

チロエ島の民間伝承

Narciso García Barria, *Tesoro Mitológico de Chiloé*, 1968.

フエゴ島のインディオ
Lucas Bridges, *The Uttermost Part of the Earth*, London, 1948.
Samuel Kirkland Lothrop, *The Indians of Tierra del Fuego*, New York, 1928.
Martin Gusinde, *The Yámana*, trans. F. Schütze, New Haven, 1961.

エドガー・アラン・ポー
Introduction to *The Narrative of Arthur Gordon Pym*, by Harold Beaver, Penguin Books, London, 1975.

シモン・ラドウィツキー
Osvaldo Bayer, *Los Anarquistas Expropiadores*, Buenos Aires, 1975.

ヤガン語の辞書
Rev. Thomas Bridges, *Yámana-English Dictionary*, ed. Professor T. Hesterman, Mödling, Austria, 1933, limited edition of 300 copies.

世界の果て
本文では触れていないが、ジュール・ヴェルヌの象徴的な最後の作品 *The Lighthouse at the*

End of the World（邦訳『地の果ての燈台』大友徳明訳、角川文庫）とW・オラフ・ステープルドンの *Last and First Men*（ロンドン、一九三〇年、邦訳『最後にして最初の人類』浜口稔訳、国書刊行会）を参考にした。ステープルドンのこの注目すべき空想小説の中では、今や完全にアメリカ化した人類が、カニバリズム（人食いの風習）の流行や肺と神経の病気によって滅びる。しかし少数のはぐれ者がバイアブランカの南で生き延び、やがて「成長を拒絶した少年」として知られる並外れた性的能力をもつ若者の力によって、新しい文明が最南の地に生まれる。そのパタゴニアの文明は地球上の他の地域を植民化するが、しかしその文明もそれ以前のものと同様愚かなものであり、結局原子力による大変動が起きて自滅するのである。

チャールズ・アムハースト・ミルワード船長

チャーリー・ミルワードの娘、リマ在住のモニカ・バーネットの助けなくして、本書を執筆することはできなかった。彼女は、彼女が所有するチャーリー・ミルワードに関わる資料や彼の未発表原稿を使うことを許してくれたが、これは格別に寛大な行為であった。というのも彼女自身が伝記を書いている最中で、その中にそれらの文章が多く登場するだろうからである。本書の73章、75章、86章は彼の原稿をほぼそのまま用いた。72章から85章までに登場するそれ以外のチャーリー・ミルワードの物語は、原文に手を加えたものである。

解説

池澤夏樹

やはり彼個人のことから始めようか。

ブルース・チャトウィンは一九四〇年にイギリスのドロンフィールドで生まれた。イングランドのちょうど真ん中というあたりである（チャトウィンという姓はアングロサクソン語で「昇る螺旋《らせん》」を意味するのだそうだ）。

戦争中、父は出征し、幼い彼は母親と共にいろいろなところに移り住んだ。これは後の彼の人生に大きな影響を与える大事なことだから、彼自身の言葉を見よう――

「人生最初の五年間がすばらしい放浪生活だったことを、私は覚えている。父は海軍に所属し、海にいた。母と私は戦時中のイングランドで、鉄道に乗っては知人や家族のあいだを行ったり来たりした」（『ソングライン』）

放浪生活は戦争と共に終わり、その後はバーミンガムで育っている。まずは普通の少年時代。

そして、十八歳の時にオークション・ハウス（競売会社）サザビーズの美術部門に運搬係として入社する。絵や彫刻や工芸品を運ぶのが仕事だが、それに従事するうちに彼は自分に美を見分ける眼の力があることに気づき、周囲もそれを認めた。そして、あっという間に印象派の絵画の専門家になった。

実際、彼には真贋を鑑定する能力があった。一種の神童だったのだろう。ジーンズをはいた青二才が高価な絵の評価に乗り込むのだから相手は驚くが、それでも彼の目は確かだった。印象派でも例えばドガの絵についてはパリのポール・ブレイム、ゴーギャンについてはニューヨークのジョン・リワルドという風にそれぞれの画家について第一人者がいるのだが、若いチャトウィンはこういう人たちに伍することができた。

画家が生きている場合は本人に鑑定を頼むこともある。チャトウィンがジョルジュ・ブラックのアトリエに彼の作品とされている絵の写真を持って訪ねたエピソードがある。ブラックは写真を見て、「私はもう目が弱っているのだが、これは偽物だときみは思うかね？」と問うた。

「そう思います」

「それなら偽物だ」とブラックは言って写真にそのむね書いたという。

埋もれていたゴーギャンの本物を見つけたこともあった。スコットランドの城に住むアメリカのタバコ会社の経営者の未亡人が絵を売りたいと言ってきたのでチャトウィンが行ってみると、そこの寝室に掛けてあったのは四十年間行方不明になっていたゴーギャンの「タヒチの女と少年」という絵だった。彼は絵の分まで汽車の指定券を買って、抱くようにしてロンドンまで持ち帰った。

さて、彼の人生で顕著なのは、すべてが速いということだ。次々に変身しながらさっさと先へ進む。まるで自分の人生が短いと最初からわかっていたかのよう。もちろんそれは後の結果を知った今のぼくたちが考えることであって、過剰なロマンティシズムと言うべきだろうが。

サザビーズで六年を過ごした頃（まだ二十四歳だ）、彼は目に異常を覚えた。医師に相談すると、潜在性の斜視が絵の鑑定という目を酷使する職務で亢進した、という診断で、半年ほど職場を離れた方がいいと言われた。パトリック・トレヴァー＝ローパーというこの医師はたまたまエチオピアのアディスアベバに眼科の診療所を開いたところだったので、チャトウィンにアフリカ旅行を勧めた（パトリック・トレヴァー＝ローパーは歴史家ヒュー・トレヴァー＝ローパーの弟で、イギリスでは何よりもゲイの社会的権利を訴えた運動家として知られる人物である）。

一九六五年の二月、チャトウィンはエチオピアではなくスーダンに行った。昔の女友だちがこの国の王子と結婚してハルトゥームに住んでいたのを訪ね、すぐにそこに厭きて、ちょうど見つけたキャラバンに同行して東の紅海の方に旅をした。九十年ほど前、詩作を捨てたアルチュール・ランボーが武器商人としてさまよった地方である。

数週間の旅の後、彼はクレタ島とアテネを経由してイギリスに戻った。金銭欲・所有欲がつきまとう美術品売買の世界に嫌気がさしてサザビーズを退職、前から憧れていた考古学を勉強しようと決めて、エディンバラ大学に入学した。しかし、最優秀一年生の賞を得ながらもこの学界の古い体質にうんざりして、二年目で大学を中退した。

その後は『サンデイ・タイムズ』の記者になって、世界各地でたくさんの人々にインタビューをした。その中にはフランスの作家アンドレ・マルローや、ソ連体制に反抗した詩人オシップ・マンデリシュタームの未亡人ナジェージダ・マンデリシュターム、インドのインディラ・ガンディー首相などがいた。インタビューのうまい下手は当人の個人的魅力によるところが大きい。彼はたぶんインタビューの名人だっただろう。

そうして会った相手の一人にデザイナーで建築家のアイリーン・グレイという九十三歳の女性がいた。先にインタビューの相手としてナジェージダ・マンデリシュタームとインディラ・ガンディーを挙げておいたのでもわかるとおり、チャトウィンは老女に好かれることが多かったようだ。

アイリーン・グレイの場合は格別に気が合った。二人とも美しいものへの関心がとても強いにも拘わらず、その所有ということには反発を覚えるたちだった。

パリの彼女のアパルトマンでチャトウィンは壁に貼られたアイリーン手描きの一枚の地図に目を留めた。南アメリカのずっと南の方。パタゴニアと呼ばれる地方。

「ずっと行きたいと思っていたところですよ」

「私もなの。でも私はもう歳だから、あなたが代わりに行って」

そういうわけで、一九七四年の十二月、彼はパタゴニアに向けて出発した。

ブルース・チャトウィンはどういう人物だったか？

ともかく魅力的だった、と近くにいた誰もが口をそろえて言う。ぼくが直接に聞いた証言では、彼の友人で自身優れた旅行作家でもあるコリン・シューブロン（Colin Thubron）がそう言っていた。とてもとてもチャーミングで、会う相手みなに好かれて、だから友人の家を転々としながら暮らしていた。自分の家があるのにあまり戻らず、人の家の隅で原稿を書いていた……

まずもって彼はハンサムだった。金髪で目が青く、ほっそりとして、いくつになっても少年の顔をしていた。スノードン卿（マーガレット王女の夫だった写真家）が撮った彼の肖像はアウトドア用のウィンドブレーカーを着て、紐で結んだ登山靴とザックを肩に掛けている。

他の写真でもカーキ色のシャツと半ズボンなど、これからちょっとハイキングという風なものが多い。それがあまりに彼の少年的な雰囲気に似合っていたので、友人たちはそのブランドを「ブルースの半ズボン」と呼んだほどだ。サザビーズの頃はダークスーツに絹のネクタイ、それに赤と白の水玉模様のハンカチだったのに、と彼の変わり身にあきれる者もいる。おしゃれというか、いつも外見に気をつかう性格で、ショーウィンドーの前を通る時には必ずちらっと自分の姿を確かめた。

愛用は濃い茶色の仔牛革のナップザック、ラッセル・モカシン社製のキャラメル色の柔らかなブーツ。今は日本でも買える「モレスキン」というブランドのノートブックは彼が使っていたというので有名になった。

「信じられないほどの美貌で、見ていて反発を覚えるほどだった」という意見もあったけれど、しかし誰も反発はしないで好きになるのだ。ドリアン・グレイになぞらえる説さえ囁かれた。オスカー・ワイルドの小説の主人公で、稀代の美貌の持ち主。本人は若いままで、代わりに彼が堕落する分だけ彼を描いた肖像画の方が老いてゆく。

次に彼は座談の達人だった。会話というより一方的な話し手で、おもしろい話題をたくさん用意してずっと延々と一人でしゃべり続ける。友人たちにとって彼は書き手である以上に話す人だった。作家のサルマン・ラシュディは、「彼が書いたものを私は高く評価するけれども、それでもブルースは本の中にはいない」と言い切る。全人格を知るには会うしかないというのだ。

次々に繰り出される彼の話のすべてが真実であるかどうか、それはまた別の問題である。グラクソ社のベビーフードの缶に描かれた血色のいい元気な赤ちゃんは実は自分がモデルだったと彼は言った、とさる友人が話す。また別の時、彼はある夕食会で、プッチーニの『蝶々夫人』に登場する海軍士官ピンカートンは自分の妻の親戚の一人なのだと、微に入り細にわたり説き続けた。どちらも本当かどうかはわからない。あるいは非常に手の込んだジョークだったかもしれない。

彼は物まねの名人だった。老いたフランスの美術ディーラーに超高級レストランに招待された時のことを彼は話した。そのディーラーは遠慮する彼にこう言う――「おわかりと思うが、わしの歳になるともうものはよく見えない。セックスは問題にもならない。従って、食卓の喜びしか残されておらんのだよ」。その口調をチャトウィンは実に巧妙に真似たという。時には三人分の会話を一人で演じ分けることもあった。

彼が審美家であったのはまちがいない。サザビーズで培った目は自分の生活を飾るものをも正しく選ばせた。いわゆるコレクターではなく、高いもの珍しいものを所有して喜ぶわけではない。むしろ醜いものを排除していただけかもしれない。簡素にして優雅。

彼の持ち物として友人たちの間で有名だったものに、ハワイイ王のベッドカバーというのがあった。布といっても太平洋の島々で作られるタパという樹皮の布である。編むのではなく、木の内皮を何枚も重ねて、根気よく叩いてしなやかにし、模様を型染めする。カメハメハ大王のそのベッドカバーはアプリコット色で、水面から躍る魚の群れが描かれていた。チャトウィンはそれをサザビーズではなくクリスティーズのオークションで買った。

彼はゲイであった。彼の恋人の中にはコンラン・ショップで知られるコンラン卿の息子のジャスパー・コンランなどがいる。その一方で彼はサザビーズ時代の同僚だったエリザベス・チャンラーと一九六五年に結婚していて、この仲は十五年に亘って続いた後、彼女の側から求めて別居に終わった。彼女がカトリックだったので離婚は考えなかったらしい。それでも彼女は南フランスでブルースの最期を看取っている。

彼は四十八歳の時に亡くなった。死因はエイズだった。まだこの病気のことがあまり知られていなかった頃である。本人は最後まで否定して（親に知られたくないというのが理由だったと、ぼくはロンドンの噂で聞いた）、中国の奥地でコウモリに嚙まれて特殊な菌類に感染したなどなど、嘘の病名を羅列していた。彼自身は、写真家のロバート・メイプルソープの愛人だったサム・ワグスタッフという相手からこの新しい厄介な病気をもらったと信じていたようだ。彼は一九八九年にニースで亡くなった。

以上、ここに書いたのはいわばブルース・チャトウィンを巡る伝説の数々である。彼が若いうちに死んでしまったために、彼に魅せられていた友人たちはみな自分が知る彼の一面を持ち寄った。先に挙げたいくつかの名でもわかるとおり、友人たちにはセレブリティーが多かった。彼らによって死後の彼は次々に装飾を加えられていった感がある。生前の彼を知っていたことが残された人々にとってはまるで一種の資産であるかのよう。彼は二十世紀のイギリスでもっとも惜しまれた、最もロマンティックな、プリンス・チャーミングとして逝った。まるでバイロンではないか。

友人たちの一人で作家のニコラス・シェイクスピア（邦訳があるものでは『テロリストのダンス』新潮文庫）が浩瀚《こうかん》な伝記を書いた。イギリス人の伝記好きは尋常でない。ちょっとした人物はみな伝記を書いてもらえる。当人の死後まもなく誰かがいわば公認の伝記作家として名乗りを挙げ、家族や友人たちに詳細なインタビューを重ね、書簡などの資料の提供を受けて書く。『ブルース・チャトウィン伝』は本文だけで五百五十ページある。そして、無類におもしろい。エリザベスとの結婚生活については、彼女はブルースがゲイであることを承知で一緒になったので、二人の間は清らかなままだったとほのめかしているが、これについては別の説もある。

さて、ぼくはここで作家としてのチャトウィンを論じなければならない。ゴシップにかまけるだけでなく、『パタゴニア』という作品を解明しなければならない。

イギリス文学において紀行という分野が大事であることは言うまでもない。一方にはスコットの南極探検隊の悲劇を詳細に書いたアプスリー・チェリー＝ガラードの『世界最悪の旅』のような決死の旅の記録があり、もう一方には中東ならばどこでも行ってみようという元気なフレヤ・スターク女史のような、いわば柔らかな紀行文学がある（と言ってもみんな相当にすごいところに行くのだが）。作家たちも旅行記を書くことについては、例としてグレアム・グリーンの『掟なき道』というメキシコ紀行を挙げておこう。

二十世紀前半のこの分野の代表作としては、ロバート・バイロンの『オクシアナへの道』がある。ペルシャとアフガニスタンへの旅を綴ったこの旅行記をチャトウィンは「聖なる本」と呼んで、ぼろぼろになった一冊を中央アジアの旅の間ずっと持ち歩いた。またこれをある批評家は「小説でいえば（ジョイスの）『ユリシーズ』、詩でいえば（エリオットの）『荒地』に匹敵するもの」と認めた。ちなみに一九〇五年生まれのロバート・バイロンは乗っていた艦がUボートに沈められ、三十六歳で戦死している。

戦後になると、カリブ海で『旅人の木』を書き、ペロポネソス半島のごく小さな地域を歩いて傑作『マニ』を書いたパトリック・リー＝ファーマーが登場する。この人はチャトウィンにとっては師匠のような存在だった。実際にギリシャの彼の家まで行って会っているし、心から敬愛していた。

あるいは、『プロヴァンスの諸相』のジェイムズ・ポープ＝ヘネシー。あるいは……

そういう伝統の先にブルース・チャトウィンが来る。

ここで問題はチャトウィンが紀行文学の新しい時代を開いたのかどうかということだ。彼の後の世代、先ほどぼくが名を挙げたコリン・シューブロン、あるいは最近日本でも翻訳が出たレドモンド・オハンロン（『コンゴ・ジャーニー』新潮社）、あるいは一人乗りのヨットでイギリス諸島を回る『沿岸航海』のジョナサン・レイバンなどと並べてみると、どうもチャトウィンは彼らの先駆者ではないように思われる。

まず旅の困難度が違う。シューブロンもオハンロンも実際とんでもない旅をしている。まるで一人で行く『世界最悪の旅』のよう。しかしチャトウィンは危険や苦難で自分の旅の意義を高めようとは思わなかったようだ。ぼくには彼がまったく孤立した独立峰のように思える。普通は彼のスタイルでは紀行は書けない。

『パタゴニア』を読んで気づくのは、彼の書きかたの奔放さである。まず土地があるのではなく、まず自分がいる。行った先の風土を観察する前に、その土地が自分の中に喚起する知的好奇心の展開の方を重視する。あの地域をあちらこちらへ動く記録の中に、それと関わってはいるが直接のその時その場で起ったことではない話題が大量に象嵌《ぞうがん》されている。彼自身の旅を縦糸とし、かつての他の人々の事績を横糸として編んだ布が『パタゴニア』である。

それらの話題とは――

アラウカニアの王になろうとした男
ウェールズからの移民たち
プレシオサウルス狩り
ブッチ・キャシディとサンダンス・キッドの後日談
コールリッジの『老水夫行』の元になった難破の記録
アントニオ・ソートというアナーキスト
ウスアイアの監獄にいたシモン・ラドウィッキーというウクライナ人アナーキスト
ビーグル号に誘拐されてイギリスに行った先住民
ヤガン語の辞書を作ったトーマス・ブリッジズ
ブルースの祖母のいとこチャーリー・ミルワードの数奇な生涯
ミロドン狩り

等々……

一つ一つのエピソードの中にはもっと小さいサブエピソードがぎっしり入っている。

この話題の展開そのものが、ちょうど思いがけないことが次々に起こる旅程なき旅のようであるとも言える。彼は地面を踏んで歩く現実の旅と並行してパタゴニア地域史の細部へ旅している。紀行文学はその土地の過去にも触れるものだが、それにしてもチャトウィンの場合はそれが過剰なのだ。大伯父のチャーリー・ミルワードの話など、それだけで優に長篇一巻になるほどの量と密度ではないか。

現実の旅の部分はどこまでが本当なのだろう？

『パタゴニア』が紀行文学の傑作として評判になったために、チャトウィンが出会ったパタゴニアの人々の中にもこれを読んだ者がいた。そして彼らから誇張と歪曲を難じる声が上がった。

これはなかなかむずかしい問題である。チャトウィンは彼らの事績を正確に記録しようとこの本を書いたわけではない。彼の目的はパタゴニアの地誌をもとにおもしろい本を書くことであった。そこに嵌め込むためにエピソードをあるところまで整形することは文学的にはもちろん許される。そしてチャトウィンは無類の話上手だった。

英語には「ほんと半分 half truth」という言いかたがある。言い換えれば嘘半分ということだ。ニコラス・シェイクスピアは彼のスタイルについて「全部のほんとの上にもう半分」と言った。つまり、総量は0・5ではなく1・5なのだ。

それを承知で言えば、やはり彼は表現も描写も記述もうまい。おそろしくうまい。地元の人々は自分がどう書かれたかについて文句を言うこともあるから、動物に例を取ろう。

グアナコはパタゴニアに住むウシ目ラクダ科の大型哺乳動物で、かつては先住民の狩りの対象であった、実に優雅な気品のある動物である。

ペリトモレノの町で彼は北行きのトラックをヒッチハイクしようと待ったが、トラックは来ない。彼は北へ歩き始めた。二日目の夕方、疲れ切って足を止めると、百ヤード先に美しいグアナコがいた。普通は臆病なのだが、その一頭は逃げない。彼が寝袋に入って寝てしまってもその場を動かない。

「翌朝、彼はすぐ近くにいた。だが、私が自分の毛皮から這い出てきたことは、やっこさんにとってひどいショックだったようだ。それで友情もおしまいとなり、彼は追い風の海を行くガリオン帆船のように、イバラの藪の中を跳んでいってしまった」

こういう場面は本当にいいと思う。そして彼が自分のノートからの引用として書いているのだから、まず間違いなく実際の体験だろう。

『パタゴニア』の担当編集者スザンナ・クラップは、ある時チャトウィンがこの本のことを「あの土地のことをキュビスムの手法で書こうと思った」と言った、というエピソードを紹介している。互いに斜めの位置に置かれた多くの小さな話の集積はたしかにこの美術用語で説明されるとわかりやすい。それにいかにもサザビーズにいたチャトウィンにふさわしい表現で、ぼくはこれを読みながらピカソの「アヴィニヨンの娘たち」を思い出したものだ。

彼にとって大事な本の一つが『奥の細道』だった。芭蕉の詩学は『パタゴニア』の構成に大きな影響を与えただろう。旅と創作の最も巧妙な組合せ。一九六五年に出たペンギン・クラシックス版の英訳には湯浅信之による解説がついていて、例えば芭蕉が美的な観点から実際の旅とは異なる順序で記述を進めたことも書いてある。チャトウィンはこの方法に勇気づけられたかもしれない。地の文と句の関係を地の文とエピソードに置き換えれば、たしかに『パタゴニア』と『奥の細道』の間には一種の連関がある。芭蕉は歌枕という和歌の概念を元にして自分の旅を組み立てた。最上川や象潟《きさかた》を詠むためにそこに足を向けた。つまり巧妙に設計された旅だった。チャトウィンも自分の中にある興味を土地に沿って書くためにパタゴニアに行ったとは言えないか。

チャトウィンの資質の一つとして、モノへの視線ということがある。

そもそも、『パタゴニア』は「祖母の家の食堂にガラス張りの飾り棚があった。飾り棚の中には一片の皮があった」という文章で始まっている。それはブロントサウルスという先史時代の大きな動物の皮で、パタゴニアというところから来た、と少年は説明され、そのことをくっきり心に刻む。しかも、それを祖母のところに送ってきたのは彼女のいとこであるチャーリー・ミルワードだという。こうやってモノは土地につながり、土地は人につながる。チャトウィンの興味はこの順序で展開する。

彼がサザビーズで成功した理由もモノに対する彼の強い関心と識別する眼力にあった

はずだ。ブロントサウルスというのは間違いで、やがてこれはミロドンすなわちオオナマケモノのものだとわかるが、そんなことではパタゴニアとチャーリー・ミルワードへの夢想は消えない。

先に紹介した彼の生活を巡るエピソードの中にも、カメハメハ大王のベッドカバーなど、身辺に置いたモノの話が少なくない。身につけるもの・使う道具にはうるさい方だった。それはしかし所有欲とは違う。先に書いたとおり、パタゴニア行きのきっかけとなったアイリーン・グレイとのつきあいでもいちばん話が合ったのは美しいモノを選別はするが所有に執着はしないという点だった。

彼の最後の作品『ウッツ男爵』は逆にマイセン磁器のコレクションを巡る話で、ある意味では所有欲が主役とも言える。

その前に書かれた大作『ソングライン』はオーストラリアのアボリジニの話、つまり最も所有しなかった人々を巡る話だ。しかしここでもモノが登場しないわけではない。彼らにとって最も大事な、あるいは唯一大事な所有物はチュリンガと呼ばれる平たい石の板で、表面に記号が刻んである。家系の表象のようなもの。アボリジニが本来の放浪の生活をしていた頃には部外者には見ることが許されなかった。しかし今は博物館に収まったのを見られるし、チャトウィンは大英博物館で見たと言っている。ぼくはオーストラリアのアリス・スプリングスのパノラマ・グートという博物館で見て、撮影禁止だったのでスケッチした。とても単純でとても美しいものだ。モノを持たないアボリジニの思想が最小限のサイズのモノに凝縮されている。

放浪をやめたアボリジニは絵を描くようになり、彼らの宇宙観を表したとても抽象的なそれらの絵は現代美術において一つの流派を成すに至っている。その画家の一人との出会いの場面が『ソングライン』にある。もともと岩に絵を描くのが上手な人たちだったから、素材が変わっただけなのだが。

さきほど『パタゴニア』の内容をざっと紹介する時にはさりげなく「ブッチ・キャシディとサンダンス・キッドの後日談」と書いたけれども、これはアメリカン・ニュー・シネマの傑作、ジョージ・ロイ・ヒル監督の『明日に向かって撃て』（一九六九年公開）のあの二人の話である。映画の中では彼らはボリビアに逃れ、最後には兵士の一隊に包囲されて死ぬ（言うまでもなく彼らは、エタ・プレイスも含めて、実在の人物だった）。

そうではなかった、彼らは生き延びたとチャトウィンは言うのだが、この歴史の一つのエピソードを扱う彼の手つきには、まるで印象派の小さな傑作を人に披露する時のような一種の偏愛の口調がある。エピソードがモノないし芸術作品のように見える。『パタゴニア』はそういうエピソードを並べた画廊なのではないのか？　彼が北のバイアブランカから南の端のウスアイアまで歩いた道は、画廊の壁の隅にある「順路」という表示ではないか？

根源のところでブルース・チャトウィンを駆動していたのはどういう力だっただろう。

『ソングライン』の冒頭のところでチャトウィンは自分の家系についてこう語る――「父方の親類の男たちは、弁護士、建築家、古美術商といった堅実な定住型の人物か、でなければ地平線をめざし、世界各地に骨をまき散らした放浪者のどちらかだった。パタゴニアに行った祖母のいとこチャーリー。ユーコン川に金を捜しに行ったヴィクターおじさん。東洋の港に行ったロバートおじさん。パリで跡かたもなく消息を絶った長い金髪のデズモンドおじさん。カイロの信徒病院で、栄光のコーランを口ずさみながら死んだウォルターおじさん……」

この「おじさん」たちがどこまで実在したかちょっと疑問という気もするけれど、チャトウィンが言いたかったことはわかる。自分の中にある移動への衝動をなんとか理由づけたくて家系を持ち出したのだ。

念のためにもう一つの例を挙げておくと、『パタゴニア』のある場面で、ペンギンの渡りを研究している鳥類学者のことが出てくる――「私たちは旅の行程が中枢神経系に厳密に記憶されているのかどうか――私たちも含めて――夜遅くまで議論した。それが私たちの狂気じみた放浪を説明する唯一の方法だったからである」。

『パタゴニア』の前に彼が書こうとしていた本があって、結局その企画は編集者によって却下されて彼はあきらめた。その本は『放浪という選択 The Nomadic Alternative』というタイトルで、なぜ人は移動の衝動に駆られるのかを詳細に論じたものだった。

彼亡き後、あるインタビューで妻のエリザベスは「彼は家ではどんな風でしたか？」

という問いに、「それは答えようがないわ。だいたいほとんど家になんかいなかったんだから」と答えている。友人の家を泊まり歩くのは、ある文章を書くのに最適の場所というのがこの世界のどこかにあって、それを探しているうちに誰かの家に落ち着くのだ、と本人は説明していた。

彼全体が移動という考えに染まっていた。なんとかそれを説明したいと思っていた。『ソングライン』の中には自分のノートブックに書いたメモを写したページが少なからずある。その一つはこういうものだ――「『人間の由来』のなかでダーウィンは次のように記している。ある種の鳥において、渡りの衝動は母性本能より強い。母鳥は、南へ向かう長い旅の出発時期を逃すことよりは、巣のなかのひなを捨てる方をとる」

あるいは、「リチャード・リーの計算によれば、ブッシュマンの子供は、自分の足で歩くようになるまでに、四千九百マイルもの距離を運ばれるという。このリズムに満ちた期間中ずっと、子供は自分の土地にあるものすべてに名前をつけていく。だから、彼らが詩人にならないわけがないのだ」。ここで運ばれるというのは母親に抱かれてのことで、その身体的なリズムが最も赤ん坊の心を鎮める効果があるとチャトウィンは別のところで書いている。そして、語源に遡って考えれば、詩人《ポエット》とは創造者のことだ。

これでもう明らかだと思うが、結局のところ、ブルース・チャトウィンは、人はなぜ移動するか、ある種の人々はなぜ異境にある時にもっとも家（自分の国、土地）にいるという安心感を得られるのか、という問いを生涯をかけて考え続けた。

改めて見直してみれば、『パタゴニア』に登場するのはすべて移動した人々である。その典型として祖母のいとこのチャーリー・ミルワードの波瀾の生涯がある。

だから、彼は移動する民の究極の例としてオーストラリアのアボリジニに強い関心を持ち、オーストラリアに行った。そして最後から二番目の本『ソングライン』を書いた。「ソングライン」という概念はなかなか説明しがたい。そのためにチャトウィンは一冊の本を書かなければならなかったと言ってもいい。アボリジニにとってはすべての土地は聖地であり、そこにまつわる歌があり、旅をすることは歌うことだった。だから旅のルートは歌を綴ることで辿られる。

いや、彼らはもっと能動的なのだ。「信心深い彼らの人生の目的はただひとつ、土地をそれまでどおりの、あるべき姿のままにしておくことだった。〝放浪生活〟は儀式としての旅だったのだ。彼らは自分の先祖が残した足跡をたどった。そして一音一句変えることなく、先祖のつくった歌を歌い、そうすることによって〝創造〟を再創造していったのである」と『ソングライン』のある登場人物は言う。これはほとんど芭蕉の生きかたに重ねられるではないか。

『ソングライン』は優れた本だが、『パタゴニア』に比べると少し完成されすぎた感がある。副主人公のアルカーディという人物はずいぶん都合よく造形されていて、もう一つ現実味に欠ける（彼と語り手の関係を曾良と芭蕉になぞらえて読む者もいる）。何よりもチャトウィンはアボリジニとソングラインの概念に圧倒されていて、ほとんどその使徒と化している。ぼくはこの傾倒に百パーセント同意するものだが、しかし『パタゴニア』の、ある意味では野放図な執筆の勢いの方も高く買いたい。

以上、「解説」としてずいぶん変則的なものになってしまったと思う。最後の方に引用が多いのはまるで『ソングライン』のノートブックをなぞったかのようだ。

それにチャトウィンの全体像を紹介するという最小限の義務も果たしていない。彼の他の大事な著書、『ウィダの総督』や『黒ヶ丘の上で』、『ウッツ男爵』にも言及できなかった。

こんなことになったのは、本当に希有な偶然から、今、ぼくは『パタゴニア』の中でもなかなか大事な位置を占める南米の南端ウスアイアの町にいるからだ。南極半島の旅が終わり次のナバリノ島での旅が始まるまでの隙間で、ホテルにこもってこの原稿を書いている。決して意図したわけではないのに、そういうことになってしまった。

ここにいる利点はもちろん多々あって、例えば彼が中を見たいと思ってかなわなかったここの牢獄は今は博物館になっているから、ぼくはウクライナ出身のアナーキスト、シモン・ラドウィッキーの独房を見ることができた。チャトウィンがここに来たのは一九七五年だが、それからの三十数年でここはすっかり観光地になってしまった。その理由の一つは彼の著書にあったかもしれない。

その一方、ここにいるぼくにブルース・チャトウィンが憑いた。夜毎しつこくつきまとって、まずは『パタゴニア』のことを書けという。腕白な『パタゴニア』と優等生の弟『ソングライン』のことを。他の本のことはどうでもいいという。

まあ、ブルース・チャトウィンに憑かれたのは何年も前からのことで、だからオーストラリアに行ってチュリンガを見たし、アボリジニの岩絵を見るためにスピニフェックス（べたべたした葉の草）の中を歩き回りもした。ロンドンでは彼の友人たちにインタビューをした。そういう強い関心の総仕上げがこの町でのこの原稿の執筆になった。『ウィダの総督』も『ウッツ男爵』も小説として超一級の出来である。内容に触れる余地はもうないけれど、読むことをお勧めする。

二〇〇九年三月　　　ウスアイア

本書は、二〇〇九年六月に小社より刊行された『パタゴニア／老いぼれグリンゴ』（池澤夏樹＝個人編集　世界文学全集II-08）の本文と解説に加筆・修正のうえ文庫化したものです。

Japanese translation rights arranged with
Aitken Alexander Associates Limited
through Japan UNI Agency, Inc., Tokyo

パタゴニア

二〇一七年 九 月二〇日 初版発行
二〇二三年一〇月三〇日 7刷発行

著 者 B・チャトウィン
訳 者 芹沢《せりざわ》真《ま》理《り》子《こ》
発行者 小野寺優
発行所 株式会社河出書房新社
〒一五一-〇〇五一
東京都渋谷区千駄ヶ谷二-三二-二
電話〇三-三四〇四-八六一一（編集）
〇三-三四〇四-一二〇一（営業）
https://www.kawade.co.jp/

ロゴ・表紙デザイン 粟津潔
本文フォーマット 佐々木暁
本文組版 株式会社創都
印刷・製本 大日本印刷株式会社

Printed in Japan ISBN978-4-309-46451-0

見えない都市

イタロ・カルヴィーノ　米川良夫〔訳〕　46229-5

現代イタリア文学を代表し世界的に注目され続けている著者の名作。マルコ・ポーロがフビライ汗の寵臣となって、様々な空想都市（巨大都市、無形都市など）の奇妙で不思議な報告を描く幻想小説の極致。

コン・ティキ号探検記

トール・ヘイエルダール　水口志計夫〔訳〕　46385-8

古代ペルーの筏を複製して五人の仲間と太平洋を横断し、人類学上の仮説を自ら立証した大冒険記。奇抜な着想と貴重な体験、ユーモラスな筆致で世界的な大ベストセラーとなった名著。

マンハッタン少年日記

ジム・キャロル　梅沢葉子〔訳〕　46279-0

伝説の詩人でロックンローラーのジム・キャロルが十三歳から書き始めた日記をまとめた作品。一九六〇年代ＮＹで一人の少年が出会った様々な体験をみずみずしい筆致で綴り、ケルアックやバロウズにも衝撃を与えた。

孤独な旅人

ジャック・ケルアック　中上哲夫〔訳〕　46248-6

『路上』によって一躍ベストセラー作家となったケルアックが、サンフランシスコ、メキシコ、ＮＹ、カナダ国境、モロッコ、南仏、パリ、ロンドンに至る体験を、詩的で瞑想的な文体で生き生きと描いた魅惑的な一冊。

オン・ザ・ロード

ジャック・ケルアック　青山南〔訳〕　46334-6

安住に否を突きつけ、自由を夢見て、終わらない旅に向かう若者たち。ビート・ジェネレーションの誕生を告げ、その後のあらゆる文化に決定的な影響を与えつづけた不滅の青春の書が半世紀ぶりの新訳で甦る。

プラットフォーム

ミシェル・ウエルベック　中村佳子〔訳〕　46414-5

「なぜ人生に熱くなれないのだろう？」――圧倒的な虚無を抱えた「僕」は父の死をきっかけに参加したツアー旅行でヴァレリーに出会う。高度資本主義下の愛と絶望をスキャンダラスに描く名作が遂に文庫化。

著訳者名の後の数字はISBNコードです。頭に「978-4-309」を付け、お近くの書店にてご注文下さい。